GW00363475

SAS

AURORE NOIRE

SAS

....

Je souhaite recevoir :
Les volumes ci-dessous cochés au prix de 6,99 € l'unité, soit :

... livres à 6,99 € = ...
+ frais de port = ...

(1 vol. : 2,00 € ; 1 à 3 vol. : 3,80 € ; 4 vol. et plus : 4,80 €)

**Je souhaite m'abonner à la collection SAS - 4 numéros par an
au prix de 26 € + 4,80 € de forfait port** = ...

Total : ......

Nom :................................ Prénom :............................

Adresse :..

....

Code postal :................. Ville :...............................

Paiement par chèque à :	**ÉDITIONS GÉRARD DE VILLIERS**
	14 RUE LÉONCE REYNAUD
	75116 PARIS
	TÉL 01 40 70 95 57

ABONNEZ-VOUS

**Merci de préciser à partir de quel numéro vous le souhaitez
Je souhaite m'abonner aux collections suivantes :**

❐ BLADE,	du N°.....	❐ BRUSSOLO,	du N°.....
1 an — 6 numéros	33,06 €	6 numéros	34,20 €
❐ BRIGADE MONDAINE	du N°.....	❐ LE CELTE,	du N°.....
1 an — 10 numéros	55,10 €	6 numéros	33,06 €
❐ POLICE DES MŒURS	du N°.....	❐ HANK LE MERCENAIRE,	du N°.....
1 an — 6 numéros	33,06 €	6 numéros	33,06 €
❐ L'EXECUTEUR,	du N°.....		
1 an — 10 numéros	55,10 €		

Forfait port par collection - 4,80 € soit ....
Total : ....

Paiement par chèque à :	**GECEP**
	15 CHEMIN DES COURTILLES
	92600 ASNIÈRES
	TÉL 01 47 98 31 58

DU MÊME AUTEUR

(* TITRES ÉPUISÉS)

GÉRARD DE VILLIERS

AURORE NOIRE

Éditions Gérard de Villiers

COUVERTURE
photographie : Thierry Vasseur
casting : le Mag des castings
armurerie : Courty et fils
44, rue des Petits-Champs 75002 Paris

Le Code de la propriété intellectuelle n'autorisant, aux termes de l'article L. 122-5, 2° et
3° a), d'une part, que les « copies ou reproductions strictement réservées à l'usage privé
du copiste et non destinées à une utilisation collective » et, d'autre part, que les analyses
et les courtes citations dans un but d'exemple et d'illustration, « toute représentation ou
reproduction intégrale ou partielle faite sans le consentement de l'auteur ou de ses ayants
droit ou ayants cause est illicite » (art. L. 122-4).
Cette représentation ou reproduction, par quelque procédé que ce soit, constituerait donc
une contrefaçon sanctionnée par les articles L. 335-2 et suivants du Code de la propriété
intellectuelle.

© Éditions Gérard de Villiers, 2005.

ISBN 2-84267-753-6

CHAPITRE PREMIER

Sultan Hafiz Mahmood suivait d'un regard distrait le pétrolier de 120 000 tonnes *Naftomar* en train de foncer de toute la vitesse de ses vieilles machines dans sa direction, afin de s'échouer le plus loin possible sur la plage de Gaddani. Le sable fin était déjà semé de dizaines de carcasses de navires de tous les pays, démantelés sur place. À une trentaine de kilomètres à l'ouest de Karachi, Gaddani était un des plus importants chantiers de démolition navale du monde. Sur ses quatorze kilomètres de sable, les restes des navires déjà décortiqués s'alignaient comme de tristes méduses d'acier échouées là pour l'éternité.

– *Look!* lança à Sultan Hafiz Mahmood le responsable d'une des équipes de démolition, montrant du doigt le *Naftomar*.

Le vieux pétrolier avait presque atteint la plage, et son étrave s'enfonça dans le sable perpendiculairement au rivage. Pendant quelques instants encore, il continua sa course, creusant le sable meuble, puis s'arrêta enfin, ses machines calant dans un dernier hurlement de bielles. Dès qu'il se fut immobilisé, la centaine d'ouvriers baloutches vêtus de tenues locales marron, munis d'échelles de corde, de postes de soudure, de tout un matériel hétéroclite et archaïque, se lança à l'assaut du pétrolier. Avec leurs moyens limités, ils étaient capables de transformer en un mois un navire de trente mètres de haut en un sabot noirâtre à peine plus haut qu'une barque de pêche ! Dans un premier temps, tous les éléments amovibles étaient déposés, classés puis entassés dans des entrepôts voisins construits en bordure de la plage, s'étendant sur des kilomètres. Une noria de camions les emportait ensuite à Karachi, à trois heures de route, où tout était recyclé. Gaddani, avec Cox Bazaar, au Bangladesh, était le plus grand chantier de récupération du monde.

Déjà, les ouvriers baloutches montaient à l'assaut du vieux pétrolier, comme des fourmis se ruant sur un animal mort. Parfois, dans leur hâte, ils crevaient une poche de gaz qui leur explosait à la figure et en tuait quelques-uns, aussitôt enterrés sur place. Cela ne les décourageait pas : venus du fin fond du Baloutchistan, état féodal encore au Moyen Âge, ils étaient trop contents de pouvoir travailler régulièrement. Le soir, ils se retiraient dans un fouillis de cahutes faites de plaques de tôle, de bois, et même de tissu, construites directement sur la plage.

Les étincelles des chalumeaux commencèrent à piqueter d'étoiles aveuglantes la coque du *Naftomar*.

— Voilà comment nous travaillons, *Sahib*, lança fièrement le chef du chantier, appuyé à une tôle triangulaire surgie du sable comme une sculpture surréaliste – tout ce qui restait d'un cargo, le *Brooklyn*. Lorsque votre navire arrivera, il nous faudra à peine trois semaines.

Sultan Hafiz Mahmood marmonna un vaque acquiescement, la tête tournée vers le nord, où se dressaient les montagnes du Makran, un massif de rochers noirâtres, ressemblant à du mâchefer, qui s'étendait sur plus de cent kilomètres de large, presque jusqu'à l'Iran, un peu au nord de la côte du Baloutchistan, et que franchissaient seulement quelques pistes peu fréquentées. Rien ne poussait dans cette zone totalement aride, véritable paysage lunaire, impressionnant par sa sauvagerie. Pourtant, Sultan Hafiz Mahmood contemplait ces montagnes noirâtres comme si c'était le plus beau jardin d'Allah. Par la pensée il suivait le convoi parti du village de Ziarat, au sud-ouest de Quetta, capitale du Baloutchistan, nichée à 2450 mètres d'altitude, dans les montagnes de la Kakat rouge. C'est là qu'avait mûri le projet qui le mobilisait depuis près de trois ans. Quelque chose qui ferait paraître les attentats du 11 septembre 2001 à New-York comme un simple balbutiement. Une action qui éclairerait d'une lumière radieuse les vieux jours d'Oussama Bin Laden, qu'Allah l'ait en Sa Sainte Garde.

Debout sur cette plage de Gaddani, Sultan Hafiz Mahmood se revoyait dans les montagnes du Waziristan, trois ans plus tôt, en train de l'exposer avec sa fougue habituelle au Cheikh, qui l'avait écouté avec un sourire teinté de scepticisme.

À l'occasion de cette rencontre secrète, il avait offert au chef d'Al-Qaida un petit caméscope numérique destiné à filmer des séquences de propagande, mises ensuite sur cassettes et diffusées sur la chaîne de TV Al Jazirah. Modeste cadeau, qui avait néanmoins beaucoup touché le Saoudien. La propagande tenait une grande place dans ses activités, depuis qu'il avait dû abandonner ses bases d'Afghanistan, à cause de l'invasion américaine. Ce caméscope lui permettrait, grâce à ses images numérisables, de maintenir le contact avec ses partisans, un peu partout dans le monde. La caméra qu'il avait utilisée jusque-là était en bout de course et la qualité de ses films s'en ressentait.

Avant de quitter Sultan Hafiz Mahmood, Oussama Bin Laden l'avait pris à part pour lui dire avec gravité :

– Frère, si tes projets se concrétisent, fais-le-moi savoir. Tu sais comment me transmettre un message. Dans ce cas, je me déplacerai moi-même pour te rencontrer.

Sultan Hafiz Mahmood s'était récrié, soulignant qu'il était très dangereux pour le Cheikh de se déplacer, même pour une raison importante, mais Oussama Bin Laden, avec son habituel sourire serein, avait répété :

– *Inch' Allah*, si tu réussis, cela mettra une telle joie dans mon cœur que cela vaut bien de prendre certains risques.

Les deux hommes s'étaient longuement étreints et le Cheikh l'avait encore remercié pour le petit caméscope, qu'il avait immédiatement confié à un de ceux qui ne le quittaient jamais. Noor, le jeune *taleb* du village de Kahi, dans le massif de Tora-Tora, était fasciné par le cinéma. S'il s'était écouté, il aurait filmé le Cheikh sans interruption, bénissant Dieu de pouvoir le suivre comme son ombre.

Bien sûr, Sultan Hafiz Mahmood avait bien senti qu'Oussama Bin Laden, en dépit de son attitude chaleureuse, ne croyait pas à la faisabilité de son projet. Avant l'invasion américaine de l'Afghanistan, ils s'étaient rencontrés secrètement à Kaboul, afin d'étudier comment Al-Qaida pourrait utiliser des armes non conventionnelles et il n'était rien sorti de concret de leurs discussions.

Ingénieur nucléaire extrêmement qualifié, spécialiste de l'enrichissement de l'uranium naturel, créateur avec d'autres de l'usine de Kushab, pragmatique et travailleur, Sultan Hafiz Mahmood était *aussi* un rêveur aux croyances vaguement ésotériques, qui croyait à la puissance des djinns, les esprits, à l'influence des taches du soleil sur le destin des humains, et qui militait pour que tous les pays de l'oumma[1] aient accès aux armes nucléaires. À plus de soixante ans, ses croyances étaient aussi vives qu'à vingt ans et, porté par son idéologie bouillonnante, il était prêt à soulever des montagnes pour réaliser ses rêves. En dépit de son hédonisme qui le faisait aimer les femmes et boire de l'alcool, ou vivre dans un des quartiers les plus agréables d'Islamabad, il vouait une admiration sans borne à Oussama Bin Laden, qu'il connaissait depuis des années.

Aussi avait-il vécu comme un outrage dans sa propre chair l'occupation de l'Afghanistan par les Américains, la déroute des talibans et la fuite d'Oussama Bin Laden et des fondateurs d'Al-Qaida vers d'improbables cachettes de la zone tribale pakistanaise, à la limite de l'Afghanistan. C'était comme si on l'avait humilié lui-même. Dès l'année 2000, il avait créé une fondation humanitaire, l'*Ummah Tameer-e-Nau*, destinée en

---

1. Le monde musulman.

principe à soulager la misère en Afghanistan. En réalité, cette ONG cherchait à procurer à Al-Qaida des moyens non conventionnels pour étendre le Djihad contre les croisés et les Juifs, les États-Unis étant naturellement l'ennemi numéro un.

L'occupation de l'Afghanistan avait mis fin aux activités de l'ONG de Sultan Hafiz Mahmood et, après avoir encaissé le choc de la défaite, il avait conçu son grand projet, celui qui montrerait d'une façon éclatante qu'Al-Qaida était toujours aussi puissante.

Un projet de longue haleine, auprès duquel le 11-Septembre n'était qu'une action modeste. Puisant son énergie dans la lecture de ses propres écrits, il voulait en quelque sorte maîtriser la force de ces djinns que l'on retrouve partout dans la culture arabe, pour rendre l'oumma maître du monde. Il n'en était pas encore là, mais, à force de ténacité, et grâce à l'appui de plusieurs de ses amis qui pensaient comme lui, il avait entrepris de tenir la promesse faite à Oussama Bin Laden.

Au départ, en y réfléchissant froidement, son projet semblait impossible à réaliser, mais la foi soulève des montagnes. Sultan Hafiz Mahmood s'était mis au travail avec une patience de fourmi et dans le secret le plus absolu.

Il avait mis des mois avant d'arriver à un premier résultat, qui n'avait rien de spectaculaire. Cependant, la pompe était amorcée et il avait repéré quelques sympathisants, placés à des postes stratégiques, qui pensaient comme lui et obéissaient aux mêmes motivations. Ce projet n'était pas une occasion de gagner de l'argent et l'ingénieur pakistanais en avait écarté tous ceux qui auraient eu tendance à en réclamer : ceux qui se laissent acheter peuvent toujours céder à une surenchère.

Il n'était resté que les purs qui, comme lui, poursuivaient un idéal.

En cours de route, il avait même été obligé d'étrangler de ses propres mains un homme qui menaçait de révéler son secret aux autorités pakistanaises, si Sultan Hafiz Mahmood ne lui versait pas un million de roupies. Ce dernier lui avait donné rendez-vous dans une zone déserte des Margalla Hills, au nord d'Islamabad. Il s'y était rendu avec deux amis sûrs et, pendant que le traître en puissance était maintenu par eux, il l'avait étranglé en priant Dieu.

Plus de deux ans s'étaient écoulés depuis son engagement : Sultan Hafiz Mahmood maintenait un contact irrégulier avec Oussama Bin Laden, mais avait décliné plusieurs invitations du Cheikh à venir lui rendre visite dans une de ses planques du Waziristan. Il ne voulait pas perdre la face, persuadé que le chef d'Al-Qaida avait passé par pertes et profits sa promesse, née probablement du lyrisme religieux courant dans cette région du monde. Cela n'avait sans doute aucune importance à ses yeux, d'ailleurs, Sultan Hafiz Mahmood étant l'un de ses plus anciens fidèles. S'il s'était engagé à l'impossible et n'avait pu l'accomplir, ce n'était pas un péché. Seulement un excès d'exaltation.

Les autorités pakistanaises ne s'occupaient guère de Sultan Hafiz Mahmood. À la suite de découvertes compromettantes dans les locaux de son ONG à Kaboul, les Américains, le considérant comme un suppôt de Bin Laden, avaient exigé de l'interroger, mais les autorités pakistanaises avaient toujours fait la sourde oreille. Sultan Hafiz Mahmood savait trop de choses sur le programme nucléaire militaire secret du Pakistan. Aussi, depuis 2002, il lui était interdit de se rendre à l'étranger à cause des menaces que faisaient peser sur lui les services israéliens et américains. Cependant, à l'intérieur du Pakistan, il jouissait d'une grande liberté. Même s'il était entouré, à Islamabad, d'une protection discrète, les agents de l'ISI[1] ne pouvaient le suivre partout, dans ses innombrables promenades en montagne, dans les zones tribales pakistanaises. Les tribus locales n'appréciaient guère les étrangers. Ce qui permettait à l'ingénieur nucléaire d'accomplir quelques voyages bien utiles… À Islamabad, il donnait le change en recevant beaucoup et en multipliant

1. Services de renseignements pakistanais (InterServices Intelligence).

les aventures féminines... Personne ne pouvait soupçon-
ner sa véritable occupation.

Enfin, un jour, il avait pu envoyer un messager sûr
au Cheikh, lui fixant rendez-vous dans un village isolé
du Baloutchistan nord, Ziarat, tout près de la frontière
afghane, là où les tribus locales avaient toujours combattu
le pouvoir central pakistanais. Lors de ce voyage, il avait
pris des précautions extraordinaires, afin d'être certain de
ne pas avoir été suivi par des agents de l'ISI.

Ceux-ci avaient décroché dans la région de Dahra, le
village où, depuis des centaines d'années, les Baloutches
fabriquaient des armes artisanales. Ensuite, Sultan Hafiz
Mahmood avait pu gagner, par différents moyens, à pied,
à dos de mulet et en 4×4, le lieu du rendez-vous.

Il était volontairement arrivé plusieurs heures avant le
Cheikh, en profitant pour envoyer des hommes inspecter les environs, afin de s'assurer qu'il n'avait pas été
suivi. Heureusement, dans cette zone perdue, à part les
drones *Predator* américains, il n'y avait aucune surveillance. Oussama Bin Laden avait surgi d'un sentier de
chèvre, à cheval, escorté d'une quinzaine d'hommes, sa
garde personnelle, en tenue afghane. Depuis des années,
il n'utilisait plus aucun moyen électronique de transmis-
sion, ne recourant qu'à des messagers sûrs.

Après avoir embrassé trois fois Sultan Hafiz Mahmood, sa première question avait été :

– Pourquoi m'avoir donné rendez-vous ici ?

– Cheikh, je voulais vous montrer quelque chose, avait
répondu d'un ton mystérieux l'ingénieur pakistanais.

Tandis que ses hommes prenaient position pour surveiller les accès du minuscule village, Oussama Bin
Laden avait suivi son guide. L'accompagnaient, Ayman
Al-Zawahiri, son bras droit et médecin personnel, un
grand jeune homme en djellaba blanche au regard brûlant, Yassin Abdul Rahman, un des fils du cheikh aveugle
Omar Abdul Rahman, emprisonné à vie aux États-Unis
pour le premier attentat contre le World Trade Center,
en 1993, et Noor, le *taleb* cinéaste. Le reste de ses
hommes, armés de fusils à lunette, de RPG et de trois

SAM 16 achetés à prix d'or, missiles sol-air destinés à neutraliser d'éventuels hélicoptères, était réparti à un kilomètre à la ronde.

Pour Sultan Hafiz Mahmood, c'était le plus beau jour de sa vie ! Sa voix tremblait d'émotion lorsqu'il avait commencé la visite guidée d'un petit atelier installé dans une maison de pierres sèches, à l'écart du village, qui avait servi auparavant d'entrepôt à un marchand de ferraille qui parcourait la montagne à la recherche de carcasses de véhicules militaires revendables.

Oussama Bin Laden n'était pas un technicien, aussi Sultan Hafiz Mahmood s'était-il contenté d'explications très simples. Évidemment, ce n'était pas spectaculaire, mais à la flamme dans le regard du Cheikh, l'ingénieur nucléaire avait senti qu'il le croyait. À la fin de la visite, Oussama Bin Laden avait simplement demandé :

– Ça marchera ?

– *Inch' Allah*, cela marchera ! avait promis Sultan Hafiz Mahmood. C'est à toi de me dire où tu souhaites frapper.

Oussama Bin Laden, Ayman Al-Zawahiri, Yassin Abdul Rahman, et lui s'étaient accroupis près des chevaux, autour d'un plateau de thé, et avaient longuement discuté. Pour cette fois, Noor avait été tenu à l'écart. Il s'agissait de détails opérationnels que nul ne devait connaître.

Si ce que venait de montrer Sultan Hafiz Mahmood à Oussama Bin Laden était le cœur de ce projet, il y avait d'autres aspects presque aussi importants, une logistique compliquée qui devait rester totalement secrète et fonctionner comme un mécanisme d'horlogerie.

Cela demandait de l'argent aussi. Plusieurs millions de dollars. Le recrutement de gens sûrs, une organisation s'étendant sur plusieurs pays. Ayman Al-Zawahiri avait été le plus enthousiaste. Il voyait là, enfin, un projet à sa taille. C'est lui qui avait minutieusement organisé les attentats du 11 septembre 2001 et, depuis, il était resté un peu sur sa faim. Cette opération, par sa complexité et ses objectifs, le ravissait. Il allait pouvoir faire la preuve qu'en dépit des revers, Al-Qaida était toujours à même d'organiser une action qui ferait trembler le monde.

Pendant des heures, vidant théière sur théière, ils avaient décortiqué toutes les facettes de ce projet audacieux, en débusquant les failles et trouvant des solutions. Ayman Al-Zawahiri avait juré qu'en un an, tout serait prêt.

La nuit tombait lorsqu'ils avaient achevé leurs discussions. En donnant un nom à ce projet : « Aurore Noire »... trouvaille de l'esprit poétique de Sultan Hafiz Mahmood.

Ils ne devaient se revoir qu'une seule fois, lorsque la partie confiée à Ayman Al-Zawahiri serait au point. Ce qui donnait largement le temps à Sultan Hafiz Mahmood d'achever *sa* part de l'opération.

On avait roulé les tapis, rangé les galettes et vidé ce qui restait des théières, et Oussama Bin Laden était reparti avec ses hommes.

Il n'était pas prévu que Sultan Hafiz Mahmood le revoie avant l'accomplissement de son projet : tout avait été décidé. Il attendrait la bonne nouvelle quelque part dans les montagnes. Même au fin fond de cette région désertique, les nouvelles voyageaient vite, grâce aux caravanes, aux bergers, à tous ceux qui se déplaçaient : contrebandiers, marchands ou simplement villageois.

Lorsqu'ils s'étaient quittés, l'étreinte d'Oussama Bin Laden avait été particulièrement chaleureuse et les mots qu'il avait prononcés étaient allés droit au cœur de Sultan Hafiz Mahmood.

— Frère, si ton projet réussit, tu auras droit à la reconnaissance de l'oumma tout entière et l'Histoire retiendra ton nom comme celui d'un grand combattant de Dieu.

Sultan Hafiz Mahmood avait regardé la petite colonne de Bin Laden disparaître derrière le col. Il ne lui demandait jamais où il se cachait. On ne peut révéler l'information qu'on ne connaît pas, et il se méfiait autant de l'ISI que des Américains, désormais très présents dans cette région.

Au sommet de l'État pakistanais, le président Pervez Musharraf jouait un double jeu. D'un côté, il protégeait les islamistes, mais de l'autre, pour conserver l'aide financière américaine, il était parfois obligé de leur livrer quelques membres du réseau Al-Qaida, déjà capturés et qui croupissaient dans les geôles de l'ISI. Bien sûr, tout le monde le savait, mais c'était admis.

Jusqu'ici, il n'avait donné que de petits poissons. Il pouvait être amené, dans des circonstances graves, à aller plus loin. Donc, absolument rien ne devait le mener au Cheikh.

***
***

Pendant plus d'un an, Sultan Hafiz Mahmood avait tremblé. Et, miracle, les pièces de son puzzle secret s'étaient emboîtées parfaitement les unes dans les autres. Le rôle de chacun avait été défini avec précision.

Le jour béni marquant la fin des préparatifs était enfin arrivé, quinze jours plus tôt. Par prudence, le Cheikh ne s'était pas déplacé, laissant à Ayman Al-Zawahiri et à Sultan Hafiz Mahmood le soin de faire la synthèse de leurs actions respectives.

Il ne restait plus qu'à passer à l'action.

Cette action qui avait commencé à l'aube. Voilà pourquoi Sultan Hafiz Mahmood ne s'intéressait que médiocrement aux propos du démolisseur de bateaux. Lequel, pourtant, sans le savoir, avait sa place dans le projet. Depuis qu'il avait pris l'avion à Islamabad, la veille au soir, il ne pensait plus qu'au moment où il allait enfin faire la jonction avec le groupe parti de Ziarat et leur donner sa bénédiction pour l'ultime partie d'un voyage d'où aucun ne reviendrait. Qu'importe : leurs noms ne seraient jamais oubliés, et bénis jusqu'à la fin des temps par tous les vrais croyants. Qu'Allah les aient en Sa Sainte Garde.

Ils avaient quitté très tôt Ziarat, la base secrète où leurs plans s'étaient développés. Si Sultan Hafiz Mahmood avait choisi le Baloutchistan pour développer son projet, c'est que cette région, qui représentait près de 40 % du territoire pakistanais, ne comptait que cinq millions d'habitants, pour un pays qui en avait cent quarante !

Inhospitalier, peuplé de tribus parlant à peine l'urdu, la langue nationale, souvent en rébellion contre le pouvoir central, sillonné d'innombrables pistes menant en Afghanistan ou en Iran, c'était l'endroit idéal. Même les commandos et les hélicos américains ne s'y risquaient pas. Et, contre un peu d'argent, les Baloutches, contrebandiers et rebelles dans l'âme, étaient prêts à aider n'importe qui.

— Alors, quand amènes-tu ton navire ? demanda avec insistance le responsable du chantier.

La plage de Gaddani était divisée en secteurs où chaque patron était responsable de trois ou quatre bateaux. Sultan Hafiz Mahmood avait eu le nom de celui-là par un de ses amis de Karachi, spécialiste de métaux non ferreux.

— Je ne sais pas encore, éluda-t-il. Donne-moi ton portable, je te préviendrai, quelques jours auparavant.

— Bien. Quel tonnage ?

— Vingt mille tonnes.

Le Baloutche fit la moue.

— Ce n'est pas très gros…

Sultan Hafiz Mahmood lui jeta un regard méprisant.

— Si tu n'en veux pas… Je vais un peu plus loin.

Le Baloutche se radoucit aussitôt.

— Si, si, je ferai le job. Mais il ne faut pas demander trop cher.

— On verra au dernier moment. Je te préviendrai cinq jours avant.

— C'est peu. Il y a beaucoup de bateaux en ce moment. On le mettra à l'ancre.

— Non, fit sèchement Sultan Hafiz Mahmood. Je veux qu'il soit traité immédiatement.

— O.K., O.K., *Sahib*, acquiesça finalement le ferrailleur.

Sultan Hafiz Mahmood lui tendit la main, puis l'embrassa trois fois, à la mode pakistanaise.

— On se revoit dans quelques semaines, *inch' Allah*.

Comme une colonne de fourmis, les ouvriers baloutches se dirigeaient déjà vers d'énormes camions stationnés à la lisière de la plage, croulant sous le poids des premiers hublots, des boiseries, des sièges du

Naftomar. Un travail de bagnard pour 150 roupies[1] par jour. Pas d'assurance, pas de retraite, pas de soins médicaux.

Sultan Hafiz Mahmood regagna la Land Rover que ses amis avaient mise à sa disposition à Karachi, avec un permis pour entrer dans la zone militaire où se trouvait Gaddani. Toute la côte baloutche jadis déserte, de Hawkas Bay à Tomby, près de la frontière iranienne, se développait à toute vitesse, grâce aux besoins militaires pakistanais. Longtemps, Karachi avait été le seul port du pays. Désormais, la marine pakistanaise avait créé un port militaire à Pasni, 450 kilomètres à l'ouest de Karachi, avec une base de sous-marins. La piste poussiéreuse qui longeait la côte avait fait place à une route asphaltée et tout le rivage avait été déclaré zone militaire interdite. Bientôt, il en serait de même pour Gwadar, encore plus à l'ouest, où Sultan Hafiz Mahmood avait rendez-vous en fin de journée. Pour l'instant, ce n'était encore qu'un petit port civil, 170 kilomètres à l'ouest de Pasni, port d'attache des boutres cabotant entre l'Iran, Oman ou la côte africaine, distante de deux mille kilomètres environ. À Gwadar il n'y avait encore aucun contrôle sur les marchandises embarquées ou débarquées. Une partie de l'héroïne produite en Afghanistan s'écoulait par là.

Sultan Hafiz Mahmood s'arrêta un peu plus loin, devant une des petites cahutes qui offraient un choix restreint de boissons non alcoolisées et de nourriture aux ouvriers du chantier de la plage, s'assit sur un banc de bois et commanda un Pepsi. Une vieille femme s'approcha aussitôt pour lui proposer un sachet de poudre, extraite du venin d'une raie commune de la baie de Gaddani, supposée guérir des tas de maladies. Le Pakistanais refusa mais se laissa tenter par une brochette de gambas géantes, spécialité de Gaddani. Il n'avait plus l'intention de s'arrêter avant Gwadar et aurait donné cher pour être plus vieux de quelques heures! Silencieusement, il adressa une prière pour que tout se passe bien.

---

1. Environ 1,50 euro.

Une fois cette phase finale accomplie, les dés étaient jetés et l'opération qu'il avait couvée depuis des années lui échappait complètement. Celui qu'il allait rencontrer à Gwadar, Yassin Abdul Rahman, prendrait la suite, qu'Allah lui vienne en aide.

Il contempla l'immense plage couverte de verrues noires, la mer bleue semée de vieux navires attendant leur tour d'être dépecés.

Quel calme.

Il éprouva une brutale bouffée d'euphorie en pensant à l'extraordinaire puissance qu'il détenait. Si tout se passait bien, il serait de retour le lendemain à Islamabad et n'en bougerait plus. Une seule chose lui manquait : Aisha, sa maîtresse, dont il était séparé depuis qu'il ne pouvait plus quitter le Pakistan. Or, pour des raisons inavouables, elle se refusait à revenir à Islamabad. Officiellement, pour ne pas y être assignée à résidence.

Elle lui manquait beaucoup et il rêvait surtout aux innombrables fois où il s'était répandu dans sa croupe de rêve. Il n'avait jamais connu de maîtresse aussi dépourvue d'inhibitions et qui allait toujours au-devant de ses désirs les plus secrets. Elle allait rafler les plus beaux saris dans les boutiques de luxe d'Islamabad et il lui arrivait de se préparer pendant des heures avant de le retrouver. Le corps oint d'huiles odorantes, maquillée comme une sultane, épilée comme une fille à peine pubère, elle avait un corps admirable dont elle se servait avec l'aisance d'une courtisane professionnelle. À l'idée de ses lèvres épaisses se refermant autour de son sexe, Sultan Hafiz Mahmood en eut presque une érection.

Il se considérait comme un bon musulman, mais le Prophète n'avait jamais interdit l'usage des femmes, bien au contraire.

Troublé, il regarda autour de lui, comme si une créature de rêve allait se matérialiser sur la plage, à la façon des contes, mais ne vit que la vieille vendeuse de philtres et les fourmis chargées de ferraille. Il avait assez rêvé. Après avoir laissé vingt roupies sur le comptoir de bois, il reprit le sentier menant à la route. Afin d'éviter la zone militaire, il devait remonter jusqu'à Hub Chawki afin de rejoindre Bela, 180 kilomètres au nord, d'où il bifurquerait vers l'ouest sur la piste qui se faufilait entre le Makran central et le Makran côtier. Une route qui sinuait dans un paysage aride, traversant une région à peine peuplée.

Il se remit au volant de la Land Rover transformée en four. Il faisait près de 40 °C. Toutes vitres ouvertes, il reprit la direction de Karachi. Quelques kilomètres plus loin, juste avant d'arriver à Ghulam Wadera et de quitter la route côtière, il remarqua une voiture qui sortait d'un des chantiers pour prendre la même direction que lui. D'abord, il n'y prêta pas attention, mais sa méfiance s'éveilla lorsqu'elle tourna elle aussi en direction de Hub Chawki.

Pour en avoir le cœur net, arrivé à Hub Chawki, il prit à droite comme s'il retournait à Karachi, puis s'arrêta un kilomètre plus loin à une station-service. La voiture marron, une vieille japonaise, passa devant lui et il put voir deux hommes à bord. Le plein fait, il fit demi-tour, repartant vers le nord. Un quart d'heure plus tard, il vit surgir dans son rétroviseur la voiture marron, en train de doubler un camion à grands coups de phares.

Le pouls de Sultan Hafiz Mahmood grimpa brusquement. En quittant sa maison du quartier F8 d'Islamabad, il n'avait pas eu l'impression d'être suivi. À Karachi non plus. Pourtant, les deux hommes de la voiture marron ne pouvaient être que des agents de l'ISI qui le surveillaient pour le compte du gouvernement pakistanais. Et n'intervenaient pas tant qu'il ne cherchait pas à quitter le pays.

Il avait sous-estimé l'ISI.

On lui avait confisqué son passeport, mais pour aller au Baloutchistan, il n'en avait pas besoin. Il se dit amèrement qu'un jour on lui rendrait justice et, comme son guide spirituel, le docteur Abdul Qadeer Khan [1], on le couvrirait discrètement d'honneurs. Pour s'être entretenu

---

1. « Père » de la bombe atomique pakistanaise. Le Pakistan est une puissance nucléaire depuis 1998.

avec tous ceux qui comptaient au Pakistan, il savait ce qu'il y avait dans leur cœur : une haine profonde de leur « allié » américain et un respect sans borne pour le Cheikh, Oussama Bin Laden, le Glaive de l'Islam. Toutes les déclarations officielles, la main sur le cœur, en faveur de l'Amérique, n'étaient que palinodies destinées à récolter un peu d'argent, des F-16 ou des transferts de technologie.

Le Pakistan serait toujours du côté de l'Islam.

Il jeta un coup d'œil dans le rétroviseur. La voiture marron roulait à bonne distance, à la même allure que lui. Pour l'instant leur présence ne l'inquiétait pas. Peut-être ne le suivraient-ils pas jusqu'à Gwadar. Il était hors de question de se rendre au rendez-vous là-bas avec ces deux agents à ses trousses. Il lui était interdit de mettre en danger l'opération « Aurore Noire » par une indiscrétion... Tout en conduisant, il prit le Thuraya[1] posé sur le siège passager et composa l'unique numéro en mémoire.

Dans cette région, c'était le seul moyen de communication. Évidemment, les Américains écoutaient tout et pouvaient localiser les appels, mais dans son cas, ce n'était pas grave.

Une voix sortit du haut-parleur, avec un léger bruit de fond.

— *Aiwa*[2] ?

— Yassin ?

— *Aiwa*.

Égyptien, son interlocuteur parlait mieux l'arabe que l'urdu ou le patchou. Un homme jeune, qui ne pensait qu'à mener le djihad jusqu'à sa limite extrême : la mort. Une mort joyeusement acceptée et même choisie.

— C'est moi, dit Sultan Hafiz Mahmood, qui ne voulait pas donner de nom sur le Thuraya. Vous êtes partis à l'heure prévue ?

— *Aiwa*, confirma Yassin Abdul Rahman.

— Tout se passe bien ?

1. Téléphone satellitaire.
2. Oui.

– *Aiwa.*
– Nos amis sont là ?
– *Aiwa.*

Il n'était pas expansif, se méfiant lui aussi du Thuraya.

– Où êtes-vous ?
– Nous allons arriver à Kalat. Nous n'allons pas très vite, la piste est très mauvaise.

De Ziarat à Kalat, la piste était en effet épouvantable, traversant une chaîne montagneuse déserte. Ensuite, à partir de Kalat, jusqu'à Bela, c'était le RCD highway, nettement meilleur.

À Bela, ceux qui étaient partis de Ziarat prendraient comme lui la piste serpentant entre les deux Makran, empruntée surtout par des taxis collectifs et des camions allant en Afghanistan.

Sultan Hafiz Mahmood avait prévu qu'ils atteindraient Gwadar en fin de journée, sans problème majeur.

– Courage, lança-t-il dans le Thuraya, je suis en route moi aussi. À ce soir. *Inch' Allah.*

Il coupa la communication et reposa le Thuraya. Les chauffeurs arriveraient crevés à Gwadar, mais tout semblait bien engagé. Le plus dangereux était la traversée de Kalat, où les troupes du Frontier Corps faisaient du zèle, rackettant les camionneurs et arrêtant quelques tout petits poissons d'Al-Qaida, afin que le gouvernement pakistanais puisse puiser dans ses réserves de « terroristes » chaque fois qu'il lui fallait satisfaire les Américains.

Un coup d'œil dans le rétroviseur. La voiture marron était toujours là. Sultan Hafiz Mahmood eut pendant quelques secondes une idée folle : s'arrêter et aller trouver les agents de l'ISI pour leur demander, au nom de l'islam, de faire demi-tour. Mais s'il tombait sur des mécréants, il n'aurait fait qu'aiguiser leur méfiance… Il ralentit : un énorme camion Bedford peint d'un vert criard, le toit encombré d'une vingtaine de passagers s'accrochant tant bien que mal à leurs ballots, tenait le milieu de la route, soulevant derrière lui un nuage de poussière âcre. Il penchait tellement du côté droit que Sultan Hafiz Mahmood se demanda s'il n'allait pas se renverser dans le fossé !

Il parvint à le doubler à coups de klaxon furieux, insultant le chauffeur au passage. Cinq personnes s'entassaient dans la cabine dont les portes en tôle avaient été remplacées par des battants en bois sculptés enluminés de dessins multicolores. Les routiers pakistanais étaient coquets, leurs camions – leur seul bien – décorés comme des arbres de Noël.

Deux roues sur le bas-côté, Sultan Hafiz Mahmood parvint enfin à se rabattre, frôlant l'avant du camion dont le chauffeur ne broncha pas. Il crut pendant quelques instants avoir semé ses suiveurs. Hélas, ils se livrèrent à la même manœuvre et surgirent à nouveau devant le mufle du Bedford. Sultan Hafiz Mahmood serra les dents et invoqua le ciel en termes orduriers. Il ne pouvait pas arriver à Gwadar en traînant derrière lui ces deux fonctionnaires entêtés.

Au risque de réduire à néant trois ans d'efforts.

Ce grain de sable devait être écarté.

Seulement, étant venu par avion d'Islamabad à Karachi, il n'était pas armé et n'avait pas pensé à réclamer une arme à ceux qui lui avait prêté la Land Rover. Certes, au Baloutchistan, il n'était pas très difficile de s'en procurer, une Kalach y étant aussi indispensable qu'une brosse à dents, mais il n'avait aucun contact dans la région qu'il traversait et, n'étant pas baloutche, il éveillerait la curiosité en voulant se procurer une arme.

Il ne lui restait qu'une solution : éliminer définitivement les deux agents de l'ISI *avant* qu'ils ne sachent ce qu'il était venu faire dans ce coin perdu. De nouveau, une bouffée de fierté l'envahit en pensant au petit convoi qui descendait en ce moment vers Gwadar, avec à sa tête un vrai combattant du djihad, qui allait porter la guerre chez leurs ennemis, les croisés et les Juifs. Des larmes d'émotion lui brouillaient la vue.

S'il en avait eu la force physique, il aurait étranglé de ses propres mains ses deux suiveurs. Tuer au nom de Dieu n'était pas un péché, mais une action sacrée.

Tant de gens, infidèles et combattants d'Allah, allaient bientôt mourir, que ces deux morts ne représenteraient qu'une goutte minuscule dans un océan de sang.

CHAPITRE II

Yassin Abdul Rahman, coincé entre le chauffeur du vieux camion Mercedes au fronton multicolore et un jeune Baloutche en turban blanc et tenue camouflée, *camiz-charouar*, au torse bardé de cartouchières, un vieux fusil Lee-Enfield posé verticalement entre ses genoux, regardait fixement la piste. Depuis le départ de Ziarat, il n'avait pas échangé un mot avec ces hommes qui ne parlaient qu'un dialecte baloutche, mélange d'urdu, de farsi iranien et de pachtou. En tête du convoi roulait une Range Rover bourrée à craquer de combattants du *Nawar*[1] Jamil Al Bughti, chef d'une des trois grandes tribus du Baloutchistan.

Ce dernier, comme il se doit, se trouvait dans ce premier véhicule, au cas où ils rencontreraient des malfaisants animés de mauvaises intentions. En sus de la vingtaine de guerriers à l'armement hétéroclite – tous ne possédaient pas encore de Kalachnikov –, la réputation du *Nawar*, chef de la tribu des Bughti, originaire de la petite ville de Dera Bughti, leur assurait une protection efficace. Athlétique, souriant, bon vivant, très beau avec sa moustache de mousquetaire et ses cheveux ramenés en arrière, Jamil Al Bughti ne portait pas le turban traditionnel, se contentant d'une chemise claire à manches longues, assortie d'un gilet vert et d'un *charouar* d'un

1. Chef de tribu.

blanc éblouissant. Yassin Abdul Rahman savait qu'il avait épousé une infidèle, une Suédoise, sans même qu'elle se convertisse à l'islam, et qu'il respectait peu les principes religieux. Il buvait, fumait et regardait d'un air ironique les talibans et leurs principes rigoristes. D'ailleurs, au Baloutchistan, les femmes n'étaient même pas voilées. On s'était bien gardé de lui révéler la nature des marchandises transportées dans le camion Mercedes. Bien que guerrier dans l'âme, comme tous les Baloutches accoutumés à une vie difficile dans ce pays austère où on vivait encore beaucoup de la chasse, ce n'était pas un islamiste radical. Mais aussi, comme tous les Baloutches, une fois sa parole donnée, il se ferait tuer pour la respecter. Contre la modique somme de vingt mille dollars payés d'avance, il avait accepté de convoyer deux camions censés contenir des armes et de l'héroïne raffinée, frêt courant dans la région.

Le Mercedes où se trouvait Yassin Abdul Rahman étant hermétiquement bâché et gardé vingt-quatre heures sur vingt-quatre, il était impossible de deviner sa cargaison. Quant au véhicule qui le suivait, un camion Kamaz, il transportait une vingtaine d'hommes, serrés sur des bancs de bois, hagards de fatigue. C'étaient officiellement des émigrants cherchant à gagner un pays d'accueil. Ils ne parlaient ni baloutche ni pachtou et ne communiquaient pas avec les guerriers de l'escorte. Même entre eux, ils ne se parlaient guère. La moitié environ était arrivée d'Afghanistan avec Yassin Abdul Rahman. C'étaient des Arabes, proches d'Al-Qaida, venus de Jordanie, d'Arabie saoudite ou d'Irak. Certains avaient été entraînés à Bagdad à conduire les voitures bourrées d'explosifs qui se jetaient tous les jours contre des commissariats ou des bâtiments officiels, ou encore partaient à la recherche d'un convoi américain pour venir exploser sur lui, à la suite d'une quête qui durait parfois des heures. Leur âme était très endurcie, ils ne craignaient pas la mort et l'appelaient au contraire de tous leurs vœux, pourvu qu'elle serve les desseins d'Allah, le Tout-Puissant et le Miséricordieux.

Lorsqu'ils ne dormaient pas, ils priaient comme des moulins à prières détraqués, le cerveau vide. Le Cheikh leur avait dit d'obéir à Yassin Abdul Rahman et ils se plieraient aveuglément à ses ordres.

Le second groupe arrivait du Pakistan, mené par un ancien maçon de vingt-huit ans, Gul Hasan, membre du groupe extrémiste pakistanais *Lashkar-e-Jhangvi*, et spécialisé dans les attaques de mosquées chiites. Certains d'entre eux avaient combattu au Cachemire et en Afghanistan pour libérer les musulmans des infidèles. Une opération suicide était considérée par eux comme un « ticket pour le paradis ».

Leur groupe étant partiellement financé par Al-Qaida, ils n'avaient pas été difficiles à recruter, d'autant que plusieurs étaient recherchés pour avoir participé à un attentat contre le président pakistanais Pervez Musharraf. Ils ignoraient où ils allaient et ce qu'on leur demanderait, mais ils obéiraient. Ne parlant qu'urdu, et à peine quelques mots d'arabe, ils se muraient dans un silence rugueux.

Derrière leur camion, une seconde Range Rover fermait la marche, équipée d'une mitrailleuse de 14,5 mm, récupérée sur un T-72 soviétique des années plus tôt. Il n'y avait que quatre boîtes de munitions, aussi le *Nawar* avait-il recommandé de ne s'en servir qu'avec parcimonie.

Yassin Abdul Rahman baissa les yeux sur sa fausse Rolex et sursauta. Perdu dans ses pensées, il avait laissé passer l'heure de la troisième prière l'Asr. Certes, le djihad permettait des dérogations, mais le combat n'était pas encore entamé. Il se tourna vers le chauffeur baloutche et lança :

– Arrête-toi ! C'est l'heure de l'Asr.

Docilement, le chauffeur donna un long coup de klaxon et fit des appels de phares. La Range Rover de tête ralentit. Yassin Abdul Rahman chercha des yeux un endroit pour s'arrêter. La piste filait entre deux murailles de *makran*, sorte de mâchefer gris noir, avec des sommets à près de deux mille mètres, sans un brin d'herbe, déchiqueté, sculpté jadis par des pluies dans un pays où il ne pleuvait plus, avec des arêtes acérées comme les dents d'un dragon géant. Personne ne vivait là, même les lièvres fuyaient cette zone sans eau et sans vie.

Enfin, un bas-côté caillouteux apparut après un virage et la Range Rover de tête s'y arrêta, imitée par les trois autres véhicules.

Les hommes sautèrent à terre, déplièrent leur tapis de prière, cherchant la direction de La Mecque. Il ne faisait pas trop chaud mais cet écran noirâtre était oppressant. Même pas d'oiseaux ! Yassin Abdul Rahman s'agenouilla sur le petit tapis de prière rapiécé et troué qui ne le quittait jamais et se prosterna, priant pour le succès de sa mission. Lui savait de quoi il s'agissait. Il s'était même fait photographier avant le départ devant ce qu'ils escortaient. La photo était demeurée en possession d'Oussama Bin Laden. Après le succès de sa mission, elle serait remise à sa famille et vénérée comme une icône.. Preuve de sa participation à la plus spectaculaire opération lancée par Al-Qaida depuis sa création.

Une opération qui ferait trembler d'effroi leurs ennemis et remplirait de joie le cœur de millions de fidèles. Même le traître Pervez Musharraf serait obligé de s'en réjouir, quel que soit le prix qu'il aurait à payer.

La prière terminée, tous se relevèrent. Certains se mirent à manger des pastèques, ou à boire un peu d'eau en grignotant du riz. Cela faisait déjà quatre heures qu'ils roulaient. Les guerriers du *Nawar*, accroupis, le fusil serré entre leurs genoux, impassibles sous leur turban, ressemblaient à des statues… Leur chef, Jamil Al Bughti, s'approcha de Yassin Abdul Rahman.

— Nous avons encore beaucoup de route, annonça-t-il, il ne faut pas perdre de temps.

Les chauffeurs vérifièrent les pneus et le convoi se remit en route. Impossible de rouler à plus de soixante sur la piste poussiéreuse et défoncée. De temps à autre, ils croisaient un camion au fronton peinturluré, ses ressorts écrasés sous la surcharge, ou un bus dont la moitié des passagers étaient tassés sur le toit avec leurs bagages.

Ou encore une paisible caravane de chameaux avançant sur le bas-côté. Dans les rares villages traversés, quelques Baloutches, accroupis sur leurs talons, semblaient figés pour l'éternité. Le paysage était d'une monotonie sinistre, avec ses crêtes aiguës et noirâtres, son absence de végétation...

Yassin Abdul Rahman déplia une carte sur ses genoux : ils n'arriveraient pas avant neuf heures du soir à Gwadar.

* *
*

Sultan Hafiz Mahmood venait de traverser la localité de Turbat et filait désormais vers le sud. La fatigue faisait voler le volant entre ses mains moites de sueur. Encore un peu plus de cent cinquante kilomètres jusqu'à Gwadar. Il avait le choix entre deux itinéraires. Soit la route normale jusqu'à Suntzar, au revêtement meilleur, soit un raccourci qu'il devait emprunter à la hauteur de Piri Chat, une piste descendant droit vers le sud, mais en très mauvais état. Ses reins le faisaient souffrir. Il conduisait comme un automate, ses suiveurs toujours accrochés à ses basques. Eux aussi avaient dû faire le plein d'essence, avant de réapparaître dans son sillage.

Depuis quelque temps, une question l'obsédait : ces agents de l'ISI avaient-ils un Thuraya ?

Si c'était le cas, il était presque trop tard pour les éliminer. Ils pouvaient demander du secours à Gwadar où l'ISI disposait sûrement d'une antenne. Et l'opération « Aurore Noire » était en danger. Le convoi de Yasim Abdul Rahman arriverait après lui, par la même route, et ses poursuivants ne manqueraient pas de le repérer. Jusqu'ici, ils ne savaient rien de ses intentions, le suivant automatiquement. Mais dès qu'ils apercevraient les deux Range Rover et les deux camions, ils rapporteraient leur découverte à leur Centrale, s'ils possédaient un moyen de communication. La catastrophe.

Impossible alors de continuer la seconde partie du voyage, prévue par mer. Ils relèveraient l'immatriculation du bateau et en interrogeant l'escorte baloutche, apprendraient le point de départ de la caravane.

En plus, de la base maritime de Plasni, la marine pakistanaise pouvait facilement arraisonner un boutre se traînant à huit nœuds à l'heure. La joie de retrouver bientôt Yassin Abdul Rahman était gâchée par la présence obsédante des deux agents derrière lui. Le jour commençait à baisser et Sultan Hafiz Mahmood n'avait pas encore trouvé de solution pour semer ses suiveurs.

Et s'ils possédaient un Thuraya, il était déjà trop tard, se répétait l'ingénieur nucléaire, enrageant de ne pas avoir d'arme... Il aurait mis son véhicule en travers de la route et abattu les deux gêneurs.

Soudain, au détour d'un virage, il aperçut la mer dans le lointain et son cœur battit plus vite. Il ferait jour encore deux heures environ. Tout en roulant, il commença à échafauder un plan.

**
**

Uthai Amirali et Hussein Aqqani, les deux agents de l'ISI, n'en pouvaient plus de fatigue, s'attendant à chaque instant à ce que leur vieux véhicule fourni par l'antenne de l'ISI à Karachi rende l'âme. Bien entendu, leurs collègues leur avaient donné la voiture la plus pourrie du parc ! Eux-mêmes ne pensaient pas aller très loin. L'homme qu'ils suivaient, Sultan Hafiz Mahmood, n'avait qu'un petit sac de voyage et il n'y avait pas grand-chose à faire au Baloutchistan. Lorsqu'ils l'avaient vu s'arrêter au chantier naval de Gaddani, ils avaient bien cru être au bout du voyage. Le Pakistanais était sûrement venu là conclure une affaire.

Leur surprise avait été immense de le voir repartir vers Bela, et ensuite vers l'ouest.

Où diable pouvait-il aller ?

Ils avaient tout juste assez d'argent pour payer leur essence et aucun vêtement de rechange. Et pas de moyen de communication. On ne donnait des Thuraya que pour des affaires sérieuses et à des agents plus gradés qu'eux.

C'était la première fois qu'ils s'enfonçaient aussi loin dans le Baloutchistan.

– À Gwadar, avança Uthai Amirali, on pourra téléphoner et rendre compte.

Hussein Aqqani, qui mourait de soif, grommela :

– On va surtout boire et bouffer ! Pourquoi on ne le double pas pour l'arrêter ? Il faut une permission spéciale pour venir ici.

Effrayé, Uthai Amirali protesta.

– C'est un homme important… On ne peut pas faire cela. Il va bien nous mener quelque part.

– Tu crois qu'il n'a pas vu qu'on le suivait ? rétorqua son partenaire. Il doit se méfier.

– Il est sûrement venu jusqu'ici pour un rendez-vous, remarqua judicieusement Uthai Amirali.

Déjà, il entrevoyait la possibilité d'une prime, s'il ramenait quelque chose d'intéressant à Karachi. Devant eux, la Land Rover dégringolait vers la mer qui barrait désormais l'horizon au sud. Les derniers massifs du sinistre Makran faisaient place à un paysage un peu plus verdoyant. Ils allaient bientôt arriver à Gwadar.

Une petite baraque en bois, en bordure de la piste, offrait des boissons fraîches, des pastèques, des bouteilles d'essence ou de gas-oil. Bien qu'on ne soit qu'à quelques kilomètres de Gwadar, on se serait cru en plein désert. Sultan Hafiz Mahmood regarda la route qui s'enfonçait entre deux massifs montagneux. Dans une heure, il ferait nuit et déjà les montagnes éclairées par le soleil couchant prenaient des teintes magnifiques, presque féeriques.

Assis sur un banc, le gosier sec, il but son Pepsi au goulot. Deux cents mètres plus loin, la voiture suiveuse s'était arrêtée, après avoir traversé Gwadar à sa suite. Il n'avait même pas été jusqu'au port, afin de ne pas donner d'indication à ses poursuivants, s'arrêtant seulement pour faire un ultime plein d'essence. Pendant qu'on remplissait le réservoir, il avait appelé Yassin Abdul Rahman de son Thuraya et demandé :

— Où es-tu, mon frère ?

— Plus très loin ! avait répondu l'Égyptien. Encore une heure peut-être. Et toi ?

— Moi, je suis déjà arrivé, mais je vais venir au-devant de vous. Quand la route sort des montagnes, il y a un à-plat et, sur la droite, une cabane en bois. Ma voiture est arrêtée devant. C'est une Land Rover. Arrêtez-vous quand vous me verrez.

Yassin Abdul Rahman sembla surpris.

— Nous arrêter ? Mais ce n'est pas là que… .

— Je t'expliquerai, trancha le Pakistanais, avant de couper.

Surtout, ne pas s'éterniser au téléphone, forcément écouté. Bien sûr, grâce au GPS, on pouvait le localiser, ainsi que son interlocuteur, mais si une enquête avait lieu, ce serait trop tard…

Le plein fait, il était reparti, les deux flics toujours sur ses talons, reprenant la piste par laquelle il était arrivé.

Maintenant, il comptait les minutes, l'estomac noué, s'attendant sans cesse à voir des voitures de police arriver de Gwadar, appelées par les deux agents de l'ISI.

C'était le moment le plus dangereux. Il savait que les hommes du *Nawar* Jamil Al Bughti ne s'opposeraient pas à des agents de l'État pakistanais. Ils n'étaient pas payés pour cela. Or, il ne pouvait plus revenir en arrière. La base d'où était parti le convoi de Yassin Abdul Rahman n'existait plus, détruite à l'explosif. D'ailleurs, à partir du moment où le convoi avait pris la direction de Gwadar, il n'était pas question de changer de *modus operandi*. Les différents éléments d'« Aurore Noire » s'emboîtaient les uns dans les autres comme un puzzle. Le moindre contretemps déréglerait toute la mécanique.

Très loin, le muezzin d'une mosquée lança un cri aigu et Sultan Hafiz Mahmood s'agenouilla aussitôt sur le sol caillouteux. Il se prosterna vers l'ouest, là où se trouvait La Mecque, priant de toute son âme.

Lorsqu'il se releva, un bruit de moteur lui fit tourner la

tête vers la sortie du défilé. D'abord, il ne distingua pas
les quatre véhicules tant leur couleur se confondait avec
celle des montagnes. Le soleil couché, celles-ci avaient
repris leur teinte noirâtre. Un camion venant de Gwadar
passa devant la cabane, croulant sous une montagne de
sacs sur lesquels s'accrochaient quelques va-nu-pieds
enturbannés. Au Baloutchistan, les transports en commun
étaient rares. Sultan Hafiz Mahmood regarda pour la cen-
tième fois la voiture marron, arrêtée à deux cents mètres.
Ses occupants semblaient bien décidés à ne pas le lâcher.
Il avança au milieu de la piste, afin que le conducteur de
la Range Rover de tête l'aperçoive. Dès qu'elle se rapprocha, il distingua derrière le pare-brise étoilé la barbe
poivre et sel du *Nawar* Jamil Al Bughti, à côté du chauffeur. Le véhicule quitta la piste pour stopper à sa hauteur,
suivi des deux camions et de la seconde Range Rover. Le
regard de Sultan Hafiz Mahmood se porta aussitôt sur le
premier camion, un Mercedes bâché d'une épaisse toile
verte, avec trois hommes dans la cabine. Eux ne portaient
pas de turbans, mais des barbes fournies. Un des trois était
Yassin Abdul Rahman.

C'étaient eux, les combattants du djihad, ceux qui
avaient juré de mourir pour vaincre les ennemis de
Dieu… Yassin Abdul Rahman descendit, la barbe noire
grise de poussière, et vint étreindre longuement Sultan
Hafiz Mahmood. Comme deux frères se retrouvent après
une très longue séparation.

– Que se passe-t-il, frère ? demanda l'Égyptien. Il y a
un problème ? Nous n'allons plus à Gwadar ?

– Si, si, vous devez embarquer ce soir, confirma le
Pakistanais, mais j'ai été suivi depuis Karachi.

– Suivi ! Par qui ?

L'Égyptien avait blêmi et son regard s'était éteint. Sultan Hafiz Mahmood le rassura en lui posant la main sur
l'épaule.

– Des agents de l'ISI, mais je pense résoudre le problème. Remontez dans les véhicules et ne bougez pas.

Le *Nawar* baloutche avait sauté à son tour à terre et
marchait vers Sultan Hafiz Mahmood, la barbe en avant,

les traits tirés par la fatigue. Trois de ses hommes l'escortaient, bardés de cartouchières pour leurs vieux Lee-Enfield. L'un d'eux portait dans des étuis de toile accrochés à ses épaules plusieurs roquettes de RPG7 et un lanceur déjà armé d'une roquette.

Instantanément, Sultan Hafiz Mahmood entrevit la solution de son problème.

– Que se passe-t-il ? demanda Jamil Al Bughti, intrigué par cette halte imprévue.

Sultan Hafiz Mahmood tendit le bras vers la voiture arrêtée un peu plus loin.

– Des concurrents, fit-il sobrement. Je crois qu'ils veulent nous causer des problèmes. Je vais leur faire peur.

Il s'approcha du guerrier aux RPG7 et lui demanda en pachtou :

– Donne-moi ton RPG7.

Pour le paysan fruste habitué à obéir aux ordres, cet homme était sous la protection de son *Nawar*, donc il n'était pas un ennemi. Docilement, il fit glisser de son épaule le lance-roquettes armé et le tendit à Sultan Hafiz Mahmood.

Celui-ci s'écarta un peu, puis, posant le lance-roquettes sur sa partie arrière, passa l'index dans le cercle métallique retenant la goupille de sécurité de la roquette antichar. Il l'arracha d'un coup sec. Ensuite, il cala le tube sur son épaule et se déplaça légèrement, pour que la flamme de la propulsion ne brûle personne. Il cadra alors la vieille voiture dans le viseur rudimentaire, baissant un peu le tube pour être sûr de ne pas rater sa cible. Ces engins avaient tendance à tirer un peu haut.

Jamil Al Bughti le regardait, intrigué, persuadé qu'il n'allait pas tirer.

Sultan Hafiz Mahmood ajusta le viseur. D'abord, il avait pensé s'approcher de la voiture, mais ses occupants risquaient de s'enfuir. Et impossible d'intervenir dans Gwadar, sous les yeux de la population. Il appuya d'un doigt ferme sur la détente, l'enfonçant complètement. La roquette partit avec un sifflement et une flamme rougeâtre, laissant une traînée lumineuse derrière elle. Moins de deux secondes plus tard, la voiture explosa dans une énorme flamme orange. Sultan Hafiz Mahmood rendit le lanceur vide au guerrier baloutche. Le *Nawar* l'interpella, furieux.

— Pourquoi as-tu fait ça ?

— Pour éviter des problèmes, fit simplement le Pakistanais. Pour toi et pour moi.

Tirant une liasse de sa poche, il tendit deux billets de cent dollars au propriétaire du RPG7 pour qu'il puisse se racheter une roquette.

La voiture brûlait, dégageant une épaisse fumée noire. Personne n'en était sorti et les 2000 degrés provoqués par l'explosion de la roquette n'avaient laissé aucune chance à ses occupants.

— Tu aurais dû me dire de faire intervenir mes hommes, suggéra Jamil Al Bughti, mécontent. Ils les auraient neutralisés jusqu'à ton départ.

— Je ne voulais pas te causer de souci, répondit hypocritement Sultan Hafiz Mahmood. Le problème est réglé. Nous pouvons repartir. Va jusqu'au port. À l'ouest de la jetée principale, il y a un appontement en bois. Un gros boutre de vingt-cinq mètres doit s'y trouver. Je vous y rejoins très vite, *inch' Allah.*

Sans mot dire, le *Nawar* regagna sa Range Rover. Mis devant le fait accompli, il ne pouvait guère réagir. Quand il passa devant la voiture, elle continuait à brûler. Il était fréquent que des trafiquants de drogue s'expliquent à la Kalach, mais il ne voulait pas être mêlé à ce genre de règlement de comptes. Dès l'embarquement de la cargaison qu'il était chargé de protéger, il remonterait dans son fief de Dera Bughti.

*
***

Sultan Hafiz Mahmood s'approcha de la voiture en flammes et braqua son extincteur sur le foyer principal. Il lui fallut tout le contenu de l'engin pour venir à bout de l'incendie. De la vieille japonaise, il ne restait que des tôles noircies et, à l'intérieur, deux formes recroque-

villées, noires comme du charbon. La chaleur était encore
si vive qu'il était hors de question de mettre la main à
l'intérieur… Avec un bâton, le Pakistanais commença à
explorer l'avant, entre le volant réduit à un fil de métal et
les carcasses des sièges. Cherchant ce qui pouvait ressembler à un Thuraya.

Il ne trouva rien. Ou les deux hommes n'en possédaient
pas, ou il avait fondu dans les flammes. Abandonnant son
extincteur vide, il regagna sa Land Rover. La baraque
où il s'était désaltéré avait fermé ses volets de bois. Ce
n'était pas son propriétaire qui lui causerait des problèmes. Il s'éloigna en direction de Gwadar. La nuit était
complètement tombée et il se perdit avant d'arriver au
port. Ce qui n'était encore, cinq ans plus tôt, qu'un minuscule port de pêche endormi avec un champ vaguement
aménagé servant d'aéroport grandissait à toute vitesse
grâce au port commercial en construction. Bientôt, les
militaires s'y installeraient à leur tour, comme à Pasni.
Plus on s'éloignait de l'Inde, plus c'était rassurant.

Il se dirigea vers l'ouest de la ville où se trouvait le port
des pêcheurs. Tout était déjà fermé. On se couchait tôt.
Enfin, ses phares éclairèrent une longue jetée de bois, le
long de laquelle étaient amarrés plusieurs boutres d'une
vingtaine de mètres. L'un d'eux arborait le drapeau iranien. L'Iran n'était qu'à une centaine de kilomètres à
l'ouest..

En s'approchant, il aperçut les deux camions stationn-
nés sur la jetée. Les deux Range Rover du *Nawar* Al
Bughti avaient disparu. Inquiet, il sauta à terre. Yassin
Abdul Rahman l'accueilit et le rassura aussitôt.

— Le *Nawar* est parti se reposer. Il dormira ici. Il t'invite à le rejoindre, si tu le souhaites. Il a laissé un de ses
hommes pour te guider. Là, au bout de la jetée.

Il désignait un enturbanné, accroupi dans l'ombre, son
fusil entre ses genoux.

— Où en est le chargement ? demanda le Pakistanais.

— Nous attendons une grue, expliqua Yassin Abdul
Rahman. Le capitaine est allé la chercher. Dès que la cargaison est à bord, il prend la mer.

Sultan Hafiz Mahmood fit un rapide calcul. Quand le soleil se lèverait le lendemain, le boutre, même en ne filant que 8 nœuds, serait largement hors des eaux territoriales pakistanaises où on risquait toujours un contrôle. Ensuite, le risque était beaucoup plus limité. Dans cette zone de l'océan Indien, on arrêtait rarement les innombrables boutres qui circulaient entre la Corne de l'Afrique, Oman, le golfe Persique, l'Iran et la côte pakistanaise.

Il tourna la tête, alerté par un bruit de chenilles. Le capitaine, un moustachu costaud aux yeux enfoncés, un Omanais très croyant qui avait beaucoup fréquenté les mosquées de Sharjah, revenait accompagné d'une petite grue montée sur chenilles qui avançait dans un fracas d'enfer. Il s'approcha de Sultan Hafiz Mahmood et annonça :

— Il veut 30 000 roupies [1] pour charger. C'est cher.

— Ne discute pas, lança le Pakistanais, soudain nerveux. Qu'il commence tout de suite. Je dégage le camion.

Tourné vers Yassin Abdul Rahman, il ordonna :

— Qu'ils ôtent la bâche extérieure.

L'Égyptien répercuta l'ordre et, aussitôt, plusieurs de ses hommes défirent la toile verte du Mercedes, découvrant une grande palette de trois mètres de longueur, sur laquelle reposait un parallélépipède haut d'un mètre environ, dissimulé sous une bâche de plastique noir. Le capitaine du boutre avait été averti : il s'agissait d'armes pour des frères luttant contre les ennemis de Dieu dans la Corne de l'Afrique. En quelques minutes, les hommes de Yassin Abdul Rahman eurent passé des câbles d'acier sous la palette. Le moteur de la grue rugit, crachant une fumée bleue, et les câbles se tendirent. Lentement, la palette et son chargement décollèrent du Mercedes, se balançant à deux mètres du sol. Fasciné, Sultan Hafiz Mahmood ne pouvait la quitter des yeux. La concrétisation d'un rêve fou qu'il avait mis trois ans à réaliser.

De nouveau les chenilles grincèrent et la grue s'appro-

1. Environ 300 euros.

cha du boutre, amenant sa charge au-dessus d'un grand panneau de cale rectangulaire ouvert au milieu du pont. Plusieurs hommes descendirent à l'intérieur pour guider la charge qui disparut avec lenteur dans les entrailles du bateau. Les câbles remontèrent et la grue recula, comme un insecte maladroit. Ayant touché ses 30 000 roupies, son conducteur repartit en marche arrière et le moteur de son deux-temps s'éloigna dans la nuit. Un vent tiède soufflait de la mer, les étoiles brillaient. L'équipage du boutre remit en place le panneau de cale, fixant dessus une bâche imperméable.

Sultan Hafiz Mahmood avait la gorge nouée. Il s'approcha de Yassin Abdul Rahman et dit à voix basse :

— Nous ne nous reverrons plus, mon frère. Désormais, c'est à toi d'accomplir la volonté de Dieu.

— Je le ferai, promit l'Égyptien d'une voix ferme. Même si je vivais dix mille ans, je ne pourrais jamais te remercier assez pour ce que tu as fait.

— C'est Dieu qui me remerciera, répliqua le Pakistanais. Par mon âme et par mon sang, je serai toujours à vos côtés.

Un grondement sourd s'éleva du boutre. Le capitaine venait de lancer son diesel. Sultan Hafiz Mahmood se tourna vers l'Égyptien.

— Avant qu'ils embarquent, je veux saluer nos martyrs.

— Ils en seront fiers, répliqua Yassin Abdul Rahman, en s'éloignant dans l'obscurité.

Sultan Hafiz Mahmood se plaça à côté de la passerelle en bois reliant le boutre au quai. Un à un, les hommes de Yassin Abdul Rahman surgirent de l'obscurité, portant chacun un petit ballot. Certains n'avaient jamais mis les pieds sur un bateau, ils ignoraient où ils allaient et ce qu'ils allaient faire.

Le premier se présenta à la passerelle et Sultan Hafiz Mahmood l'étreignit longuement, l'embrassant trois fois avant de lui murmurer un verset du Coran. Le futur martyr franchit la coupée et disparut par la trappe menant au carré d'arrière.

Et ainsi de suite, dans le silence seulement troublé par

le *teuf-teuf* du diesel et les chuchotements du Pakistanais.
Les hommes qu'il serrait dans ses bras étaient trop émus
pour lui répondre. Même s'ils ignoraient en quoi consistait leur mission, ils sentaient bien qu'il s'agissait d'un
moment solennel.

Au dernier, Sultan Hafiz Mahmood ne put que murmurer quelques mots indistincts, la gorge nouée par
l'émotion. Lorsque Yassin Abdul Rahman se présenta
enfin, les deux hommes s'étreignirent sans un mot. Il
faisait trop sombre pour qu'ils puissent distinguer leurs
expressions, mais tous deux pensaient à la même chose.
C'était le commencement de la fin d'une exaltante aventure, dont on parlerait encore des siècles plus tard.

Yassin Abdul Rahman disparut dans la trappe sans se
retourner. Un marin la referma aussitôt, tandis que deux
autres défaisaient les amarres. Pendant quelques instants,
le boutre parut rester immobile, puis il commença à glisser très doucement sur l'eau noire.

Debout sur le quai, Sultan Hafiz Mahmood avait l'impression qu'on lui arrachait un morceau de lui-même. Il
demeura sur place tant qu'il put apercevoir les feux du
boutre s'éloignant vers le sud sous le ciel étoilé. En se
retournant, il aperçut alors le guerrier baloutche qui
attendait toujours, accroupi dans l'ombre.

— Conduis-moi à ton *Nawar*, ordonna-t-il.

Il tenait à s'excuser pour l'histoire du RPG7. Inutile de
se faire gratuitement un ennemi.

À trois ruelles du port, il pénétra dans une petite maison devant laquelle veillaient deux hommes de Jamil Al
Bughti. Il frappa et une femme ouvrit, le menant aussitôt
dans une pièce au plafond bas, mal éclairée, au sol recouvert de tapis. Dans un coin, devant une grande table basse
en cuivre, il découvrit Jamil Al Bughti, appuyé sur des
coussins, entouré d'une demi-douzaine de filles très
jeunes, en train de le goinfrer de pistaches, de fruits secs
et de boulettes de viande épicées. Le plateau de cuivre
était encombré de bouteilles de Pepsi et d'eau minérale,
mais une bouteille de whisky Defender était posée devant
le chef baloutche.

Celui-ci leva son verre pour accueillir Sultan Hafiz Mahmood.

— Viens donc te détendre !

Le contenu de son verre n'avait pas la couleur du lait d'ânesse… Il en remplit un autre, de la bouteille de scotch, que le Pakistanais vida d'un trait. Toute sa tension nerveuse retombée d'un coup, en croisant le regard impertinent et provocant d'une des filles, à peine pubère, il sentit le sang se ruer dans ses artères. Brutalement, il avait envie d'une femme. Celle qui l'avait fixé effrontément se rapprocha de lui et lui tendit une poignée de pistaches.

Jamil Al Bughti lui reversa une rasade d'alcool, qu'il but encore d'un trait, et murmura à son oreille :

— Ici, c'est une bonne maison… Ce sont des vierges qui arrivent d'Oman. Je t'en offre une…

Sultan Hafiz Mahmood se récria et sortit une liasse de billets de sa poche.

— Je t'ai manqué de respect tout à l'heure. C'est *moi* qui t'invite !

Le Baloutche protesta mais prit quand même les billets. Une des fillettes s'était mise à danser maladroitement sur le grand plateau de cuivre, au son d'un petit lecteur de CD. Sultan Hafiz Mahmood sentit son ventre s'embraser à l'idée d'ouvrir cette jeune vierge déjà délurée.

* *
*

La bouteille de Defender était vide. Jamil Al Bughti s'était éclipsé dans une pièce voisine avec deux des fillettes. Sultan Hafiz Mahmood, vautré sur les coussins, se laissait tripoter par sa favorite, assise à califourchon sur lui, comme une vraie petite fille. Avec sa longue robe de coton multicolore qui la cachait jusqu'aux chevilles, elle paraissait très pudique, mais son regard audacieux démentait cette apparence trop sage. Soudain, le Pakistanais s'aperçut que, sous couleur de jouer, elle se frottait sournoisement sur lui, le regard un peu flou. Il est vrai qu'il lui avait laissé boire du scotch… Il réalisa aussi que son sexe, sous son *charouar*, était dur comme un épieu.

D'un geste brusque, il déséquilibra la fillette, libérant un membre massif et raide. Puis, la saisissant par ses hanches minces, il la souleva au-dessus de lui. D'elle-même, elle releva sa longue robe et il aperçut fugitivement le sexe glabre et rose, avant que le tissu retombe. Pendant quelques secondes, Sultan Hafiz Mahmood éprouva une sensation grisante, l'extrémité de son membre niché à l'entrée brûlante de la vulve de cette fillette vierge. Il n'eut pas la patience de prolonger cette sensation délicieuse. Saisissant les hanches étroites à deux mains, il empala la gamine sur lui, enfouissant d'un seul coup la moitié de son sexe. Les yeux agrandis, la bouche ouverte, la petite Omanaise poussa un cri de détresse, ce qui excita encore plus le Pakistanais. Cette fois, il souleva le bassin, en même temps qu'il pesait sur les hanches de la fille.

Il sentit quelque chose céder, son membre glissa encore plus loin et la petite Omanaise, les yeux remplis de larmes, hurla à nouveau. Comme un fou, il se mit à la faire monter et descendre sur lui, jusqu'à ce qu'un violent jet de semence jaillisse de ses reins. Pendant quelques secondes, il éprouva une sensation inoubliable, puis son excitation retomba d'un coup.

Sans ménagement, il écarta la fillette encore empalée, qui retomba sur le côté, dévoilant son sexe et le haut de ses cuisses maculé de sang.

Le tenancier ne les avait pas volés : c'était vraiment une vierge. Dans un réflexe animal, elle s'était recroquevillée en chien de fusil. Un cri aigu jaillit de la pièce voisine : le chef baloutche profitait aussi de ses jeunes proies. Sultan Hafiz Mahmood contempla son sexe encore dur avant de le remettre dans son *charouar*, puis ferma les yeux, pensant au boutre qui fendait l'océan Indien en direction du sud, portant tous les espoirs de l'oumma.

CHAPITRE III

Des *bobbies* à l'uniforme impeccable, aidés par les vigiles du Royal Flower Show, canalisaient les visiteurs avec beaucoup de mal, à l'entrée des jardins du Chelsea Royal Hospital, sur Chelsea Embankment, face à la Tamise. Cette Floralie marquait le début de la saison mondaine de Londres et ce 23 mai était le Jour de la Reine, qui daignait venir admirer les jardins reconstitués et les créations des plus grands fleuristes du monde. La souveraine venait juste d'arriver, à deux heures pile, pour une visite qui allait drainer cet après-midi-là tout ce que Londres comptait de VIP et de *beautiful people*.

– Allons-y ! souffla Richard Spicer à l'oreille de Malko, profitant d'une trouée dans la foule agglutinée devant la grille majestueuse.

Ce dernier fit passer devant lui Gwyneth Robertson, qui, avec ses courts cheveux blonds, son air distingué tempéré par une tenue à la limite de l'indécence – une microjupe en jean, des bottes de cuir collantes et un pull jaune canari extrêmement moulant – ne ressemblait pas à un *field officer* de la CIA, ce qu'elle était pourtant.

Brandissant leurs trois invitations, Richard Spicer, grand et élégant avec ses cheveux gris rejetés en arrière, s'arrêta à l'entrée de l'immense parc, qui pouvait accueillir près de dix mille personnes. Seules deux journées étaient réservées au public et les places étaient si recherchées qu'on les tirait au sort. Mais, ce lundi, seuls les *happy few* avaient accès à l'exposition. Malko regarda les gens qui se pressaient autour des jardins reconstitués dans le grand parc, autour des quatre immenses tentes qui accueillaient les Floralies proprement dites.

— Vous avez eu de la chance d'avoir des places ! remarqua-t-il.

Richard Spicer, chef de station de la CIA à Londres, eut un sourire discret.

— Ce n'est pas de la chance, mais de *l'organisation*, souligna-t-il. J'ai un contact à la Royal Horticultural Society, dont les membres reçoivent évidemment beaucoup d'invitations gratuites. Certains préfèrent les revendre. À prix d'or...

— Dans quelle direction allons-nous ?

— Là-bas, dit l'Américain, montrant une des quatre tentes blanches. La personne que nous cherchons doit venir au stand des roses Delbar, qui est financé par un milliardaire pakistanais, Sir Anwar Berbez. Il a fait fortune dans le prêt-à-porter.

Ils se dirigèrent vers le fond du parc, zigzaguant entre les jardins exposés à l'admiration du public. Il y avait de tout : la copie du jardin du couturier Yves Saint Laurent à Marrakech jouxtait la création des *convicts* d'une des prisons de sa Très Gracieuse Majesté. Bien que les gens ne soient pas *très* habillés, à part quelques femmes en capeline qui se croyaient à Ascot, on sentait que tous ceux qui se trouvaient là appartenaient à la même classe sociale : l'*upper class*. Par de rapides coups d'œil, ils essayaient de situer leur voisin, esquissant au besoin un timide sourire de reconnaissance.

Plus on approchait du carré magique où la reine Elizabeth II se trouvait, plus il fallait jouer des coudes. Pour obtenir des invitations aux innombrables soirées et cocktails qui allaient se succéder tout l'été, c'était un must d'être vu ici.

Gwyneth Robertson, Richard Spicer et Malko parvinrent enfin à se faufiler sous l'immense tente où régnait une chaleur tropicale. C'était celle des roses et chaque marque présentait son carré de créations.

Évidemment, cela sentait très bon.

Avec Richard Spicer comme sherpa, ils progressaient lentement mais sûrement. Le bruit des conversations était assourdissant. On se frôlait, on se souriait, on échangeait des regards. Malko croisa ceux, audacieux et directs, de plusieurs jeunes femmes qui, pour être bien nées, n'en appréciaient visiblement pas moins les hommes. Pour s'amuser, il effleura la croupe tendue de soie bleue d'une jeune blonde qui venait de lui expédier un regard à foudroyer un cobra. Loin de s'en offusquer, elle se retourna avec un sourire carnassier et braqua ses yeux bleu porcelaine sur lui, demandant avec un merveilleux accent « oxbridge[1] ».

– *Don't we know each other[2] ?*

Malko n'eut pas le loisir de répondre. Richard Spicer l'entraînait fermement par le bras. Ce n'était pas le moment de batifoler. Espiègle, Gwyneth Robertson se pencha à l'oreille de Malko.

– Toutes ces salopes en fleur, à peine sorties de leur *finishing school*, ont leur culotte trempée dès qu'elles croisent un célibataire appétissant.

Elle s'y connaissait, sortant elle-même d'un de ces établissements. Une des raisons de son recrutement par la CIA.

Ils avaient enfin atteint le stand des roses Delbar, devant lequel était installé un bar de fortune où des maîtres d'hôtel en gants blancs abreuvaient de champagne les invités. Des cartons de Taittinger, entassés derrière eux, montraient la prévoyance des organisateurs. Gwyneth Robertson se faufila jusqu'au bar et revint avec deux flûtes, en tendant une à Malko.

– *Cheese !*

Richard Spicer se rapprocha.

– Vous voyez le moustachu collé à la brune en sari ? C'est Sir Anwar Berbez. Le milliardaire pakistanais.

Avec ses traits lourds, son nez puissant et la graisse

1. Contraction d'Oxford et Cambridge.
2. Est-ce que nous ne nous connaissons pas ?

qui l'entourait d'une couche protectrice, Sir Anwar
Berbez ressemblait bien à un Pakistanais, mais pas à
un lord... Deux grosses bagues s'enfonçaient dans ses
doigts boudinés et son regard torve se posait sur les
femmes présentes avec une expression gourmande. Il
s'arrêta sur Gwyneth Robertson, qui lui lança aussitôt
un sourire radieux. Le Pakistanais s'illumina comme un
feu de Bengale, et fendant aussitôt la foule des invités, vint s'incliner cérémonieusement devant la jeune
Britannique.

– *Would you accept a glass of champaign* [1] ?

Gwyneth Robertson accentua son sourire et répondit
sans hésiter :

– *With great pleasure. May I introduce you to my
friends, the prince Malko Linge and sir Richard Spicer* [2].

Le Pakistanais lança sa grosse main boudinée en avant
et s'inclina encore plus profondément.

– *Very, very pleased, indeed. I am Sir Anwar Berbez.
I live in Birmingham and I come to London only for very
special occasions. Like today. I was born in Pakistan. In
my country, we have very beautiful roses. That's what I
was happy to sponsorise part of this exhibition* [3].

Dans son sillage, ils gagnèrent le bar où un maître d'hôtel ouvrit cérémonieusement une bouteille de Taittinger
Comtes de Champagne Blanc de Blancs 1996 et remplit
quatre flûtes.

Nouveaux toasts. Sir Anwar Berbez ne pouvait s'empêcher de loucher sur les pointes des seins très développ-
pés de Gwyneth Robertson, qui avait apparemment oublié
de mettre un soutien-gorge. De toute évidence, Birmingham ne recelait pas de tels trésors...

---

1. Prendrez-vous un peu de champagne ?
2. Avec plaisir. Puis-je vous présenter mes amis, le prince
Malko Linge et monsieur Richard Spicer.
3. Enchanté. Je suis Sir Anwar Berbez. Je vis à Birmingham et
ne viens à Londres qu'exceptionnellement. Comme aujourd'hui.
Je suis né au Pakistan et dans mon pays, nous avons des roses
magnifiques. C'est pourquoi je sponsorise une partie de cette
exposition.

Malko aperçut soudain une tâche rouge dans la foule. Une brune grande et élancée fendait la foule en direction de leur stand.

— *Himmel*, qu'elle est belle, dit-il, sans quitter des yeux l'inconnue en rouge qui n'était plus qu'à quelques mètres.

Sa robe au décolleté en V soulignait deux seins lourds, étranglait la taille fine, s'arrêtant au milieu des jambes minces et bronzées. Un petit sac Chanel et des sandales dorées à l'élégance discrète complétaient l'ensemble, incarnation de la *gentry* britannique. Pourtant, son visage n'avait rien d'anglais. On aurait dit une publicité pour le parfum Shalimar. Les cheveux aile de corbeau, les sourcils fournis, les longs cils recourbés mettant en valeur d'immenses yeux noirs, la sensualité de la bouche épaisse mais bien dessinée, tout respirait l'Orient et la femme en rouge, la sensualité. On s'attendait à ce qu'elle se mette à onduler pour une danse orientale. Malko en avait la bouche sèche. Le regard de l'inconnue passa sur lui, s'arrêta quelques fractions de seconde et s'immobilisa sur Sir Anwar Berbez en train de conter fleurette à Gwyneth Robertson.

— *Anwar, my friend!* lança-t-elle d'une voix basse, ronronnante, qui aurait donné une érection à un mort.

Le corpulent Pakistanais leva les yeux, poussa un grognement comme un sanglier qui charge et abandonna instantanément Gwyneth Robertson, emprisonnant la longue main fine de l'inconnue dans les siennes, voracement, comme s'il voulait la dévorer.

— *Darling! You are so beautiful!*

Il en fondait à vue d'œil. Gwyneth Robertson se rapprocha de Malko et, sans cesser de sourire, lui glissa discrètement :

— C'est elle, Aisha Mokhtar. *Pretty woman, isn't she*[1] ?

La nouvelle venue était désormais de profil et Malko pouvait apprécier l'admirable cambrure de ses reins, soulignée par le tissu fluide de la robe.

1. Jolie femme, n'est-ce pas ?

— *Very pretty*, renchérit-il.

Ainsi, cette brune somptueuse était leur « cible », celle qu'il avait pour mission de « tamponner » pour le compte de la CIA ! La maîtresse d'un homme auquel les Américains s'intéressaient beaucoup depuis des années : Sultan Hafiz Mahmood. Sur qui la pourtant sexy Gwyneth Robertson, chargée de le séduire, s'était cassé les dents.

Depuis trois ans, la CIA avait tout essayé, sans succès, avant de décider de faire une dernière tentative, à travers une femme qui semblait tenir une grande place dans sa vie : Aisha Mokhtar.

Pour cette nouvelle manip, Malko avait le profil idéal. Aucun *case officer* de la CIA ou agent du MI6 britannique ne pouvait s'enorgueillir de titres authentiques comme les siens et de la possession d'un château historique, certes en mauvais état, mais remontant à plusieurs siècles. Sir Anwar Berbez aurait donné le quart de sa fortune pour un tel pedigree.

Ayant fini de sucer les doigts fuselés de la nouvelle venue, Sir Anwar Berbez se redressa de toute la hauteur de sa courte taille, et bouffi d'orgueil, annonça d'une voix de stentor :

— Je vous présente la plus belle femme du Pakistan, Aisha Mokhtar. Une amie très proche.

Malko fut le premier à venir s'incliner sur la main parfumée, la gardant dans la sienne quelques fractions de seconde de plus que la bienséance ne l'exigeait, et vrilla ses yeux d'or dans les deux lacs noirs de la Pakistanaise.

— *Küss die Hand*[1], fit-il en allemand. Votre robe est magnifique.

— *Thank you !*

Il s'effaça ensuite pour laisser la place à « Sir » Richard Spicer, qui se contenta d'une poignée de main accompagnée d'une inclinaison de tête.

La poignée de main entre Gwyneth Robertson et la Pakistanaise fut nettement plus froide...

---

1. Je vous baise la main.

Malko observait Aisha Mokhtar. Elle n'était pas, sem-
blait-il, une musulmane radicale car elle avait vidé sa flûte
de Taittinger d'un seul trait, comme un chat lèche un bol
de crème fraîche…

Le corpulent Pakistanais la prit ensuite par le bras pour
l'emmener admirer les parterres de roses. Aussitôt,
Richard Spicer se rapprocha de Malko.

— C'est le moment, souffla-t-il. Il faut *absolument* que
vous la tamponniez. Si vous saviez le mal qu'on a eu à
organiser ce premier contact. Elle est très difficile à
approcher…

— Je ne peux tout de même pas lui arracher sa culotte,
protesta Malko. Mais j'ai une idée. Patience.

Malko avait eu le temps de vider quatre flûtes de Taittinger Comtes de Champagne. Enfin, sa « cible », la
superbe Pakistanaise, réapparut, toujours escortée de son
lord. La chaleur sous la tente était de plus en plus
effroyable. Malko se faufila jusqu'au bar, y prit une flûte
de champagne et la tendit à Aisha Mokhtar, avec un sourire à faire tomber sa robe.

— Vous devez mourir de soif !

La jeune femme prit la flûte et la vida d'un trait.

— Comment avez-vous pu deviner que j'*adorais* le
champagne ? ronronna-t-elle.

— Toutes les *très* jolies femmes sont ainsi, affirma
Malko. Même dans mon lointain pays, l'Autriche.

— Ah, vous n'habitez pas Londres ? remarqua-t-elle
avec une pointe de regret dans la voix.

— J'y viens souvent, affirma Malko. C'est une ville
que j'aime beaucoup. Cela me change un peu de mon
château perdu dans les bois…

Une lueur fascinée passa dans les yeux sombres
d'Aisha Mokhtar.

— Vous vivez dans un château ? J'ai beaucoup d'amis,
dans ce pays, qui en possèdent aussi mais l'ambiance n'y

est pas très festive. En plus, les jeunes gens s'intéressent *surtout* à leurs chevaux.

– Nos amis britanniques adorent la race chevaline, confirma Malko, mais ce n'est pas mon cas…

Cette fois, leurs regards s'étaient bien accrochés. Aisha Mokhtar semblait boire ses paroles et son regard revenait sans cesse aux prunelles d'or de Malko, détail anatomique peu courant dans son pays. C'était le moment de placer l'estocade. Même s'il l'attirait, Aisha Mokhtar avait besoin d'un prétexte pour écorner la réserve d'une authentique lady…

– Encore un peu de champagne ? proposa Malko.

– Avec plaisir.

Le maître d'hôtel attaqua une nouvelle bouteille de Taittinger Comtes de Champagne Blanc de Blancs et tendit la flûte bouillonnante de bulles à Malko. Qui se retourna un peu brusquement. Son coude heurta l'épaule d'Aisha Mokhtar et la moitié du contenu de la flûte se renversa sur la belle robe rouge.

Geste calculé au millimètre, suivi d'un regard approbateur par Richard Spicer.

– *My God !* s'exclama Malko, tirant aussitôt un mouchoir de sa poche et commençant à éponger les dégâts. Je suis terriblement désolé. Quelle maladresse !

– Ce n'est rien ! affirma la jeune femme. Le champagne, cela porte bonheur.

– Oui, mais cela tache ! compléta Malko. Cette robe est bonne pour le teinturier. Puis-je envoyer quelqu'un chez vous la faire prendre ?

– Je m'en occuperai, assura la jeune femme avec un sourire gracieux. Vous êtes pardonné.

Son regard riait. Grognon, le lord pakistanais la tira par le bras :

– Darling, nous devons *absolument* aller saluer Sa Majesté la Reine.

Malko prit une de ses cartes et inscrivit quelques mots dessus, la tendant ensuite à la Pakistanaise.

– Je suis au *Lanesborough* jusqu'à la fin de la semaine. Envoyez-moi la facture du teinturier.

– Je n'en ferai rien, répondit en souriant Aisha Mokhtar.

Elle mit quand même la carte dans son sac Chanel et tendit sa main à baiser à Malko avant de se fondre dans la foule, escortée de son mentor. La révérence devant la reine valait plusieurs points dans le classement des *happy few* invités à toutes les soirées.

À peine eut-elle disparu que Richard Spicer surgit, euphorique.

– *Well done! Well done*[1]*!* approuva-t-il.

Malko eut un léger haussement d'épaule.

– La balle est dans son camp. Je ne sais ni son adresse, ni son numéro de téléphone. Si elle n'appelle pas, vous n'aurez plus qu'à provoquer une seconde rencontre.

– Elle appellera! laissa tomber Gwyneth Robertson.

– Comment le savez-vous? s'étonna l'Américain.

– Parce que je suis une femme… J'ai vu dans ses yeux qu'elle a envie de vous revoir.

– O.K., conclut le chef de station. Acceptons-en l'augure. Je vous invite à dîner ce soir, avec Gwyneth. Pour vous briefer sur votre mission. Neuf heures au *Lanesborough*.

– Jusqu'ici, c'est supportable, reconnut Malko, avec un merveilleux sens de l'*understatement*.

*
* *

– Sultan Hafiz Mahmood est un ami proche d'Oussama Bin Laden, expliqua à voix basse Richard Spicer. Nous nous intéressons à lui depuis longtemps. D'ailleurs, il n'a jamais fait mystère de ses opinions, et a souvent écrit que l'oumma devrait posséder des armes nucléaires, pour vaincre les ennemis de Dieu. C'est un exalté, un fanatique.

– Beaucoup de gens pensent comme lui au Pakistan, remarqua Malko.

Richard Spicer eut un sourire amer.

1. Bien joué!

– Oui, mais ce ne sont pas des ingénieurs nucléaires, experts en enrichissement de l'uranium…

Un ange traversa lentement la salle à manger solennelle du *Lanesborough*, éclairée par d'énormes chandeliers aidés de discrets spots. Au moins, grâce aux tables éloignées les unes des autres, on pouvait parler tranquillement. Malko regarda pensivement sa côte de bœuf facturée au prix d'un bœuf adulte et entier.

– Dites-m'en plus.

– Sultan Hafiz Mahmood a travaillé longtemps à l'installation nucléaire de Kahuta, non loin d'Islamabad, là où on transforme l'uranium 235 enrichi en armes nucléaires, après avoir coopéré au programme nucléaire militaire pakistanais, expliqua l'Américain. En 1998, il a démissionné de la Pakistan Atomic Energy Commission pour protester contre la signature par le Pakistan du Comprehensive Test Ban Treaty. Selon lui, le Pakistan devait continuer ses essais militaires et il était partisan de transmettre aux autres États islamiques les moyens techniques de disposer d'armes nucléaires… C'est à ce moment que nous avons commencé à nous intéresser à lui.

– Un homme de conviction, remarqua ironiquement Malko.

– Il ne s'est pas borné aux mots, souligna l'Américain. En juin 2000, il crée une fondation pour la reconstruction en Afghanistan : *Ummah Tammer-e-Nau*, dont le siège est à son domicile, rue Nazzin Uddin, dans le secteur F8 d'Islamabad.

– C'est là que je me suis souvent rendue, précisa Gwyneth Robertson. Une maison très luxueuse, avec hammam, piscine, salle de sport.

– L'UTN avait également un bureau à Kaboul, reprit le chef de station de la CIA. Sultan Hafiz Mahmood se rendait fréquemment en Afghanistan. Un des visiteurs réguliers d'Oussama Bin Laden, à Kandahar. Nous en avons parlé à nos amis pakistanais à l'époque et ils nous ont juré qu'il s'agissait uniquement d'aide humanitaire. On les a crus. Jusqu'en novembre 2001. Lorsque nous sommes entrés à Kaboul, nous avons découvert dans les bureaux de l'UTN de Kaboul des documents en urdu concernant l'épandage de bacilles d'anthrax.

L'ange repassa, d'un vol lourd, à cause des bombes accrochées sous ses ailes. Le maître d'hôtel reversa un peu de bordeaux dans les trois verres. Gwyneth Robertson était particulièrement sexy dans une courte robe noire arrivant tout juste au premier tiers de ses cuisses.

— Que s'est-il passé ensuite ? demanda Malko, ne venant pas à bout de sa côte de bœuf, pourtant délicieuse.

— *We raised hell*[1] ! fit simplement Richard Spicer. Nos amis pakistanais ont placé Sultan Hafiz Mahmood en résidence surveillée et nous ont juré que c'était un fou, un illuminé qui croyait à la puissance des djinns.

— Bref, une sorte de savant Cosinus, conclut Malko. Mais quand même un spécialiste du nucléaire…

— Nous avons obtenu l'autorisation des Pakistanais de l'interroger, alors qu'ils l'avaient transporté dans une safe-house de l'ISI. Et même de le passer au détecteur de mensonge. Nos techniciens lui ont posé des tas de questions : s'il avait parlé avec Oussama Bin Laden *uniquement* de religion, s'il avait cherché à procurer à Al-Qaida des armes radioactives, s'il avait créé des usines de fabrication d'anthrax. Ses réponses ont été parfaitement satisfaisantes…

Gwyneth Robertson, qui semblait s'ennuyer, se reversa une bonne rasade de bordeaux et Malko ne put s'empêcher de remarquer :

— Richard, vous savez bien que le détecteur de mensonge ne marche qu'avec des Américains qui ne sont pas habitués au mensonge…

Richard Spicer baissa la tête et bredouilla :

— Bref, nous avons été obligés de laisser tomber ! Les Paks l'ont maintenu quelque temps en résidence surveillée, mais il a regagné sa maison d'Islamabad. C'était fin 2002.

— Savez-vous s'il a revu Bin Laden ? demanda Malko.

— Honnêtement, non. Les Paks nous jurent que non.

1. On s'est fâchés très fort !

En tout cas, il n'est plus sorti du pays. Son nom a été
communiqué à toutes les compagnies aériennes desser-
vant le Pakistan...

Malko ne put s'empêcher de sourire.

– Oussama Bin Laden n'est ni à Miami ni à Paris. On
n'a pas besoin d'avion pour se rendre là où il se trouve.

– O.K., mais nous n'avons pas lâché Sultan Hafiz
Mahmood. Toute la station d'Islamabad s'est mobilisée
pour le surveiller. Il avait repris en apparence une vie
paisible, allant souvent monter à cheval sur les bords du
lac Rawal, à la limite de la ville, et menant une vie mondaine très active. Il partait souvent dans la zone tribale
pakistano-afghane, officiellement pour y faire du trekking
car c'est un amoureux de la montagne. Et, à Islamabad,
il fréquentait régulièrement des soirées où le whisky
coulait à flots.

– Ce n'est pas très islamiste, remarqua Malko.

Gwyneth Robertson, légèrement éméchée, éclata de
rire.

– Je peux en témoigner ! Il buvait comme un trou.
Quelquefois, il ne pouvait même plus bander...

Richard Spicer fronça les sourcils et compléta :

– Comme nous n'arrivions pas à obtenir des informations, nous avons mis la Division des Opérations sur le
coup... Gwyneth est arrivée l'année dernière à Islamabad,
soi-disant pour y faire des études archéologiques. Grâce
à une de nos *stringers* pakistanaises, nous avons pu la
mettre en contact avec Sultan Hafiz Mahmood. Au cours
d'une soirée au *Marriott*. Je la laisse raconter la suite.

– Il s'est pratiquement jeté sur moi ! avoua Gwyneth
Robertson en pouffant. Évidemment, j'avais fait ce
qu'il fallait... Quand je lui ai appris que je montais à
cheval, il était fou de bonheur. Dès le lendemain matin,
il envoyait une voiture au *Marriott* pour m'emmener
monter au bord du lac Rawal. Lui-même est un excellent cavalier. Le soir même, nous avons dîné avec des
amis, chez lui. Un dîner à l'occidentale, champagne et
whisky. Il m'a juré qu'il était tombé amoureux de moi...
D'ailleurs, il n'est pas déplaisant à regarder, avoua-t-elle,

malgré ses soixante ans. Grand, mince, les cheveux courts rejetés en arrière, intelligent, beaucoup de charme. Un homme de goût. Dès le lendemain, il a tenu à m'offrir un collier en lapis-lazuli et m'a proposé de partir trois jours à Peshawar et dans les alentours.

– Nous lui avons conseillé d'accepter, précisa pudiquement Richard Spicer.

– Il était fou de joie, continua Gwyneth Robertson. Nous avons passé la première nuit à Peshawar, dans un endroit étrange, le *Khan Club*, un hôtel bazar où chaque chambre porte le nom d'un bijou. Ensuite, nous sommes partis dans la zone tribale. Il s'était procuré sans problème des papiers pour moi. À Landicoal, en haut de la Khyber Pass, il m'a amenée chez un marchand de pierres précieuses et m'a demandé de choisir ce que je voulais...

Le métier de *case officer* avait parfois du bon.

– Quand nous sommes revenus, trois jours plus tard, enchaîna Gwyneth, il m'a proposé de m'installer dans sa villa, mais j'ai refusé.. Nous avons quand même continué à nous voir tous les soirs.

– Et Aisha Mokhtar là-dedans ? interrogea Malko.

– Il m'en a beaucoup parlé. Elle semblait être la femme de sa vie, il y avait des photos d'elle partout, en sari ou en vêtements occidentaux.

– Pourquoi n'était-elle pas là ?

– Apparemment, elle s'ennuyait à Islamabad et il lui avait acheté une maison à Dubaï, où elle vivait désormais. Il semblait lui avoir donné beaucoup d'argent. Avant, il allait souvent la retrouver à Dubaï, mais c'était désormais impossible, depuis que le gouvernement pakistanais lui avait interdit de quitter le pays, « par prudence ». Un soir où il avait bu, il m'a dit avoir confié à Aisha Mokhtar des documents compromettants pour le gouvernement pakistanais et que, si ce dernier continuait à lui refuser d'aller la voir, il lui dirait de les rendre publics...

– Vous pensez que cela concerne Al-Qaida ?

– Je l'ignore.

– Il ne vous a jamais parlé de Bin Laden ? demanda Malko.

– Peu. Seulement pour dire que c'était un homme extraordinaire et qu'il avait rendu leur dignité aux musulmans.

– C'est curieux qu'il admire ainsi un wahhabite, objecta Malko, il ne semble pas très pratiquant.

– C'est vrai, reconnut Gwyneth Robertson, il aime les femmes, boit de l'alcool, mais il prie souvent et pense que le Coran est la source de tout.

– Comment s'est terminée votre idylle ? demanda Malko avec une imperceptible pointe d'ironie.

Gwyneth Robertson soutint son regard, et sans ciller !

– Un matin, des agents de l'ISI sont venus me dire que je devais quitter le pays immédiatement. Ils m'ont conduite à l'aéroport et je n'ai jamais revu Sultan Hafiz Mahmood. Impossible de le joindre au téléphone. On répond toujours qu'il est absent.

Le maître d'hôtel venait d'apporter les cafés. Malko se tourna vers Richard Spicer.

– Et Aisha Mokhtar ? Que savez-vous d'elle ?

– Elle est toujours en relation avec Sultan Hafiz Mahmood. Ils communiquent beaucoup par mails et des amis communs leur apportent des lettres. Jusqu'à il y a huit mois, elle vivait à Dubaï, dans une grande villa de Jumeira Beach II. Elle l'a fermée pour venir s'installer à Londres où elle a acheté une maison dans le quartier de Belgravia. Pour plus de deux millions de livres [1].

– D'où vient l'argent ?

– De Dubaï. La Royal Bank. Le compte est approvisionné par des virements à partir d'autres comptes totalement opaques. Nous pensons que c'est Sultan Hafiz Mahmood qui les alimente.

– Pourtant, ils ne se sont pas rencontrés depuis plus de trois ans, remarqua Malko. Ou il est toujours fou amoureux, ou il y a une autre raison. Il veut peut-être éviter qu'à court d'argent, elle cherche à monnayer les secrets qu'elle détient.

_____

1. Environ trois millions d'euros.

– C'est tout à fait possible, reconnut Richard Spicer. Voilà pourquoi Aisha Mokhtar est une cible *très* intéressante.

– Pourquoi vous êtes-vous soudainement intéressés à elle ?

– Plusieurs raisons, expliqua le chef de station de la CIA. D'abord, à Londres, elle est plus facile à approcher qu'à Dubaï. Ensuite, il y a quelques mois, un fait nouveau nous a alertés sur le Pakistan. À la suite de la réconciliation avec le colonel Khadafi, ce dernier nous a avoué que le père de la bombe atomique pakistanaise, Abdul Qadeer Khan, lui avait vendu pour cent millions de dollars la technologie de l'enrichissement de l'uranium. Et, dans la foulée, on a appris que le même Abdul Qadeer Khan, héros du Pakistan, avait cédé la même technologie à la Corée du Nord et à l'Iran.

– Pour l'Iran, je comprends, remarqua Malko, ce sont des musulmans, mais la Corée du Nord ?

– C'était un échange, expliqua l'Américain. Les Pakistanais n'avaient pas de missiles à longue portée pour emporter leur bombe. Alors, ils ont échangé avec les Nord-Coréens la technologie de leurs missiles Nodong contre celle de l'enrichissement de l'uranium par centrifugeuse. Quant à l'Iran, il a participé, comme l'Arabie Saoudite, au financement coûteux du programme nucléaire militaire pakistanais. En échange, les Pakistanais lui ont communiqué la technologie des centrifugeuses... Évidemment, Abdul Qadeer Khan a ramassé beaucoup d'argent. Il vit comme un prince à Islamabad, ne se déplace qu'en Mercedes blindée, possède une immense fortune à l'étranger et collectionne les femmes. Cerise sur le gâteau, il a juré, la main sur le cœur, que le gouvernement pakistanais n'avait jamais été au courant de ses «dons», ce qui est impossible. Mais, du coup, le président Musharraf s'est empressé de lui «pardonner» ses errements et l'a mis sous cloche. Nous n'avons jamais pu nous entretenir avec lui.

– Il connaît Aisha Mokhtar ?

– Un peu. Il a travaillé pendant des années avec Sultan

Hafiz Mahmood. Nous ne pouvons atteindre aucun de ces deux hommes. C'est la raison pour laquelle nous avons décidé de concentrer nos efforts sur Aisha Mokhtar qui, d'après Gwyneth, serait dépositaire d'un certain nombre de secrets d'État.

Malko eut une moue dubitative.

– Elle n'a pas le profil d'une espionne. Plutôt d'une mondaine superficielle. Si elle était vraiment amoureuse de Sultan Hafiz Mahmood, elle serait à Islamabad avec lui.

– Vous avez peut-être raison, reconnut Richard Spicer, mais cela vaut la peine d'essayer. Si elle est vénale, vous pouvez la tenter. Nous serions prêts à payer *très* cher ce genre d'information sur les Pakistanais.

CHAPITRE IV

Malko redemanda un autre café. Il était presque buvable. Les Britanniques s'ouvraient enfin au monde extérieur.

– Cela va prendre du temps, car je doute qu'Aisha Mokhtar se confie à un parfait inconnu, reprit-il ensuite.

Richard Spicer balaya l'argument d'un sourire confiant.

– *That's obvious*[1]. Mais c'est un *long shot*. Une affaire de plusieurs mois. Il faut que vous entriez dans son intimité, qu'elle soit amenée à se confier à vous. De plus, les informations que vous pourrez obtenir sur elle – mails, téléphones, fax – nous serviront à activer nos moyens techniques. Il faut travailler comme les Russes. Sur la distance.

– Ne vendons pas la peau de l'ours…, tempéra Malko. Même en admettant que je séduise cette ravissante Pakistanaise, je ne suis à ses yeux qu'un aristocrate sans fortune, alors que, visiblement, elle roule sur l'or. Rien que ce qu'elle portait comme bijoux cet après-midi me permettrait d'entretenir mon château pendant plusieurs années.

Gwyneth Robertson pouffa.

– Moi, je trouve que vous ferez un gigolo parfait ! J'ai vu dans ses yeux que vous lui plaisiez. Ce genre de personne *adooore* les titres et les aristocrates… Et puis…

1. C'est sûr.

– Et puis quoi ? demanda Richard Spicer.

– Rien, rien…, assura la jeune femme.

Pour se donner une contenance, elle appela le maître d'hôtel et commanda un Defender « 5 ans d'âge ». Richard Spicer regarda discrètement sa montre.

– Je dois me sauver, dit-il, j'ai une réunion à sept heures demain matin.

– À propos, insista Malko, quel passeport possède Aisha Mokhtar ? Elle peut se déplacer facilement ?

– *British passport*, laissa tomber le chef de station. Grâce à un lointain premier mariage avec un sujet de sa Très Gracieuse Majesté. Décédé depuis d'un arrêt cardiaque.

– Dieu fait bien les choses, conclut Malko.

Dès que Richard Spicer fut parti, Gwyneth Robertson adressa un sourire salace à Malko, qui remarqua :

– Vous vouliez dire quelque chose ?

– Oui. *Moi*, j'ai baisé avec Sultan. Je sais ce qu'il aime. Les femmes *très* sensuelles. Donc, Aisha devait être à la hauteur pour qu'il en soit fou… D'ailleurs, cela se voit dans ses yeux. C'est une baiseuse.

Probablement faute de vocabulaire, elle ne dit pas une « salope ».

– Quel rapport ? interrogea Malko.

– Vous devez pouvoir l'intéresser…

Il rougit intérieurement. Sa réputation le précédait décidément. Seuls dans la grande salle à manger, cela devenait sinistre, il proposa :

– Vous avez le temps de prendre un verre au bar ?

– Avec plaisir.

*
* *

The Library, le bar du *Lanesborough*, bien que l'hôtel ait récemment changé de mains, racheté aux Russes par le sultan de Brunei, n'avait pas changé. Mêlant harmonieusement le côté britannique, avec ses boiseries sombres, ses rayonnages de livres, son immense bar et son feu de cheminée, et une touche « jet set » symbolisée

par le majestueux coffret à cigares posé entre les deux
parties du bar, ainsi que par les putes de haut vol et de
toutes les couleurs attirées par la clientèle russe. En
entrant, Malko fut effleuré par une créature siliconée et
botoxisée, généreusement moulée dans une robe de vinyle
noire qui comportait au moins une douzaine de mini-Zip
permettant d'accéder aux parties les plus intéressantes de
son corps sans la déshabiller. Il évalua le regard qu'elle
lui décocha à mille livres sterling.

Gwyneth Robertson venait de s'installer dans un profond fauteuil de cuir, croisant les jambes si haut que sa
microjupe remontée permit à Malko d'admirer briève-
ment une charmante culotte rouge. Le maître d'hôtel, qui
semblait sorti d'une gravure du XVIIIe siècle, s'approcha.
Malko commanda une Stolychnaya «Cristal», Gwyneth
Robertson resta fidèle au Defender. Ici, l'alcool coulait à
flots et la fumée des cigares était si épaisse qu'on apercevait à peine le fond du bar.

Non loin d'eux, un groupe d'Arabes arrosait un anniversaire avec des flots de Taittinger en magnums, dégus-
tés à la chaîne.

– Vous croyez à l'hypothèse de Richard Spicer ?
demanda Malko.

Gwyneth Robertson hocha la tête affirmativement.

– C'est possible. Sultan à beaucoup d'argent et flambe
comme un fou. Il m'a dit qu'Aisha dépensait l'argent
comme de l'eau. Par moments, il semblait amer de
n'avoir pas de retour sur son investissement, à cause de
sa résidence surveillée à Islamabad. Mais il est très discret sur l'origine de sa fortune. L'Agence pense qu'il a
participé au système clandestin de transfert de technologie de son chef, Abdul Qadeer Khan, vers la Libye, l'Iran
et la Corée du Nord. La Libye a elle seule a payé cent
millions de dollars… Tout l'argent transitait par Dubaï et
les organisateurs, Abdul Qadeer et Sultan Hafiz Mahmood, conservaient ce qu'ils voulaient pour eux. Comme
Aisha vivait à Dubaï et connaît Sultan depuis sept ans,
elle doit savoir beaucoup de choses.

– Donc, cela vaut la peine, conclut Malko.

– *Of course*, fit Gwyneth en étouffant un bâillement.
– Fatiguée ?
Elle tourna vers lui ses yeux porcelaine pleins
d'innocence.
– Non, mais toute cette fumée m'indispose. Pourquoi
n'irions-nous pas chez vous pour que je vous briefe sur
la meilleure façon d'attaquer la belle Aisha ?

* *

Gwyneth Robertson pratiquait la fellation comme on
l'enseigne dans les *finishing schools* britanniques : avec
retenue, délicatesse, technique et persévérance.
À peine Malko avait-il poussé la porte de sa chambre
qu'elle lui avait dardé une langue impérieuse au fond de
la gorge, tout en jouant du bassin avec l'art d'une dan-
seuse orientale. Elle n'avait interrompu son baiser profond que pour lâcher :
– *This is stricly business*. Richard m'a demandé de
vous aider à mettre toutes les chances de notre côté…
Ensuite, glissant silencieusement à terre, elle était
passé au stade suivant, jusqu'à ce que Malko sente sa
semence prête à jaillir de ses reins. Gwyneth l'avait
deviné aussi. Elle arracha sa bouche de lui et se redressa,
disant simplement :
– *Elle* n'aime pas qu'on jouisse dans sa bouche.
Vieux reste d'éducation religieuse, probablement.
Gwyneth enchaîna aussitôt :
– Maintenant, baisez-moi. *Elle* adore ça.
Relevée, elle ôta rapidement sa culotte et fit face à
Malko, ironique. Celui-ci sentit qu'il y avait un hic. Il
aperçut le bureau et prenant Gwyneth par la taille, l'y
courba. D'elle-même, elle s'y appuya des deux mains et
se cambra, lui offrant sa croupe. Il n'eut qu'à relever la
microjupe pour l'embrocher d'un trait. Gwyneth rythma
son assaut de brefs coups de reins, jusqu'à ce qu'il
explose dans son ventre. La première leçon était terminée. À la satisfaction générale. La jeune *case officer* alla
s'allonger sur le lit et lança d'un ton espiègle :

– C'est pas mal, mais si vous arrivez à ce stade avec notre amie, il ne faut pas tout à fait procéder de cette façon...

– Ah bon ?

Les yeux bleus pétillaient d'innocence. D'une voix précise, Gwyneth annonça sur le ton de la confidence :

– Il n'y a qu'une chose qu'Aisha aime vraiment. Qui la fait grimper au mur...

Elle se pencha à l'oreille de Malko et le lui dit. En dépit de son expérience des femmes, il sursauta légèrement.

– La première fois ?

– *Surtout* la première fois.

– Comment savez-vous tout cela ?

Gwyneth Robertson ressortit son sourire plein d'innocence.

– Je vous ai dit que Sultan était fou amoureux d'Aisha. Il m'a baisée comme il *la* baisait. Je vous fais profiter de mon expérience...

Malko la regarda, se demandant si elle était née salope ou si sa vie professionnelle l'avait révélée. Déjà, elle se relevait. Elle remonta sa culotte accrochée à sa cheville et soupira.

– J'avais entendu parler de vous à l'Agence. Je suis ravie de cette rencontre. Si vous voulez me joindre, voilà mon portable.

Après un chaste baiser, elle s'éclipsa, laissant Malko perplexe. Cette préparation d'objectif était digne de la Division des Opérations. Il n'y avait plus qu'à espérer qu'il puisse se rapprocher suffisamment de sa cible pour la mettre à exécution.

*
* *

Encore endormi, Malko décrocha à tâtons le téléphone qui sonnait. Les aiguilles lumineuses de sa Breitling indiquaient 9 h 10.

– Prince Malko Linge ?

La voix de femme grave et sensuelle lui expédia

une giclée d'adrénaline dans les artères, qui le réveilla instantanément.

– Oui.

– C'est Aisha Mokhtar. Vous savez, vous avez renversé du champagne sur ma robe, hier après-midi…

Comme s'il avait pu l'oublier…

– Je suis ravi que vous m'appeliez. Je voudrais…

– Je vous appelais pour vous dire que la tâche a *complètement* disparu. C'était sûrement du très bon champagne. Ainsi pas de teinturier…

Donc, elle n'avait officiellement aucune raison de lui téléphoner. Malko plongea dans cette faille.

– Laissez-moi au moins vous inviter à déjeuner, proposa-t-il, pour me faire pardonner.

– Aujourd'hui ?

– Oui, bien sûr.

Elle soupira.

– Bien, je vais décommander un de mes soupirants. Ce n'est pas très gentil : il est venu du fin fond de l'Angleterre pour me voir.

– Moi, je viens du fin fond de l'Europe, argumenta Malko. J'ai la priorité.

Elle rit.

– *Well*. Je passe vous prendre à une heure au *Lanesborough*. Vous aimez le *Dorchester* ?

– J'adore, jura Malko, qui n'y avait pas mis les pieds depuis dix ans.

– J'adore aussi, confirma Aisha Mokhtar.

Il fonça vers la douche, euphorique. Les conseils éclairés de Gwyneth Robertson risquaient de servir.

*
* *

Chawkat Rauf se glissa discrètement dans une des allées du Bara Market, le plus grand marché de contrebande de Peshawar, qui s'étendait sur une dizaine de kilomètres carrés le long de Jamrud Road, menant à la Khyber Pass, juste avant le début de la zone tribale. On y trouvait tous les produits détaxés arrivant d'Afghanistan, plus d'innombrables contrefaçons et un marché des voleurs où l'on pouvait se procurer armes, drogue et à peu près n'importe quoi.

Après avoir traîné devant les téléviseurs, les vélos, les couvertures chinoises, les pots d'échappement, les pneus, Chawkat Rauf arriva devant la modeste échoppe d'un vieux Sikh au turban impeccable, qui se spécialisait, lui, dans les fausses Rolex. Toutes venaient de Chine, fonctionnaient parfaitement et pouvaient s'acquérir pour le prix modique de 20 dollars... Les deux hommes se saluèrent : Chawkat Rauf était un client fidèle. Pas pour les montres, mais ce Sikh avait une autre spécialité. Depuis 2001, d'innombrables rabatteurs de la zone tribale pakistanaise et d'Afghanistan lui apportaient tout ce que les talibans ou les gens d'Al-Qaida abandonnaient dans leur fuite ou leurs déplacements.

Bien entendu, les différents représentants des services de renseignements présents au Pakistan ne l'ignoraient pas et venaient régulièrement faire leur marché, achetant à prix d'or documents, objets divers, armes trouvés dans les caches. Cela allait du manuel de guerre chimique à des organigrammes de cellules d'Al-Qaida. Certains n'avaient aucune valeur, d'autres pouvaient donner de précieux renseignements, mais le vieux Sikh vendait tout à la tête du client, empochant des centaines de dollars. Neutre, étant donné sa religion, il se contentait de faire du business et personne ne songeait à s'attaquer à lui. Les Sikhs, une communauté très soudée, tenaient presque toutes les échoppes du Bara Market.

Après avoir échangé les amabilités d'usage avec le marchand, Chawkat Rauf demanda s'il avait de nouveaux arrivages...

Le Sikh le fit alors entrer dans son arrière-boutique et sortit d'un vieux sac un petit caméscope un peu cabossé.

— J'ai ceci, annonça-t-il. C'est 400 dollars.

Chawkat Rauf sursauta devant l'énormité du prix.

— Tu es fou, dit-il, je suis sûr qu'il ne marche pas...

Le Sikh sourit dans sa longue barbe.

— Peut-être, mais tu sais d'où il vient ? Il appartenait à

un jeune homme très proche d'Oussama Bin Laden, un certain Noor, ancien *taleb* qui avait quitté son village dans le massif de Tora-Bora depuis plusieurs années. Il y est revenu il y a quelques semaines pour l'enterrement de sa mère, que Dieu ait son âme. Or, dans ce village, il y avait un mouchard de l'ISI. Il a prévenu le Frontier Corps. Les soldats sont venus l'arrêter. Il s'est défendu et a été tué. Les soldats ont fouillé sa maison et ont trouvé cette caméra dans son sac. L'un d'entre eux l'a volée et il est venu me la vendre, très cher.

Chawkat Rauf ricana intérieurement. Rapiat comme un rat, le vieux Sikh avait dû la payer 20 dollars, à tout casser. Pourtant, si cette caméra avait vraiment appartenu à un proche de Bin Laden, elle valait beaucoup d'argent. Il l'examina et découvrit qu'il y avait un chargeur à l'intérieur, un modèle numérique. Son cœur battit plus vite : un film sur Bin Laden pouvait se négocier autour de 100 000 dollars. La tête lui en tournait…

– Je te donne 50 dollars, annonça-t-il. Parce que nous sommes bons amis.

Sans un mot, le Sikh récupéra la caméra et la remit dans le sac. Chawkat Rauf ne se troubla pas.

– C'est un bon prix ! insista-t-il. Qui va t'acheter cela ?

Le Sikh le regarda froidement.

– Toutes les semaines, un étranger vient me voir. Il est en *camiz-charouar*, mais je pense qu'il est américain. Lui me donnera 1 000 dollars sans discuter…

Chawkat Rauf poussa un profond soupir.

– Montre-la-moi de nouveau.

Il fit semblant d'examiner la caméra Sony et secoua la tête.

– Deux cents dollars, c'est un prix élevé, mais je sais que tu as besoin d'argent.

Ce qui était totalement faux : le Sikh était riche comme un puits… Celui-ci reprit la caméra.

– Je ne la donnerai pas à moins de 500 dollars ! trancha-t-il.

Vingt minutes plus tard, ils s'étaient mis d'accord sur 300 dollars, une somme énorme en roupies : 45 000 rou-

pies. Ce que gagnaient par an certaines familles, et pas
les plus pauvres.

Chawkat Rauf fila alors à l'agence de la Barclay's
Bank de GT Road, car il n'avait évidemment pas une
somme pareille sur lui. Officiellement, il travaillait
comme prédicateur à la mosquée du *Pir* Hamza Shinravi, un peu plus loin sur Jamrud Road, juste avant le
check-point pakistanais de Bab-e-Khyber matérialisé par
une grande arche enjambant la route. Au-delà de cette
arche, la police pakistanaise était impuissante. Chawkat
Rauf habitait dans un des bâtiments attenant à la mosquée.
Le *Pir* Hamza Shinravi, bien que soufiste, était un partisan acharné d'Oussama Bin Laden, et c'est à ce titre
qu'il hébergeait Chawkat Rauf. Celui-ci, en effet, affi-
chait les mêmes convictions et, régulièrement, partait en
Grande-Bretagne récolter des fonds pour sa madrasa, en
reversant ensuite discrètement une partie à Al-Qaida.

Évidemment, personne ne savait que ce partisan affi-
ché d'Oussama Bin Laden avait été recruté par le MI6, le
service de renseignements extérieur britannique, et qu'il
recueillait pieusement toutes les informations sur Al-
Qaida, qu'il transmettait ensuite par divers moyens à ses
employeurs. Soit à l'occasion de ses voyages, soit par des
messages transmis à des courriers sûrs. Il possédait un
compte à la Barclay's Bank, sous un faux nom, qui permettait de faire face à ce genre de situation.

De retour au Bara Market, il échangea la caméra
contre 45 000 roupies et partit, son sac en plastique à la
main. Le fait qu'il y ait des photos numériques à l'intérieur lui donnait une valeur certaine. Il hésita sur la
conduite à tenir : s'il transmettait cette caméra à l'antenne
du MI6 à Islamabad, il n'en retirerait aucun profit. Le
Service, à Londres, en ignorerait la provenance. Il fallait
attendre et l'apporter lui-même dans la capitale britannique, ce qui lui vaudrait certainement une prime...

Il flâna encore un peu dans le Bara Market puis prit un
bus pour University Tower, où vivait un de ses cousins.
Il lui confia la caméra. Pas question de la ramener à la

madrasa. Officiellement, il n'avait que quelques centaines de roupies mensuelles pour vivre, étant logé et nourri.

*
* *

Kuldip Singh ferma soigneusement son échoppe, ajustant les panneaux de bois avec d'énormes cadenas, et s'éloigna dans les allées poussiéreuses, en direction de GT Road. Il gagna ensuite un petit café à côté du cinéma Shummar où des hommes de différentes ethnies – à Peshawar, il y avait de tout – avaient l'habitude de fumer un narguileh en jouant aux dominos et en buvant du thé très fort. Il se rencogna à la table la plus éloignée, à l'extérieur, et commanda un thé. Lui ne fumait pas le narguileh.

Une demi-heure plus tard, il vit arriver celui qu'il attendait. Un Pachtoun à la longue barbe soyeuse d'un noir brillant, qui avait jadis milité dans les rangs de la milice de Gulguddine Hekmatiar, un fondamentaliste férocement antiaméricain, et qui servait depuis de boîte aux lettres pour les partisans d'Al-Qaida répartis entre l'Afghanistan, le Waziristan et une partie du Baloutchistan. Ils ne se téléphonaient jamais, ne prenaient jamais de rendez-vous, mais se voyaient tous les soirs dans ce café. Parfois, simplement pour discuter politique, d'autres fois, Kuldip Singh, qui tenait à être bien avec tout le monde, transmettait à son interlocuteur qu'il ne connaissait que sous le nom de Pervez, des informations susceptibles d'intéresser Al-Qaida. Pervez ne lui donnait pas d'argent, mais une protection invisible. En charge du service de renseignements d'Al-Qaida à Peshawar, ou plutôt de ce qu'il en restait, il avait le bras long et pouvait faire assassiner n'importe qui sur un simple claquement de doigts. Après avoir récupéré ses 300 dollars, Kuldip Singh s'était dit que cette histoire l'intéresserait sûrement.

Effectivement, le Pachtoun l'écouta avec attention, posant de nombreuses questions sur la caméra, auxquelles le Sikh fut bien incapable de répondre : il ne lisait pas les caractères latins. Mais il fournit de précieuses indications sur son acheteur. S'il ne connaissait pas son nom, il savait qu'il vivait à la madrasa de Jamrud Road et qu'il voyageait fréquemment à l'étranger pour lever des fonds.

Son récit parut intéresser prodigieusement Pervez, qui reprocha gentiment au Sikh de ne pas lui avoir parlé de cette caméra *avant* de la revendre.

– Mais tu n'as pas d'argent ! protesta le commerçant de Bara Market.

– J'en aurais trouvé ! affirma le Pachtoun, avant de le quitter en lui offrant son thé.

CHAPITRE V

Sultan Hafiz Mahmood n'arrivait pas à trouver le sommeil, bien qu'il soit plus de deux heures du matin. Il sortit du living-room climatisé pour gagner la terrasse dominant le jardin de sa maison entourée de verdure, comme toutes celles du quartier F8, un des plus résidentiels d'Islamabad. L'air était tiède. Déjà, dans la journée, la température atteignait 40 °C et dans le sud, vers Karachi, il faisait 50 °C ! Il regardait la ligne sombre des Margalla Hills, qui couraient au nord de la ville, lorsqu'un bruit de feuillage froissé dans le jardin le fit sursauter.

À cause de la proximité du Fatima Jannah Park, il y avait souvent des animaux sauvages dans les jardins des maisons du quartier. D'ailleurs, Islamabad, découpée en carrés, avec d'interminables avenues se coupant à angle droit, ressemblait à un parc. On y tuait couramment sangliers, renards et même quelques petits félins égarés...

Seulement, il n'y avait pas que les animaux sauvages. Prudent, Sultan Hafiz Mahmood alla prendre dans son râtelier d'armes une Kalachnikov, l'arma et s'installa sur la terrasse, scrutant l'obscurité du jardin. Le bruit avait cessé, mais il n'ignorait pas que le Mossad et la CIA étaient à ses trousses. Les Américains auraient voulu le kidnapper, mais le Mossad, lui, se contenterait d'une élimination physique... Heureusement, sa maison était surveillée jour et nuit et une ligne directe la reliait au QG de l'ISI, qui pouvait intervenir très vite.

Il prit une bouteille de Defender Success « 12 ans d'âge » dans le bar et s'en versa une bonne rasade sur beaucoup de glace, faisant ensuite tourner lentement les glaçons.

Une semaine s'était écoulée depuis son expédition au Baloutchistan. Deux jours après son retour, il avait reçu la visite d'un colonel de l'ISI qui l'avait sévèrement réprimandé pour être allé à Karachi sans autorisation, alors qu'il était assigné à résidence. Sultan Hafiz Mahmood avait prétendu ne pas savoir qu'il n'avait pas le droit de se déplacer au Pakistan. Le colonel de l'ISI avait ensuite posé la question à laquelle il s'était préparé.

— Qu'étiez-vous allé faire là-bas ?

Il avait alors servi l'histoire de Gaddani Beach. Un de ses amis, armateur, voulait envoyer des bateaux à la ferraille. Il était allé se renseigner.

— C'est tout ?

— Non, j'avais rendez-vous avec un vieil ami à Gwadar, le *Nawar* Al Bughti. Pour essayer des vierges omanaises qu'un de ses amis lui avait envoyées.

Le colonel de l'ISI avait souri, complice.

Dans le monde musulman, les vierges étaient une obsession courante. Ce passe-temps justifiait un voyage de quelques centaines de kilomètres. L'officier de l'ISI ne lui avait posé aucune question sur les deux policiers assassinés au RPG7. Ils le soupçonnaient sûrement mais ne pouvaient rien prouver, et Jamil Al Bughti ne parlerait pas. Le colonel de l'ISI n'avait pas insisté. Déjà, son service avait enquêté à Gwadar et à Gaddani, sans rien trouver. Là-bas, toutes les bouches se fermaient dès qu'on voyait un policier…

Sultan Hafiz Mahmood but un peu de son Defender, fixant le ciel étoilé. Le boutre parti de Gwadar était arrivé à destination depuis deux jours environ, mais il faudrait encore des semaines d'attente avant que Sultan Hafiz Mahmood ne recueille le résultat de ses années d'efforts. Il souffrait d'être réduit, désormais, à un rôle passif. Il ne restait sur le territoire pakistanais aucune trace de l'opération. Le local utilisé pour la phase finale avait été dynamité, ses occupants étaient dispersés. Même si, aujourd'hui, les autorités pakistanaises mettaient la main sur une trace tangible, cela ne les mènerait nulle part. En plus, il y avait gros à parier qu'elles ne souffleraient mot de leur découverte, embarrassante pour elles. De ce côté-là, Sultan Hafiz Mahmood pouvait dormir tranquille.

Pour éviter de penser sans arrêt à ce qui allait se passer, il reprit la lettre qu'un messager sûr arrivant de Londres lui avait remise le matin même. Une missive manuscrite d'Aisha Mokhtar. Elle lui réclamait tout simplement un versement de cent millions de dollars sur le compte qu'elle désignait. Afin, disait-elle, de ne plus être obligée de mendier… Cette salope se plaignait de ne plus le voir et demandait quand il pouvait la rejoindre, lui parlant de la maison qu'elle venait d'acheter à Londres.

Comme si elle ne savait pas qu'il lui était impossible de quitter le Pakistan…

La fin de la lettre était plus ambiguë, faisant allusion aux documents précieux qu'il lui avait confiés et assurant qu'elle veillait dessus comme à la prunelle de ses yeux.

Le Pakistanais froissa rageusement la lettre. C'était un chantage déguisé. Certes, Aisha ne savait pas tout de son opération, mais dans son euphorie, il avait eu la folie de la tenir au courant de son lancement et elle en connaissait les grandes lignes. À part son grand dessein, à cette époque, il concentrait toutes ses forces à lui faire l'amour, partout. Dès qu'il l'approchait, il ne pensait plus qu'à cela.

Le sommeil commençait à le gagner. Il décida de remettre au lendemain les mesures à prendre.

*
* *

Malko sortit du *Lanesborough*, salué par le portier en haut de forme, et aperçut tout de suite la Bentley vert pâle stationnée sous l'auvent. Le chauffeur, un gaillard moustachu ressemblant à un lutteur de foire, bondit de son siège pour lui ouvrir la portière arrière.

Aisha Mokhtar l'accueillit d'un sourire éblouissant. Cette fois, elle portait un tailleur de soie bleu nuit, ouvert sur un chemisier blanc opaque, avec ce qui semblait être des bas. Malko ne pouvait imaginer qu'une femme comme elle porte des collants... Elle lui tendit sa main à baiser et il put respirer le parfum lourd dont elle s'était arrosée...

– C'est gentil de m'inviter, minauda-t-elle. Je vois tellement de gens ennuyeux.

– Vous semblez bien entourée, remarqua perfidement Malko. Ce Pakistanais est charmant.

Elle eut une moue dégoûtée.

– C'est un porc ! Dès qu'il pose ses mains humides de sueur sur moi, j'en ai la chair de poule... Il a gagné des milliards avec ses jeans, mais il ferait mieux de rester à Birmingham.

– Et votre soupirant venu du fond de l'Angleterre ?

Elle émit un rire léger, juste comme la Bentley quittait Park Lane pour stopper devant le *Dorchester*, en face d'une brochette de Ferrari, de Porsche et de Rolls-Royce. Une Lamborghini plate comme une punaise était garée devant l'entrée. Malko avait réservé une table au fond du restaurant, à droite de l'entrée.

– Il se consolera ! Je crois qu'au fond, tout ce qu'il souhaite, c'est que je l'accompagne à Ascot, pour épater ses copains. Il n'aime vraiment que ses chevaux...

Un pianiste en queue de pie égrenait des notes mélancoliques pour le salon de thé qui occupait une bonne partie du *lobby*, là où les « pauvres » grignotaient quelques canapés vendus au poids de l'or, en échangeant les derniers potins de Londres. Malko regarda la salle du restaurant. Pas mal de couples. Certains riches Anglais réservaient une chambre pour y emmener leur conquête après le café. À 600 livres, cela mettait l'orgasme hors de prix... Aisha Mokhtar commanda des huîtres frites au gratin, abominable spécialité britannique, et une sole qui, d'après son prix, avait dû être élevée dans un très bon collège.

Lorsqu'elle vit arriver le magnum de Taittinger Comtes de Champagne Blanc de Blancs, millésimé 1996, porté

cérémonieusement par un commis précédé du maître
d'hôtel, elle poussa un vrai cri de joie.

– C'est merveilleux ! J'*adooore* le champagne.

– Moi aussi, assura Malko.

La glace était rompue. Aisha Mokhtar se pencha vers
lui.

– Parlez-moi de vous. Que faites-vous à Londres ?

– J'aime bien Londres, j'y ai des amis, cela me change
de l'Autriche et de la campagne.

– Vous vivez dans un château...

– Oh, un vieux château en mauvais état... Mais ma
famille y est depuis plusieurs siècles.

– Vous ne travaillez pas alors, comme tous mes amis
anglais ?

– Hélas, si, soupira Malko. Je gère la fortune des autres
à la Völkische Bank, à Vienne.

– C'est passionnant, vous pourrez me donner des
conseils, minauda Aisha en attaquant ses huîtres qui semblaient sortir d'une décharge publique...

La nourriture britannique était vraiment infecte.

Il ne restait plus une goutte du magnum de Taittinger
dont Aisha avait bu la plus grande part. Les joues rosies,
le regard brûlant, elle était de plus en plus volubile. Malko
en savait un peu plus sur elle. Née en Inde, musulmane
et pauvre, elle y avait rencontré son premier mari, un
gentleman britannique de trente ans son aîné, qui l'avait
emmenée à Londres après l'avoir épousée. Arraché,
hélas, prématurément à son affection trois ans plus tard...
Ensuite, elle avait partagé sa vie entre le Pakistan – avec
un second mari – et Dubaï. Divorcée, elle avait enfin rencontré l'homme de sa vie, dont elle n'avait pas donné le
nom à Malko. Retenu par ses affaires à Islamabad, il la
délaissait... Heureusement qu'il y avait la vie mondaine,
les cocktails, les soirées...

En dépit de sa bouche pulpeuse, de son sourire sensuel

et de son regard brûlant, Malko sentait la prédatrice, rompue aux combats de la vie. Et habituée à gagner...

Leurs regards se croisèrent et ce qu'il crut lire dans le sien semblait vérifier l'analyse de Gwyneth Robertson. Aisha Mokhtar proposa soudain d'une voix égale :

— Voulez-vous voir ma maison ? C'est moi qui l'ai décorée !

Cinq minutes plus tard, ils étaient dans la Bentley. Grâce à un mouvement un peu brusque, Malko avait pu vérifier qu'elle portait bien des bas... Ils atterrirent dans une petite impasse mal pavée, Belgrave News North, non loin de Belgrave Square. L'endroit le plus chic de Londres. Pour accéder au grand square du quartier, il fallait une clef que seuls possédaient les résidents des maisons avoisinantes...

Aisha Mokhtar faisait partie de ces *happy-few*.

Le chauffeur arrêta la Bentley devant une petite maison de deux étages, visiblement refaite à neuf. D'ailleurs, il n'y avait que cela dans cette impasse très select. À l'intérieur, cela sentait l'encens et une magnifique gerbe de roses ornait la petite entrée. La Pakistanaise conduisit Malko jusqu'à une pièce aux murs laqués rouges, avec un bar et des gravures plutôt érotiques au mur. Elle fonça directement vers le réfrigérateur, laqué rouge lui aussi, et en sortit une bouteille de Taittinger qu'elle tendit à Malko.

— Fêtons votre première visite ici... Vous ne pouvez pas savoir ce que j'aime le champagne ! J'ai l'impression que ses bulles me font voler.

Lorsqu'il fit sauter le bouchon, elle avait déjà mis de la musique, une mélopée orientale lente et rythmée.

De fait, elle buvait le champagne comme de l'eau.

— Vous vivez seule, ici ? demanda Malko.

— Hélas oui, je n'ai pas encore trouvé d'homme pour me tenir compagnie, à part Chaury, mon chauffeur.

Ce dernier, sur l'ordre de sa maîtresse, était resté dehors pour astiquer la Bentley. Accoudée au bar, Aisha fixait Malko avec un drôle de sourire, tout en jouant avec sa flûte vide. L'atmosphère se chargea brutalement d'électricité. Leurs regards se croisèrent, restèrent accrochés. Sans réfléchir, Malko fit un pas en avant. C'est Aisha qui déplaça légèrement la tête pour que sa bouche arrive exactement en face de la sienne.

Elle embrassait comme une vraie femme. De tout son corps. Avec des sursauts brusques, un ballet furieux d'une langue qui semblait avoir absorbé toutes les bulles de champagne tant elle vibrait. Lorsque Malko effleura sa poitrine, la Pakistanaise appuya encore plus son bassin contre le sien. Il s'enhardit, caressant une hanche puis le ventre un peu bombé, plus bas. Lorsque ses doigts se posèrent sur le renflement du sexe, Aisha eut un sursaut, mais ce n'était pas un recul. Malko se mit à la masser, tandis que sa langue tournait comme une toupie dans sa bouche. Elle faillit tomber, se rattrapa à un tabouret.

Il avait relevé la jupe de son tailleur et atteint son ventre. Ils n'avaient pas prononcé une parole. Malko éprouva une délicieuse surprise en sentant les doigts d'Aisha descendre son Zip, se glisser à l'intérieur de son pantalon, et l'empoigner. Il n'avait même pas réalisé à quel point il était excité. En un clin d'œil, la jeune femme se retrouva à genoux en face de lui et enfonça son membre durci jusqu'au fond de son gosier... Sa fellation ne ressemblait en rien à celle de Gwyneth Robertson, bien léchée si on peut dire, domestiquée. Celle-là était beaucoup plus désordonnée, sauvage, avec des mouvements brusques, des plongées d'oiseau vorace. Cela sentait le soleil, l'exotisme, la fureur sexuelle. En un mot, Aisha suçait comme une folle, pour son plaisir à elle.

À ce rythme sauvage, Malko eut vite envie de conclure. Aisha prit les devants. Se relevant brusquement, elle se débarrassa de sa culotte noire d'un geste rapide, s'appuya au bar, les jambes légèrement écartées, tournant le dos à Malko. Il aperçut dans le miroir ses traits tendus par l'attente du plaisir.

– Comme ça ! lança-t-elle.

Le pantalon sur les chevilles, il releva la jupe du tailleur, découvrant la croupe nue. Il allait s'enfoncer en elle lorsqu'il se souvint à temps des recommandations de

Gwyneth Robertson. Aisha frémit et poussa un gémissement difficile à interpréter lorsque, négligeant son ventre, il appuya son sexe directement contre l'entrée de ses reins. Sans hésiter, il poussa de tout son poids et sentit son membre s'enfoncer dans la croupe de la Pakistanaise, et disparaître entièrement, avalé par la corolle brune. Aisha poussa une sorte de cri d'agonie et hurla :

— *Non, no, it's hurt*[1] !

Se fiant aux conseils de son mentor, Malko saisit la jeune femme par les hanches, se retira presque entièrement puis revint en force, arrachant un nouveau hurlement à Aisha, accrochée des deux mains au bar. Il continua pourtant, sentant la gaine qui l'accueillait s'assouplir progressivement. Les hanches d'Aisha se balançaient, elle donnait de petits coups de reins pour venir au-devant du membre fiché en elle. Enfin, elle se mit à implorer Malko.

— *Please, please, come in my ass*[2] !

Là, ce n'était plus du tout *finishing school*. Malko obéit, se vidant avec un cri sauvage. Le diagnostic de Gwyneth Robertson était exact. Aisha Mokhtar *adooorait* se faire sodomiser...

À peine se fut-il retiré qu'elle se laissa glisser à terre, le dos appuyé à la laque du bar, haletante. Elle leva sur Malko un regard de femelle ravie, les yeux cernés, la bouche gonflée...

— *My God ! Was so good !* murmura-t-elle. *You are a beast...*

Il l'aida à se relever et lui reversa un peu de champagne. Aisha Mokhtar s'approcha de lui, effleurant son visage d'une caresse aérienne.

— Il y a peu d'hommes qui comprennent les femmes, dit-elle. Je sens que nous allons bien nous entendre...

***

1. Non, non, ça fait mal !
2. Je t'en prie, jouis dans mon cul !

Aisha Mokhtar, de nouveau très «ladylike», devisait avec Malko sur le canapé de cuir rouge. Le chauffeur avait enfin eu l'autorisation d'entrer dans la maison et s'affairait à la cuisine.

— C'est un géant, remarqua Malko, comme il leur apportait de la glace. Il peut servir de garde du corps..

— Ça peut en effet être utile, laissa tomber Aisha.

Londres était pourtant une des villes les plus sûres du monde. Malko venait de franchir le premier cercle... Aisha posa la tête sur son épaule.

— Quand repartez-vous ?

— À la fin de la semaine.

— Vous m'inviterez dans votre château ?

— Avec plaisir. Quand vous voudrez !

Il suffirait de trouver un placard assez grand et assez solide pour y enfermer Alexandra...

— La semaine prochaine ? Après, j'ai plusieurs soirées ici.

Au moins, elle était directe.

— Je vous attends ! Je viendrai vous chercher à Vienne. Dites-moi quel jour et je donnerai un grand dîner en votre honneur.

— Magnifique !

Aisha Mokhtar rayonnait. Plus bas, elle ajouta :

— Après le dîner, vous me prendrez sur la table, comme aujourd'hui, à la lueur des chandelles.

Encore un rêve de jeune fille.

— Si c'est un ordre, je l'exécuterai, promit Malko en lui baisant la main.

La manip' de la CIA était en bonne voie. En tout cas, pour ce qui concernait le contact. Il pouvait difficilement être plus étroit.

Il restait à extorquer ses secrets à Aisha Mokhtar. Ce qui allait être beaucoup plus difficile.

CHAPITRE VI

Chawkat Rauf, encore abruti par le vol de onze heures Islamabad-Londres, franchit la passerelle du Boeing 747 des Pakistan Airlines pour gagner le terminal 4 de l'aéroport d'Heathrow. Quelques couloirs et il se retrouva dans la queue en face des guichets d'immigration. Regardant autour de lui, il repéra une cabine téléphonique et composa un numéro qu'il avait appris par cœur, car il ne pouvait l'inscrire nulle part, sous peine de risquer sa vie. Une voix d'homme répondit aussitôt, répétant simplement le numéro.

– C'est « Fox ». Je viens d'arriver, annonça le Pakistanais.

La voix se fit aussitôt plus chaleureuse.

– *Good!* Vous avez fait bon voyage ?

Comme si un voyage pouvait être bon en classe éco, serré comme des sardines, les genoux sous le menton... Les Britanniques avaient toujours le sens de l'humour.

– Excellent, *sir*, répondit néanmoins le Pakistanais.

– *Some interesting news ?* demanda d'un ton détaché son correspondant, John Gilmore, agent du MI6, qui le « traitait » depuis bientôt deux ans, après l'avoir recruté à Peshawar, au Pakistan, en le tirant d'une fâcheuse histoire de trafic de drogue...

Parlant parfaitement urdu et pachtou, John Gilmore se mouvait au Pakistan comme un poisson dans l'eau. Une fantaisie administrative l'avait fait affecter à Londres, dans le hideux et futuriste bâtiment regroupant désormais toutes les sections du MI6, sur la rive sud de la Tamise, dans Albert Embankment, un incroyable château fort de science-fiction, doté de vitres vertes réfléchissantes qui le faisaient ressembler à une création de bande dessinée. Cet étrange aspect était voulu. Le gouvernement britannique, convaincu que pour le monde entier l'archétype de l'espion était James Bond, avait décidé de créer à Londres une nouvelle attraction touristique, en sus de la relève de la garde à Buckingham ou de la Tour de Londres, un peu dépassées. Le «QG» de James Bond, espion de Sa Majesté. Pari gagné. Des milliers de touristes japonais se ruaient tous les matins pour photographier cette monstruosité architecturale. Hélas, le budget de la construction ayant été allégrement dépassé, les aménagements intérieurs avaient été réduits au strict minimum! Aussi les agents du MI6 regrettaient-ils amèrement leurs fauteuils de cuir et les boiseries de leurs safe-houses jadis dissimulées un peu partout en ville. John Gilmore, lui, regrettait le Pakistan, se morfondant à rédiger à longueur de journée des synthèses sur le sous-continent que personne ne lisait. Sa seule véritable tâche intéressante était de «traiter» Chawkat Rauf deux fois par an... .

– *Very interesting news, sir,* confirma d'une voix pleine d'excitation la taupe du MI6. J'ai pu me procurer pour une somme importante un objet ayant appartenu à un proche de Bin Laden, annonça Chawkat Rauf. Un caméscope, *sir*.

John Gilmore sentit le vent victorieux de Trafalgar l'effleurer mais coupa vivement Chawkat Rauf. Il se méfait du téléphone et cette ligne n'était pas sécurisée.

– *Well*, dit-il. Nous parlerons de ceci de vive voix. Où allez-vous loger?

– À la mosquée de Green Street.

Cette mosquée était considérée par le MI6 comme une base d'Al-Qaida.

John Gilmore n'hésita pas.

– Avant d'y aller, je pense que ce serait une bonne idée de prendre un taxi et de venir au 33 Queen Ann's Gate.

— *Very well, sir,* promit Chawkat Rauf. Je serai là dans une heure.

Il raccrocha et revint se placer dans la queue des guichets de l'Immigration. Son passeport pakistanais à la main, muni d'un beau visa délivré par le consulat britannique de Peshawar. Il était désormais pratiquement impossible pour un Pakistanais «ordinaire» de venir en Grande-Bretagne, même pour se faire soigner. Une seule catégorie échappait à la règle : les collecteurs de fonds, qui venaient chercher de l'argent dans la diaspora pakistanaise, pour des œuvres humanitaires ou religieuses. De concert avec ses «employeurs», Chawkat Rauf avait choisi cette catégorie. Deux fois par an, il venait faire la quête à Londres ou à Birmingham, recueillant 400 000 ou 500 000 livres sterling, une somme colossale en roupies...

L'Islamic Relief Fund, l'ONG à laquelle il appartenait et qui reversait secrètement une partie de ses fonds à la mouvance d'Al-Qaida, était ravie de ses prestations et le laissait venir en Europe. Bien entendu, au consulat de Peshawar, son nom était précédé d'une pastille rouge, signifiant qu'on ne devait jamais lui refuser un visa...

La pratique était courante pour les collecteurs de fonds, et les soupçonneux islamistes n'y voyaient que du feu.

Ce n'était pas par pure bonté d'âme que le Foreign Office britannique procédait ainsi. Cela permettait de suivre en partie le financement des islamistes radicaux et cette attitude renforçait la tolérance affichée du gouvernement britannique pour l'islam non terroriste. De tous temps, les gouvernements successifs de Grande-Bretagne avaient décidé qu'ils ne pouvaient pas affronter deux risques en même temps : l'IRA et le terrorisme islamiste.

Il y avait donc un *gentlemen's agreement.*

Chawkat Rauf tendit donc son passeport à l'*Immigration Officer* sans la moindre angoisse. Lorsque le Britannique tapa son nom sur l'ordinateur, une étoile apparut immédiatement sur l'écran. Signe qu'il ne fallait poser aucune question. Cinq minutes plus tard, le voyageur, encore en tenue pakistanaise, *camiz-charouar* et gilet élimé, émergeait dans le hall des arrivées, où une foule colorée guettait les passagers du vol de la PIA.

Chawkat Rauf allait se diriger vers les taxis lorsqu'il aperçut un visage connu dans la foule. Un homme portant la même tenue que lui, un calot plat sur la tête : Sambal Chahan, le responsable de la mosquée de Green Street où il devait loger, dans le quartier d'Upton Park, l'East End londonien. Sambal Chahan l'étreignit chaleureusement, l'embrassant trois fois à la pakistanaise, et annonça :

– Les frères de Peshawar nous ont prévenus par e-mail de ton arrivée. J'ai voulu venir t'accueillir moi-même.

Chawkat Rauf, un peu surpris, ne put que remercier son interlocuteur de sa sollicitude. Cela l'ennuyait d'emporter le caméscope à la mosquée, mais il n'avait guère le choix. Il faudrait, dès que possible, qu'il parvienne à s'éclipser.

À Peshawar, il avait récupéré le précieux objet au dernier moment, avant de prendre le bus pour Islamabad.

Ils gagnèrent la station Heathrow de la ligne Northern et s'installèrent dans le wagon de tête. Avec le changement à West Kensington, ils en avaient pour une bonne heure, traversant tout Londres. Et encore, maintenant, le métro ne connaissait-il plus de pannes interminables... Chawkat Rauf regarda à la dérobée une publicité de la Barclay's Bank. C'est là que chaque mois le MI6 versait 200 livres sur un compte ouvert au nom de Fox. Le jour venu, il pourrait s'acheter une boutique, faire venir sa famille en Grande-Bretagne et couler des jours paisibles. Seulement, chaque fois qu'il parlait à son traitant de décrocher, on lui demandait toujours un petit travail en plus. En réalité, il était, sans le savoir, la meilleure source du MI6 proche d'Al-Qaida. Et donc pas près de prendre sa retraite.

Le métro s'ébranla et il ferma les yeux pour se détendre. Son traitant allait s'inquiéter de ne pas le voir arriver. Pourvu qu'il ne prenne pas d'initiative maladroite.

*
* *

John Gilmore décrocha la ligne directe qui le reliait au MI5 et demanda la Division D, chargée des filatures dans Londres et de la protection des « amis ». Il était midi et Chawkat Rauf n'avait pas donné signe de vie. Aucune raison normale ne pouvait expliquer un tel retard. John Gilmore avait fait procéder à une vérification rapide dans les services d'urgence de l'aéroport et des hôpitaux situés sur le trajet supposé de son agent, sans résultat. Donc, une raison imprévue avait empêché Chawkat Rauf de venir au MI6. John Gilmore ne s'affolait pas encore, mais il fallait réagir. Lorsqu'on lui passa le service, une voix neutre demanda :

— À qui voulez-vous parler ?

— Mike, c'est John, annonça John Gilmore. J'ai besoin d'un petit service.

— C'est urgent ?

— Oui.

— Vous venez déjeuner au *City Café* ? Une heure.

— *Very well.*

Après avoir raccroché, il regarda sa montre. Midi quarante-cinq. Il avait le temps de se rendre à pied au *City Café,* dans Thorney Street, juste en face de l'entrée du MI5. Le service de contre-espionnage intérieur britannique occupait un énorme bâtiment double sans aucun signe distinctif sur Millbank, de l'autre côté de la Tamise. En traversant le Vauxhall Bridge et en parcourant trois cents mètres à pied, John Gilmore y serait juste à temps. L'idée de déjeuner au *City Café* lui mettait l'eau à la bouche : il adorait manger, mais les bons restaurants londoniens étaient hors de portée d'un chef de service du MI6… Cette fois, il pourrait faire une note de frais justifiée par la demande officielle à son collègue du Service intérieur. Le MI5 gérait tout ce qui se passait sur le territoire britannique, le MI6 ayant en charge les opérations extérieures. Parfois, surtout avec les islamistes, les activités des deux maisons se chevauchaient. Cependant, le

MI6 n'ayant pas le droit de travailler sur le sol britannique, il était obligé de sous-traiter avec le MI5.

John Gilmore ouvrit son coffre et y prit le dossier de Chawkat Rauf, sélectionnant une photo où il était reconnaissable. Il ferma son bureau à clef, prit le *Times*, au cas où son collègue serait en retard, et descendit, sortant par la porte latérale de Thames Path, plus discrète que la monumentale porte d'Albert Embankment. Avec son costume noir, sa chemise sans cravate, sa silhouette épaisse – pour un mètre quatre-vingt-dix, il pesait exactement 283 livres[1] – et son catogan réunissant ses derniers cheveux blonds, John Gilmore avait plus l'air d'un musicien un peu «hip» que d'un agent de renseignement. Il contourna le bâtiment par l'arrière pour rejoindre Vauxhall Bridge. Une vieille dame nourrissait des pigeons et des amoureux de couleur flirtaient, à demi allongés sur un des bancs, face à la Tamise, avec derrière eux, le bruit agréable des jets d'eau retombant dans le grand bassin entourant le château fort, ignorant ce qui se passait derrière les vitres vertes de cet étrange bâtiment aux lignes tourmentées. Un très modeste drapeau de l'Union Jack flottait entre les tours, côté Tamise, mais il était peu visible du sol.

En traversant Vauxhall Bridge, John Gilmore jeta un coup d'œil en direction des toits dorés du MI5. Ces bâtiments étaient encore, si possible, plus discrets que ceux du MI6. Même pas de drapeau, aucune porte sur Millbank, des fenêtres toujours fermées, avec des encadrements métalliques qui donnaient l'impression qu'elles avaient toutes des barreaux…

Trois cents mètres plus loin, il tourna dans Thorney Street, qui donnait sur Millbank en faisant un coude, longeant tout Thames House, le siège du MI5. Le restaurant se trouvait juste après le coude et Mike Turnball s'y trouvait déjà, en face d'un verre de scotch à la belle couleur ambrée. Les deux hommes se serrèrent la main chaleureusement et John Gilmore commanda à son tour un Defender «5 ans d'âge».

---

1. Environ 125 kilos.

Dans son cadre très moderne, le *City Café* offrait une excellente nourriture. Ils prirent le menu. John Gilmore se laissa tenter par le *roast loin of suckling pig*, un peu lourd mais délicieux, surtout précédé d'une *mixed beans salad*. Mike Turnball, lui, se contenta d'un *halibut fillet*, spécialité de la maison. Le tout arrosé de vin sud-africain à 14,5°.

— *Well*, attaqua Mike Turnball, quel est le problème ?

John Gilmore sortit de sa poche la photo de Chawkat Rauf et la poussa vers l'agent du MI5.

— C'est mon meilleur agent au Pakistan. Il est arrivé ce matin d'Islamabad. Nous avons convenu de nous rencontrer dans une safe-house de Queen Ann's Gate et il n'est pas venu.

— Une explication ?

— Je n'en ai pas. C'est peut-être un contretemps idiot, mais on ne sait jamais. Il m'a parlé d'informations très *hot*.

— Où devait-il aller à Londres ?

— Il loge toujours dans la mosquée du 88 Green Street.

— Ah, je vois ! soupira Mike Turnball, ce sont des dangereux là-bas. On en a bouclé un pendant deux mois, mais nous avons été obligés de le relâcher. Qu'attendez-vous de nous ?

— Du « baby-sitting », répondit John Gilmore. Rien d'actif. Qu'on veille sur lui, de façon que je sache ce qui se passe. Il faut absolument que je récupère ces informations.

— *Well*, suggéra l'agent du MI5, on pourrait peut-être procéder à une petite mise en scène. Un contrôle dans la rue, à la suite d'un incident provoqué… Ou une vérification de passeport. Vous pourriez venir le debriefer dans un commissariat.

John Gilmore fit la moue. Pas fou, son collègue voulait partager ses informations.

— C'est risqué, dit-il, il vaut mieux attendre qu'il arrive à leur fausser compagnie.

— Ce n'est pas facile de travailler dans Green Street, remarqua Turnball. Il n'y a que des « bronzés ».

Cette rue de quatre kilomètres de long, point de regroupement des Pakistanais à Londres, avec ses mosquées, ses bijouteries, ses marchands de saris, était surnommée Little Karachi. Pratiquement aucun Anglais de souche n'y vivait. John Gilmore sourit en mâchant son porcelet.

– Vous avez quelques « bronzés » chez vous...

– Pas beaucoup, avoua Mike Turnball, mais je vais me débrouiller. Je prévois combien de temps ? Une semaine ?

– Ça devrait suffire.

– O.K., je vous envoie un *request* officiel.

Ils terminèrent leur repas tranquillement, commandant des brandies après le café. C'était vraiment une bonne maison. Ils se séparèrent à la sortie du *City Café* et Mike Turnball se dirigea vers une des petites portes situées sur Thorney Street, de part et d'autre de la grande entrée des véhicules défendue par des herses, des plots d'accès escamotables et des merlons. L'IRA était l'ennemi public numéro un du MI5 qui s'était un peu sali les mains en Irlande du Nord. D'où sa mauvaise réputation. Pourtant, bizarrement, c'est sur l'immeuble du MI6 que des membres de l'IRA avaient tiré une roquette, tout de suite après son inauguration... Sans faire de gros dégâts d'ailleurs.

John Gilmore repartit d'un pas lent, pour digérer. Se demandant ce qui était arrivé à Chawkat Rauf, son informateur d'habitude si ponctuel.

*
* *

Étendu sur un *charpoi* défoncé qui occupait presque toute la surface de la chambre minuscule où il logeait, au-dessus de la mosquée de Green Street, Chawkat Rauf guettait les bruits de la rue. Sérieusement inquiet. Depuis son arrivée, le matin même, il n'avait pas été laissé seul une seconde. Il y avait toujours quelqu'un pour lui faire la conversation, discuter religion, demander des nouvelles du Pakistan.

Au départ, son interception à l'aéroport de Heathrow

par Sambal Chahan ne l'avait pas alarmé. Mais ce dernier cumulait les fonctions de responsable de la mosquée et de chef de l'organisation clandestine islamiste locale, et maintenant son angoisse grandissait tandis qu'il constatait que tous ceux qui s'attachaient à ses pas en étaient membres... Cette sollicitude extrême dissimulait-elle des soupçons à son égard?

Le précieux caméscope acheté à Bara Market était soigneusement enveloppé dans ses vêtements de rechange, au fond de son sac qui lui servait d'oreiller. Si on le découvrait, il aurait à répondre à des questions très gênantes. Pour la première fois depuis qu'il travaillait pour le MI6, il mourait de peur. La surveillance dont il était l'objet était anormale... Même pour aller acheter des fruits en face, un des «frères» de la mosquée l'avait accompagné. Pas question de s'approcher du téléphone public situé contre le mur de la mosquée.

Il se pencha à la petite fenêtre de sa chambre et regarda la circulation dans Green Street. Pendant quelques instants, il songea à sauter dehors, en emportant la caméra. Il n'y avait que deux étages, il suffirait ensuite de téléphoner au numéro qui répondait vingt-quatre heures sur vingt-quatre. Seulement, c'était se dévoiler et «ils» se vengeraient aussitôt sur sa famille restée au Pakistan. L'escalier craqua et une tête hirsute apparut, avec un sourire édenté.

— Tu viens partager notre repas, mon frère?

Chawkat Rauf se leva, soulagé de cette digression. Ils mangeaient au rez-de-chaussée, dans une petite pièce attenante à la salle de prière. La nourriture était déjà sur la table : des pois chiches, des morceaux de poulet dans une bassine, du riz au safran et des fruits. Cinq hommes étaient déjà là, dont Sambal Chahan, le responsable de la mosquée, qui s'adressa à lui d'un ton chaleureux.

— Quand commences-tu à récolter l'argent? J'ai quelques adresses à te donner.

— Demain, si Dieu le veut, répondit Chawkat Rauf en dévorant un morceau de poulet. Je ne dois pas perdre de temps.

Enfin l'occasion de se débarrasser du caméscope.

Sambal Chahan approuva d'un vigoureux signe de tête.

– C'est bien. En même temps, je voudrais que tu formes à cette tâche difficile notre jeune frère Awaz.

Il désignait un garçon jeune, athlétique, au teint très foncé, vêtu d'un polo bleu. Il avait des traits fins, une barbe bien taillée et d'épais sourcils qui se rejoignaient presque.

– Ce sera avec plaisir, répondit mécaniquement Chawkat Rauf, glacé intérieurement.

– Il t'accompagnera dès demain et tu lui apprendras comment obtenir de l'argent pour Dieu.

Awaz faisait partie de l'organisation et personne ne l'avait jamais accompagné dans ses tournées. Cette fois, il n'y avait plus de doute : on le soupçonnait d'être un traître. Le responsable de la mosquée continuait à sourire chaleureusement mais le poulet dans la bouche de Chawkat Rauf avait un goût de cendres. Ils ne le lâcheraient plus jusqu'à son départ de Londres. Et, là-bas, à Peshawar, on l'emmènerait dans le désert et on l'égorgerait après l'avoir fait parler...

Le repas se termina rapidement et en se levant, Sambal Chahan suggéra :

– Veux-tu prendre l'air ? Cela te fera du bien. Je vais te montrer tout ce qui a changé depuis ton dernier passage.

Encadré de Sambal Chahan et d'Awaz, Chawkat Rauf s'engagea dans Green Street. Il y avait beaucoup d'animation, des femmes en sari, voilées, se pressaient dans les innombrables bijouteries. Il aperçut un *bobby* au carrefour, réglant la circulation. Un Pakistanais ou un Indien. Il eut envie de courir vers lui, mais se retint : en Angleterre, les policiers n'étaient pas armés, et le temps qu'il explique qui il était *vraiment*, ses accompagnateurs lui auraient tranché la gorge. Il était certain qu'ils portaient des armes blanches sous leur *camiz* flottant. Ils passèrent devant la station de métro, puis revinrent sur leurs pas, après le marché. Chawkat Rauf était obsédé par une seule idée : comment, le lendemain, fausser compagnie à Awaz,

son accompagnateur ? Rien ne se passait comme prévu…
Si seulement il avait possédé un téléphone portable ! Mais
seul le responsable de la mosquée en avait un, ainsi qu'Internet dans son bureau toujours fermé à clef.

Il fut presque soulagé de retrouver le bâtiment vert de
la mosquée : la tension nerveuse l'épuisait.

Après les embrassades d'usage et la dernière prière, il
monta directement dans sa chambre et se jeta sur le vieux
charpoi, prenant machinalement son sac pour se caler la
tête. Tout de suite, il sentit quelque chose de bizarre : le
sac était étrangement léger… Fiévreusement, il écarta le
lacet qui le fermait et plongea la main dedans. Il retint un
cri : le caméscope avait disparu.

Il eut beau fouiller comme un fou, regardant même
dans le *charpoi*, il ne trouva rien. Quelqu'un était venu
pendant sa promenade et avait volé le caméscope. Or, une
honnêteté scrupuleuse régnait parmi les membres de cette
communauté religieuse, et aucun de ses membres n'avait
l'usage de ce genre d'objet. Le cœur battant la chamade,
Chawkat Rauf s'assit sur le lit, la tête dans ses mains.

Cette fois, tout était clair ! Sa prise en mains n'était pas
un hasard. Il ignorait comment, mais les gens d'Al-Qaida
avaient appris qu'il était en possession de l'appareil. Cela
ne pouvait venir que de Peshawar. Il revit le vieux Sikh
qui le lui avait vendu. C'était probablement lui qui avait
parlé.

Chawkat Rauf se mit à trembler convulsivement. Il se
leva et s'approcha de la porte, l'oreille tendue. Il ouvrit
doucement et inspecta l'escalier. S'il descendait à pas de
loup, il pourrait peut-être gagner la rue et s'enfuir. Il descendit quelques marches et s'arrêta net, le pouls en folie.
Quelqu'un, dont il ne distinguait que la moitié du corps,
dormait sur un matelas, en bas de l'escalier.

Il revint s'allonger dans le noir, les yeux ouverts, sursautant au moindre bruit. Impossible de trouver le sommeil. Il se répétait qu'il ne sortirait pas vivant de cette
mosquée. Il ouvrit la fenêtre mais c'était vraiment trop
haut. Il eut soudain une idée. Arrachant une page de son
carnet, il y griffonna rapidement quelques mots en

anglais. « *Help me. Call 911. I am prisoner in the mosque, 88 Green Street. My name is Chawkat Rauf.* »

Il chercha autour de lui un objet lourd et trouva une pierre qui servait de presse-papier. Il l'enveloppa avec le mot qu'il venait d'écrire, ouvrit la fenêtre et se pencha à l'extérieur : Green Street était déserte, les boutiques fermées. De toutes ses forces, il lança son projectile improvisé de l'autre côté de la rue et le vit atterrir dans le caniveau.

Il alla ensuite se recoucher, priant de toutes ses forces pour qu'on lui vienne en aide avant qu'on l'égorge.

CHAPITRE VII

Jonathan Hood tournait depuis sept heures du matin dans le quartier d'Upton Park sur sa mobylette, une grande carte routière fixée sur son guidon. Il s'arrêtait fréquemment, prenait des notes, feuilletait un atlas des rues londoniennes et repartait. Tous les jours, Londres était ainsi parcouru par des apprentis chauffeurs de taxi, qui préparaient un examen où ils devaient connaître un nombre incalculable de rues.

Quittant Neville Road, il tourna dans Green Street, à un bloc de la mosquée située au 88, et s'arrêta le long du trottoir, vérifiant quelque chose sur son plan, juste en face d'un marchand de légumes.

Personne ne prêtait attention à lui, la valse des apprentis chauffeurs de taxi étant habituelle, et pourtant Jonathan Hood était un agent de la Division D du MI5 en mission. Une puissante radio était dissimulée dans une des sacoches de sa mobylette, le reliant à un « sous-marin », une camionnette d'une entreprise de plomberie qui tournait elle aussi dans le quartier et rendait compte à la centrale de Millbank. Exceptionnellement, Jonathan Hood était armé. Un pistolet automatique Glock 9 mm dissimulé sous son chandail de laine bleu. Il repartit et s'arrêta un peu plus loin, presque en face de la mosquée du 88, un bâtiment de deux étages faisant le coin de Green Street et de Strudley Road. Un Pakistanais en *camiz-charouar* était en train de téléphoner d'un taxiphone installé contre le mur de la mosquée et il crut d'abord que c'était son «client». Un rapide coup d'œil sur la photo posée sur sa carte routière lui révéla qu'il n'en était rien. D'ailleurs, ce numéro – 02084707808 – avait été placé sur écoutes depuis la veille au soir. Le rôle de Jonathan Hood était simple : observer la mosquée et ses alentours et, éventuellement, porter secours au «client» désigné, un informateur du MI6 dont il ignorait même le nom.

Il cala sa machine contre le mur et pénétra dans la caféteria voisine, commandant un kebab et un Coca. Accoudé au comptoir, il pouvait surveiller l'entrée de la mosquée dans le miroir du bar. Il prévoyait une journée fastidieuse : ce genre de planque ne débouchait d'habitude sur rien de concret…

Chawkat Rauf n'avait pas fermé l'œil de la nuit. Après une toilette succincte, il décida de descendre, faisant pour le moment l'impasse sur le caméscope. Sa décision était prise : dès qu'il serait dehors, il fausserait compagnie à son mentor et courrait jusqu'à ce qu'il rencontre un *bobby*.

La barbe bien peignée, comme ses cheveux et sa moustache, il s'engagea dans l'escalier. L'homme qui avait dormi sur le palier du premier avait disparu, ainsi que son matelas. Il déboucha au rez-de-chaussée. La porte du local utilisé pour les repas était ouverte et trois «frères» s'y trouvaient déjà avec Sambal Chahan, le responsable de la mosquée. Ils accueillirent chaleureusement Chawkat Rauf qui prit place à la table et remplit un bol de lait pour y jeter des céréales.

— Tu as passé une bonne nuit, mon frère ? demanda affectueusement Sambal Chahan. Je dors en dessous de toi et j'ai entendu grincer ton *charpoi* toute la nuit. Tu étais malade ?

— C'est le décalage horaire, répliqua Chawkat Rauf, cela ira bientôt mieux.

Il plongea le nez dans son bol, s'attendant à chaque

seconde à ce qu'on lui parle du caméscope. Il avait préparé une explication : son cousin le lui avait donné pour le faire réparer à Londres.

Il avait presque fini le bol de lait quand Sambal Chahan plongea la main dans la poche de son *charouar* et en sortit un objet qu'il posa devant lui.

— Un frère nous a apporté ceci ce matin, dit-il d'une voix égale. Il l'a trouvé de l'autre côté de la rue.

Chawkat Rauf demeura sans voix en reconnaissant son appel au secours enveloppant la pierre jetée par sa fenêtre. Il se sentit inondé de sueur en quelques secondes, incapable d'articuler un mot. Avec l'impression qu'une main invisible vissait ses pieds au sol. Il émit une sorte de croassement sans parvenir à articuler une réponse normale. Croisant le regard plein de haine de son vis-à-vis, le jeune Awaz, il parvint enfin à retrouver sa voix et demanda :

— Qu'est-ce que c'est ?

— Regarde, mon frère…

Chawkat Rauf déplia la feuille de papier, le cerveau en compote. Les lignes écrites de sa main dansaient devant ses yeux. Il posa la feuille sur la table, gardant la pierre dans la main. En tournant la tête, il aperçut la porte ouverte, donnant sur la salle de prière qui elle-même donnait sur la rue. Entre la première porte et lui, il n'y avait que Sambal Chahan. Sans réfléchir, il lui jeta de toutes ses forces la pierre en plein visage. Le lourd projectile frappa le barbu sur la bouche, lui faisant éclater la lèvre supérieure, et rebondit à terre. Il porta les *deux* mains à sa bouche avec un cri de douleur.

Chawkat Rauf enjambait déjà son banc. Il frôla Sambal Chahan, s'engouffra dans la salle de prière encore vide et la traversa en courant. Ouvrant la porte donnant dans Green Street, il détala comme un lapin.

Jonathan Hood était en train de remonter sur sa mobylette quand il aperçut un homme surgir de la mosquée, juste en face de lui, de l'autre côté de la rue, et s'éloigner en courant en direction de la station de métro Upton Park. Avant même d'avoir comparé avec la photo, il sut que c'était son client.

Celui-ci s'éloignait, coudes au corps, comme s'il avait le diable à ses trousses ! Quelques secondes plus tard, trois barbus jaillirent à leur tour de la mosquée, par la même porte. Celui qui courait en tête brandissait un couteau de cuisine de trente centimètres, en vociférant des imprécations.

Le sang de l'agent du MI5 ne fit qu'un tour. Enfourchant sa mobylette, il se mit à remonter Green Street à la poursuite de son client, se faufilant entre les voitures. En même temps, il lança un appel pressant dans son micro :

— *Code one, code one, Green Street, going south.*

La voix du contrôleur, dans le sous-marin, répondit aussitôt :

— *Code one. We proceed*[1].

Code One signifiait qu'il allait y avoir une intervention physique dangereuse. Jonathan Hood ignorait où se trouvait le sous-marin et ne pouvait compter sur lui, dans un premier temps. Les trois barbus s'étaient rapprochés du fugitif, vociférant toujours. Hélas pour Jonathan Hood, c'était de l'urdu.

Soudain, deux passants qui arrivaient en sens inverse, alertés par les cris, barrèrent la route au fugitif.

Ce dernier se débattit, leur échappa et, voyant les barbus se rapprocher, s'engouffra dans une boutique de saris. Une minute plus tard, ses poursuivants y pénétraient. Jonathan Hood abandonna sa mobylette au bord du trottoir, dégaina son pistolet, le tenant bien à la verticale comme le règlement l'exigeait, et se précipita à son tour dans la boutique, lançant dans son micro :

— *Dress shop, n° 67. Three armed men*[2].

*   *
*

---

1. Code un, on arrive.
2. Magasin de vêtements, n° 67. Trois hommes armés.

John Gilmore était en train de terminer son *early morning tea* lorsqu'un voyant clignota sur le téléphone le reliant au MI5. Il décrocha et une voix tendue annonça :

– *Sir*, nous avons un problème dans Green Street. Votre client s'est enfui de la mosquée, il est poursuivi par trois hommes, munis d'armes blanches.

John Gilmore sentit son pouls exploser et lança :

– *My God !* Envoyez du monde là-bas. J'arrive. Faites cerner la mosquée. Que personne n'en sorte. Faites l'impossible pour protéger cet homme. J'arrive.

Il sortit de son bureau en trombe et se rua dans la salle d'opérations. Le temps d'expliquer la situation à l'équipe de permanence, il rejoignait au garage du rez-de-chaussée une Rover bleue banalisée, équipée d'un gyrophare sur le toit. Elle jaillit de l'entrée sur Albert Embankment et fonça le long de la Tamise, sirène hurlante, à plus de cent vingt à l'heure. À côté du chauffeur, John Gilmore, son portable collé à l'oreille, essayait de joindre le sous-marin du MI5. Il trépignait intérieurement. Green Street se trouvait à l'autre bout de Londres et, même en roulant comme un fou, il en avait pour une demi-heure de trajet au minimum. Pourvu que son informateur s'en sorte.

Il appela la branche antiterroriste de Scotland Yard qui coopérait souvent avec eux et demanda une intervention massive et immédiate sur la mosquée de Green Street. Eux disposaient d'unités spécialisées capables d'intervenir rapidement. Ensuite, tandis que le chauffeur du service avalait les rues de Londres à une allure d'enfer, il essaya de garder son sang-froid, se bénissant d'avoir penser à organiser une protection à son client.

*\
* *

Lorsque Jonathan Hood pénétra dans le magasin de saris, il eut l'impression d'entrer dans une volière ! Une douzaine de clientes et de vendeuses, terrifiées, glapissaient dans plusieurs langues en se ruant vers la porte. Bousculé, il se retrouva pratiquement seul dans le magasin, à l'exception d'un groupe vociférant autour de la caisse, au fond. Il aperçut son client, réfugié derrière la caisse, utilisant comme bouclier la caissière pakistanaise en sari, qui se débattait en poussant des cris aigus. Un des barbus, dont le visage saignait, la saisit par son sari et la jeta à terre, laissant Chawkat Rauf sans défense, acculé au mur. Horrifié, Jonathan Hood vit le barbu brandir son énorme couteau de cuisine et le plonger dans le ventre du fugitif avec un hurlement de fou. Quand la lame fut enfoncée de près de vingt centimètres, le barbu, tenant le manche du couteau à deux mains, éventra sa victime sur près de trente centimètres. Chawkat Rauf s'effondra instantanément, le sang s'échappant à flots de son horrible blessure.

— Police ! hurla Jonathan Hood, qui ne s'était jamais trouvé face à une telle situation et n'osait pas se servir de son arme pour ne pas risquer de blesser la caissière.

Le barbu à la bouche en sang qui venait de poignarder Chawkat Rauf se retourna et, au lieu de lâcher son couteau, fonça sur le policier.

— *Drop your knife* [1] ! cria Jonathan Hood.

Au lieu d'obéir, le barbu, d'un seul élan, lui plongea son couteau dans l'aine. Le péritoine transpercé, l'artère fémorale coupée, Jonathan Hood sentit ses jambes se dérober sous lui et s'effondra sur le sol, sans avoir pu tirer un seul coup de feu. Derrière la caisse, les deux autres barbus s'acharnaient sur l'homme tombé à terre, le frappant à tour de rôle avec des couteaux plus petits, tout en vociférant des injures. L'un d'eux finit par lui trancher la gorge, ce qui était parfaitement inutile car son cœur avait cessé de battre. D'ailleurs, très peu de sang jaillit de cette nouvelle blessure.

— *Allah o akbar* [2] ! hurla le barbu qui venait de poignarder le policier.

Il se rua hors de la boutique, suivi très vite de ses deux

1. Lâchez votre couteau !
2. Dieu est grand !

acolytes. Debout à côté des deux cadavres, la caissière hurlait comme une sirène.

* *
*

Grâce à leur écran vidéo relié au réseau des milliers de caméras fixes surveillant les rues de Londres, l'équipe du sous-marin en route pour Green Street suivait les événements, sachant qu'une *task force* de Scotland Yard était en route. Ils virent sur leur écran les trois hommes jaillir de la boutique de saris et remonter Green Street en courant en direction de la mosquée, sans même dissimuler leurs couteaux.

— *Suspects going north, Green Street!* lança un des agents au dispatcher central du MI5.

Le hurlement d'une sirène se rapprochait. Le chauffeur du sous-marin vit dans son rétroviseur une Rover bleue, le toit surmonté d'un gyrophare, qui empruntait Green Street à toute vitesse, phares allumés. Elle les doubla, continua un peu et s'arrêta juste en face de la mosquée.

* *
*

John Gilmore bondit de la Rover stoppée en travers de Green Street, bloquant un gros bus rouge. Aucun policier n'était encore autour de la mosquée mais des sirènes se rapprochaient : le *Special Squad* de l'antiterrorisme de Scotland Yard. Quelques minutes plus tard, trois fourgons déversèrent une vingtaine de policiers en tenue de combat, casqués et armés jusqu'aux dents, y compris de lance-grenades. Une femme en sari s'approcha d'eux et lança :

— Ils sont à l'intérieur, je les ai vus...

Les badauds commençaient à s'attrouper autour de la mosquée, contenus par les policiers. Toute circulation était interrompue dans Green Street. John Gillmore fonça vers le chef du *Special Squad*, exhiba sa carte du MI6 et ordonna :

— Cernez la mosquée. Que personne n'en sorte.

Une femme arriva en courant, hystérique, et s'accrocha au policier en uniforme.

— Il y a deux morts, dans la boutique, là-bas.

John Gilmore y courut, avec quatre policiers. Un groupe silencieux était massé devant la boutique de saris. Il se fraya un passage à travers les badauds et entra, butant presque dans un cadavre allongé au milieu d'une mare de sang, un pistolet automatique encore dans la main droite. Un Glock, donc c'était un agent du MI5, conclut John Gilmore.

Il découvrit le deuxième cadavre derrière la caisse, le cou lacéré, les vêtements inondés de sang, et reconnut Chawkat Rauf.

Il s'accroupit et tâta toutes ses poches, sans rien trouver. Après lui avoir fermé les yeux, il ressortit de la boutique et fonça vers la mosquée. Lui seul savait pourquoi Chawkat Rauf avait été assassiné. Il fallait coûte que coûte retrouver le caméscope. Le bouclage de la mosquée terminé, la circulation détournée, tout le quartier était en ébullition. Sur le trottoir d'en face, des militants islamistes commençaient à déployer des banderoles stigmatisant la répression...

— Où en êtes-vous ? demanda John Gilmore au chef du *Special Squad*.

— Nulle part, *sir*, ils sont retranchés à l'intérieur du bâtiment. Je dois demander des ordres pour attaquer, il s'agit d'un lieu de culte. C'est extrêmement sensible, *sir*...

John Gilmore le coupa d'une voix froide.

— Ces gens, à l'intérieur, sont susceptibles de détruire des preuves intéressant la Défense nationale. Faites des sommations, demandez-leur de sortir, et, s'ils refusent, pénétrez de force dans ce bâtiment. J'avertis le Home Office.

Quelques instants plus tard, la voix puissante d'un haut-parleur couvrit la rumeur de la foule, appelant les occupants de la mosquée à sortir. Sans aucun résultat. Le bâtiment semblait abandonné. Tout à coup, des flammes jaillirent d'une des fenêtres du rez-de-chaussée : ses occupants avaient mis le feu...

Quelques secondes plus tard, un bélier manié par les policiers de Scotland Yard défonça la porte de bois de la salle de prière et les hommes casqués se ruèrent à l'intérieur.

Revenu dans sa voiture, John Gilmore rendait compte au chef du MI6, Sir George Cornwell.

*
* *

Sultan Hafiz Mahmood s'allongea sur son *charpoi* pour sa sieste quotidienne. Dehors, il faisait plus de 45°. Les étés à Islamabad étaient brûlants.

Bercé par le chuintement de la climatisation, il essaya de trouver le sommeil, sans y parvenir. Obsédé par le compte à rebours qu'il ne maîtrisait pas. Pour des raisons de sécurité, il avait été convenu que le groupe chargé d'acheminer jusqu'à son objectif la petite merveille qu'il avait mise au point n'enverrait aucun message et il savait avoir encore longtemps à attendre.

*
* *

Le premier policier du *Special Squad* s'apprêtait à s'engager dans l'escalier de la mosquée, quand une silhouette surgit sur le palier du premier étage. Un barbu aux vêtements et à la barbe tâchés de sang, brandissant un couteau qui lui parut gigantesque. Le policier braqua sur lui son MP 5 et hurla :

– *Stay where you are* [1] *!*

Comme s'il ne l'avait pas entendu, le barbu dévala les marches, son couteau brandi, en vociférant des imprécations incompréhensibles. Le policier attendit la dernière seconde pour appuyer sur la détente de son arme. Une première rafale de cinq projectiles partit, transperçant la poitrine du barbu. Entraîné par son poids, ce dernier

1. Restez où vous êtes !

continua sa dégringolade et vint heurter le policier. Ils tombèrent tous deux en arrière, mais seul l'homme de Scotland Yard se releva.

Choqué, il dut s'appuyer au mur, tandis que ses collègues se ruaient dans l'escalier. Arrivés au premier, ils commencèrent à ouvrir les portes les unes après les autres. De l'une d'elles, surgit un autre barbu qui eut le temps de plonger son couteau dans le cou d'un policier, avant d'être abattu. Prudents, les hommes du *Special Squad* continuèrent l'exploration du bâtiment, débusquant un troisième militant islamiste, qui s'enfuit par une échelle jusqu'au grenier.

De là, il se hissa sur le toit et, à moitié dissimulé derrière le panneau annonçant : NEWHAM NORTH ISLAM ASSOCIATION, commença à haranguer la foule massée autour de la mosquée, crachant des injures en anglais et en urdu, criant à la profanation, à la guerre sainte… Plusieurs policiers, utilisant une échelle de pompiers, le rejoignirent sur le toit, lui ordonnèrent de se rendre. Celui-là ne semblait pas armé. Le chef du *Special Squad* de Scotland Yard s'avança en personne pour le convaincre. Le barbu lui jeta un regard halluciné, hurla *Allah o akbar !*, courut jusqu'au bord du toit et sauta.

Sa chute fut filmée par une demi-douzaine de caméras de télévision. Toutes les chaînes présentes à Londres convergeaient vers Green Street. Un cri horrifié s'éleva de la foule des badauds lorsque l'homme s'écrasa sur l'asphalte.

John Gilmore, assisté de plusieurs agents du MI5, dont deux lisaient l'urdu et l'arabe, fouillaient la mosquée dans tous ses recoins. Scotland Yard avait envoyé ses spécialistes de l'antiterrorisme à la recherche d'armes et d'explosifs. Sans rien trouver jusque-là. On avait seulement découvert dans un bureau des documents expliquant comment empoisonner à la ricine un réseau hydraulique. Visiblement, cette mosquée servait de base à des islamistes radicaux, comme celle de Finsbury Park nettoyée quelques mois plus tôt par Scotland Yard... L'agent du MI6 errait de pièce en pièce, furieux et frustré. Le sac de voyage de Chawkat Rauf n'avait rien apporté d'intéressant et le caméscope demeurait introuvable. John Gilmore enrageait, d'autant plus qu'il était désormais certain de sa valeur. Il fallait un enjeu de taille pour que, délibérément, ces militants islamistes aient sacrifié leur couverture pour liquider la taupe du MI6.

John Gilmore allait sortir prendre un café lorsqu'un homme de Scotland Yard, qui avait reçu pour instruction de tout lui remettre, s'approcha, un objet à la main.

– *Sir*, annonça-t-il, nous avons trouvé ceci sous le plancher de la salle de prière.

C'était un petit caméscope Sony, un modèle numérique ordinaire, avec une cartouche à l'intérieur. John Gilmore l'aurait embrassé !

– Merci, fit-il. Vous avez fait du bon boulot.

Le caméscope à la main, il regagna sa Rover bleue. La mosquée, fouillée de fond en comble, n'avait plus de secrets à révéler. D'innombrables services techniques de Scotland Yard étaient en train de relever tous les indices. La foule commençait à se disperser et seules restaient les équipes de télévision qui interrogeaient les voisins afin de reconstituer le drame qui avait coûté la vie à cinq personnes dont un policier.

Chose rarissime à Londres, où seuls les hommes veillant sur Scotland Yard, dans Broadway Street, et ceux qui protégeaient l'ambassade américaine de Grosvenor Square étaient munis de pistolets-mitrailleurs.

Alexandra et Malko étaient en train de préparer le plan de table du dîner en l'honneur d'Aisha Mokhtar, prévu pour la semaine suivante, quand Elko Krisantem vint prévenir Malko qu'il y avait un appel pour lui dans la bibliothèque. Il s'y rendit. C'était Richard Spicer.

— Vous avez regardé la télé aujourd'hui ? demanda le chef de station de la CIA à Londres.

— Non, répliqua Malko, je prépare la venue de votre cible, la belle Aisha Mokhtar. Pourquoi ?

— Il y a eu un incident très grave, dans l'East End, un quartier pakistanais. J'ai pu en savoir plus par mon homologue du « 6 ». Un de ses agents venu de Penshawar a été assassiné par les militants d'une mosquée. Il arrivait avec, paraît-il, des informations précieuses.

— Il y a un lien avec Aisha Mokhtar ?

— À première vue, aucun. Je voulais seulement vous tenir au courant.

— Merci, dit Malko.

Après avoir raccroché, il retrouva Alexandra à qui il avait expliqué que ce dîner était une « commande » de la CIA pour accrocher une « source ». Sans évidemment préciser que ladite source était une bombe sexuelle à laquelle il avait déjà un peu goûté. Après leur première étreinte, suite à leur orgie de Taittinger au *Dorchester*, il avait revu deux fois Aisha Mokhtar pour dîner. Une fois en compagnie de gentlemen-farmers dont la plupart étaient homosexuels et la seconde fois dans un tête-à-tête qui s'était terminé par une brûlante récréation sexuelle.

Il n'avait appris qu'une chose : Aisha était une dure, fermée comme une huître et, de toute évidence, sur ses gardes. À vouloir la séduire à tout prix, il risquait sa santé sans être sûr de lui extorquer la moindre information.

Alexandra venait de finir le plan de table. Elle leva un regard vaguement soupçonneux sur Malko.

— À propos, tu ne m'as pas vraiment dit à quoi ressemblait ta « source ».

À question directe, réponse directe. Autant gagner du temps.

— Elle a beaucoup de charme, répliqua Malko.

Le regard d'Alexandra fonça.

— Tu l'as *déjà* baisée, ou tu as l'intention de la baiser ?

— Ne dis pas de bêtises, il n'y a que toi que j'aime, jura-t-il.

Sur le moment, c'était vrai... Le regard furibond

d'Alexandra l'excita. Il s'approcha et commença à lui caresser la poitrine à travers son cachemire porté à même la peau. Très vite, il le déboutonna, malaxant les seins magnifiques. Lorsqu'il la poussa vers la table de marbre, elle ne résista pas, adorant les pulsions spontanées. Malko, en pénétrant en elle, se dit qu'elle était allongée exactement à la place qu'occuperait Aisha Mokhtar. Leur étreinte fut brève, délicieuse et violente... Lorsque les pieds d'Alexandra reprirent contact avec le sol, elle dit simplement :

– Si tu la baises *ici*, je te tue.

*
* *

Depuis une heure, dans un silence de mort, l'état-major du MI6 au grand complet visionnait la cassette trouvée dans le caméscope, dans l'auditorium du sous-sol. Une pièce insonorisée comportant une trentaine de sièges confortables.

Dès les premières images, tous avaient retenu leur souffle en découvrant Oussama Bin Laden, assis sous un auvent de fortune composé d'une toile tendue à l'arrière d'un 4 × 4, en compagnie de l'Égyptien Ayman Al-Zawahiri et d'un troisième homme, non encore identifié, en tenue traditionnelle pakistanaise. Le film était en couleur mais le tournage visiblement fait par un amateur. Seul problème : il n'y avait pas de son !

La scène avait été tournée dans un décor de montagnes, en Afghanistan ou au Pakistan. Alentour, on apercevait une vingtaine d'hommes armés, vraisemblablement la garde personnelle du Cheikh. Il faisait beau et ils ne semblaient pas souffrir du froid. Bin Laden arborait une tenue afghane avec le traditionnel *pacol* et une Kalachnikov était posée à côté de lui.

Sur la séquence suivante, ils découvrirent Ayman Al-Zawahiri discutant, devant une carte déployée, avec un jeune barbu semblant très excité. La carte représentait apparemment une côte, mais l'image n'était pas assez nette pour l'identifier.

Ensuite, le caméraman avait filmé un petit groupe mené par le Pakistanais en *camiz-charouar* pénétrant dans un bâtiment ressemblant à un hangar, posé au milieu de nulle part, dans le même paysage montagneux. Les images suivantes étaient sous-exposées. Le Pakistanais dispensait des explications à ses invités dans plusieurs décors. D'abord, un bâti supportant différents objets. À gauche, une sorte d'anneau creux métallique, dans lequel s'enfonçait un tube s'encastrant exactement dans l'anneau fermé à son autre extrémité par une plaque de métal.

Le tube se terminait à l'autre extrémité par ce qui ressemblait à un obus de mortier dans lequel il aurait été encastré. Le tout ne mesurait pas plus de deux mètres de long.

La séquence suivante montrait une sorte de coque de métal, épaisse d'une vingtaine de centimètres, séparée en deux parties identiques, qui semblait épouser étroitement les contours du premier engin. Le petit groupe se déplaça ensuite dans un autre coin de cet étrange atelier, pour s'arrêter devant ce qui ressemblait à un creuset vide permettant de fondre du métal. La dernière image montrait le jeune barbu tenant un téléphone portable relié à une boîte noire, qui pouvait être un détonateur électrique. Pour terminer la visite, la caméra balayait quelque chose qui ressemblait à une fonderie artisanale, avec des piles de lingots d'un métal qui pouvait être du plomb. Enfin, on voyait Oussama Bin Laden, accompagné de Ayman Al-Zawahiri, rejoindre dans un paysage de rocaille le groupe d'hommes de son escorte. Ils s'éloignaient ensuite à cheval et la dernière image du film était un soleil couchant disparaissant derrière une crête.

La lumière revint et Sir George Cornwell se tourna vers ses collaborateurs.

— A-t-on pu dater cette cassette ?

— Difficile, répondit le spécialiste du cinéma, mais le caméscope a parlé grâce à une étiquette collée à l'intérieur. Il a été acheté à Dubaï et d'après le numéro de série, nous devrions identifier assez vite le vendeur.

– Le lieu de ce tournage ?

Le spécialiste en géologie leva la main.

– À première vue, d'après l'examen des roches, nous sommes dans un massif du sud de l'Afghanistan ou du nord-ouest du Pakistan, Waziristan ou Baloutchistan. On ne peut pas en dire plus. L'altitude n'est pas élevée car ils semblent tous respirer normalement.

– Pourrions-nous identifier cette construction ?

John Gilmore, qui connaissait bien le pays, soupira :

– *Sir*, il y en a des centaines de cette espèce : des murs de pierre, un toit de tôle, un gros hangar. Bien sûr, on soumettra la photo à nos homologues pakistanais…

Pas encourageant.

– Avez-vous identifié les participants, en dehors de Bin Laden et d'Al-Zawahiri ?

– Le jeune barbu pourrait être Yassin Abdul Rahman, un des fils du cheikh aveugle qui purge une peine de prison à vie aux États-Unis pour avoir tenté de faire sauter le World Trade Center en 1993. Nous savons qu'il se trouve avec Bin Laden, dit à nouveau John Gilmore.

– Celui qui semble avoir organisé cette visite ?

Le responsable de la section Moyen-Orient dit timidement :

– Il me semble avoir reconnu quelqu'un à qui nous avons déjà eu affaire. Nos homologues de la CIA ont un gros dossier sur lui. Il s'appelle Sultan Hafiz Mahmood. C'est un ingénieur nucléaire pakistanais qui a travaillé sous les ordres d'Abdul Qadeer Khan, le père de la bombe atomique pakistanaise. C'est, de notoriété publique, un proche de Bin Laden. Il a d'ailleurs reconnu l'avoir rencontré à plusieurs reprises, pour, prétend-il, des conversations religieuses. Seulement, il dirigeait une ONG installée en Afghanistan dans les locaux de laquelle on a trouvé des manuels de guerre chimique, en novembre 2001. C'est un exalté, qui veut que tout l'oumma profite des découvertes du Pakistan…

– Où se trouve-t-il ?

– À Islamabad. Sur la pression des Américains, le gouvernement pakistanais l'a assigné à résidence, tout comme Abdul Qadeer Khan, qui a livré des centrifugeuses à la Libye, à la Corée du Nord et à l'Iran. Les deux hommes sont d'ailleurs très liés.

— Donc, conclut Sir George Cornwell, sa présence en compagnie de Bin Laden s'explique. L'ISI devrait avoir été au courant de cette rencontre... Il ne nous en ont jamais parlé.

John Gilmore se risqua à intervenir.

— *Sir*, depuis Hamid Gul [1], l'ISI est infestée d'islamistes radicaux. Ensuite, ses agents ont du mal à opérer dans les zones tribales, contrôlées par des tribus favorables à Al-Qaida et aux talibans.

Sir George Cornwell garda le silence quelques instants, avant de demander :

— Qu'est-ce que peut faire un ingénieur nucléaire dans cet atelier artisanal, qui semblait beaucoup intéresser Oussama Bin Laden ? À quoi peuvent servir les objets qu'on lui a montrés ? On dirait une fusée artisanale. *Any idea ?*

Un homme assis au dernier rang, barbu, corpulent, portant des lunettes, leva la main.

— *Sir*, j'ai peut-être une idée. On dirait un engin rudimentaire à rapprochement, du modèle de ceux développés par l'Afrique du Sud, pendant l'apartheid.

Sir George Cornwell fronça les sourcils.

— Pouvez-vous parler *anglais*, Mark ? Sortez un peu de votre jargon scientifique. Nous ne sommes pas dans un congrès.

Mark Lansdale était le conseiller du MI6 pour tout le nucléaire, le chimique et le biologique, après des années passées dans le programme nucléaire britannique.

Un peu vexé, il laissa tomber :

— *Sir*, il pourrait s'agir d'un engin nucléaire artisanal. D'une puissance comprise entre dix et vingt kilotonnes, je pense.

---

1. Ancien patron de l'ISI.

CHAPITRE VIII

Le silence qui suivit fut assourdissant, comme si les participants de cette réunion avaient été subitement frappés d'aphasie. Pourtant, leur métier à tous était de prévoir l'imprévisible et d'y faire face. Sir George Cornwell retrouva, le premier, la parole.

– Mark, dit-il, vous parlez *sérieusement*?

Question idiote. Mark Lansdale était tout sauf un plaisantin. Il était chargé depuis des années de la lutte contre la prolifération nucléaire militaire. Doux, effacé, peu prolixe, c'était un scientifique de haut niveau qui passait ses journées à dévorer tout ce qui paraissait sur le sujet. Il se contenta de sourire dans sa barbe et d'expliquer :

– *Sir*, ce que j'ai vu sur cette cassette ressemble à ce que les Sud-Africains avaient bricolé, à partir du modèle de la toute première bombe atomique, celle d'Hiroshima. Celle-ci, surnommée par les Américains «Little Boy», était extrêmement simple : un cylindre d'uranium enrichi 235 s'emboîtait dans un second cylindre creux, également en uranium 235. Le poids total de ces deux cylindres doit dépasser de 20 % la masse critique, afin de déclencher une explosion nucléaire. Le rapprochement des deux parties de l'engin est provoqué par la déflagration d'un explosif classique assez puissant pour projeter la première partie à l'intérieur de la seconde. Sa course est arrêtée par une plaque d'acier où se trouvent incorporés quelques éléments de polonium 210 et de beryllium. Ceux-ci, sous le choc, dégagent des neutrons qui vont « amorcer » instantanément l'explosion nucléaire. Tout ce mécanisme a été abondamment décrit dans le Projet Manhattan et appartient au domaine public. Les Sud-Africains avaient miniaturisé l'ensemble afin de pouvoir le transporter sous un Mirage IV. Ce concept a été décrit depuis une quinzaine d'années dans des livres comme ceux de Hansen, puis repris par plusieurs sites Internet anglo-saxons. Les dimensionnements essentiels y sont fournis ainsi que de nombreux détails, mais seul un homme de l'art est susceptible de déceler certaines incohérences qui y figurent et de fournir les détails essentiels qui permettent d'aboutir à une explosion nucléaire. Sa présence dans ce projet criminel constitue le paradygme indispensable, car il est à même de fournir et de contrôler les éléments indispensables pour un fonctionnement correct.

— Donc, conclut Sir George Cornwell, abasourdi, ce film montre vraiment un engin nucléaire artisanal, à même de fonctionner ?

— Il faut que l'ensemble soit enfermé dans un container de métal pour comprimer pendant un temps très court l'explosion, mais ce n'est qu'une sorte de coque facilement assemblée, un berceau si vous voulez. Il m'a semblé reconnaître sur ce film les morceaux d'un tel assemblage.

— Et ces neutrons, ils se créent obligatoirement ?

— Bien sûr ! Même s'il n'y en a qu'un, cela suffit, car il se multiplie rapidement.

— Qu'appelez-vous « rapidement » ?

— Une microseconde environ, précisa Mark Lansdale.

Nouveau silence. Le patron du MI6 n'arrivait pas à imaginer ce qu'on lui décrivait.

— Vous voulez dire, insista-t-il, qu'avec quelques kilos d'uranium 235, un peu d'explosif et une coque de métal, on peut fabriquer une bombe atomique qui marche ?

— À tous les coups, *sir*, confirma le spécialiste en nucléaire. Il s'agit d'une réaction automatique très simple.

Je dirai que l'ensemble pèse moins d'une tonne. Bien sûr, la puissance de cette bombe n'est pas colossale...

– C'est-à-dire ?

Mark Lansdale caressa sa barbe blonde.

– Disons que dans un rayon de deux cents mètres, tout est vaporisé par la chaleur. Dans un rayon de mille mètres, la chaleur est telle que les vêtements s'enflamment spontanément. Jusqu'à mille deux cents mètres, les victimes meurent des suites des radiations et tout est ravagé par le feu. Jusqu'à mille cinq cents mètres, la dose d'irradiation sera mortelle pour environ la moitié des gens exposés. Les particules retombent dans un rayon de trois mille mètres, mais cela dépend du vent.

Un silence de mort accueillit son exposé. Tous ceux qui se trouvaient là avaient, en principe, les nerfs solides. Mais, depuis la fin de la guerre froide, le péril nucléaire était passé au second plan des préoccupations. D'abord, il n'y avait plus d'affrontement entre les deux puissances nucléaires, ensuite, contrairement aux craintes, le pays qui possédait le plus de têtes nucléaires et de matériel fissile, la Russie, avait veillé dessus. Depuis 1990, il n'y avait jamais eu un seul cas de contrebande de matériel nucléaire militaire, sauf pour quelques grammes, généralement des quantités destinées à l'étalonnage des appareils. Certes, c'était dangereux pour ceux qui les approchaient, mais sans plus.

Vers 1995, on avait beaucoup parlé du « mercure rouge », une mystérieuse matière devant paraît-il permettre de fabriquer des armes nucléaires, qui n'était, en réalité, qu'une poudre inoffensive. Quelques escrocs avaient gagné beaucoup d'argent avec des politiciens arabes crédules, avant que la mèche soit éventée.

Depuis, les problèmes de prolifération restaient, certes, à l'ordre du jour, mais il s'agissait de pays comme la Libye, la Corée du Nord ou l'Iran, qui cherchaient à se doter de l'arme nucléaire. Comme, avant eux, avaient procédé la Chine, l'Inde et le Pakistan. Sans parler d'Israël, la seule puissance nucléaire du Moyen-Orient, grâce à l'aide de l'Afrique du Sud et au soutien tacite des

États-Unis. Cependant, une arme nucléaire, même aux mains d'un pays comme la Corée du Nord, ne faisait pas trop peur. À partir du moment où l'auteur éventuel d'un bombardement nucléaire était identifié, il pouvait être l'objet de représailles quasi instantanées. Ce qui décourageait évidemment les vocations...

À ce jour, le terrorisme nucléaire, en dépit des prévisions catastrophistes, n'avait jamais pris forme. Sauf une fois, lorsqu'un membre d'Al-Qaida avait réussi, à partir du Canada, à faire entrer aux États-Unis une mine nucléaire soviétique vendue à des Tchétchènes par un officier russe. Heureusement, l'engin avait pu être intercepté à temps[1]. Les pays qui possédaient cette arme d'abord voulaient la garder pour eux, ensuite savaient qu'on pourrait remonter aux coupables... Spontanément, les Américains et les Russes avaient démantelé des armes nucléaires miniaturisées – mines ou «valises» – pouvant tomber entre de mauvaises mains.

Certes, on savait qu'Al-Qaida avait les plus mauvaises intentions à l'égard de l'Occident, mais l'organisation n'avait pas les moyens d'assouvir sa haine. Ce film semblait prouver qu'Oussama Bin Laden avait enfin trouvé ce qu'il cherchait... Les membres du MI6 étaient assommés par ce qu'ils venaient de découvrir.

Comme un disque usé, Sir George Cornwell reprit :

– Mark, d'après vous, il s'agit bien d'un engin nucléaire en cours de montage ?

– Tout à fait, *sir*.

– *Well*, je comprends parfaitement le système. Mais comment ces gens ont-ils pu se procurer le combustible nucléaire indispensable à la fabrication de cette bombe ? Je suppose que cela ne s'achète pas dans une épicerie ?

Son trait d'humour tomba complètement à plat. Personne n'avait envie de rire. Mark Lansdale prit son ton professoral.

– *Sir*, avoua-t-il, je ne *peux* pas dire comment ils se le sont procuré. Par contre, nous savons que le Pakistan

1. Voir SAS n° 139, *Djihad*.

possède environ 2 600 kilos d'uranium 235 enrichi et qu'il continue à en fabriquer par le procédé de la centrifugation. C'est donc une source possible.

— Mais ce matériel doit être sévèrement gardé ? objecta le patron du MI6.

— Sûrement, reconnut le savant, sans se compromettre, mais je ne peux me prononcer sur ce point. Il faudrait s'adresser à des spécialistes militaires.

— Comment se présente cet uranium enrichi ?

— Généralement, il est conservé sous forme de lingots de quelques kilos.

— Ils sont radioactifs ?

— Très faiblement, un compteur Geiger ne peut les détecter s'ils sont protégés par une gaine de plomb. À ce stade, ils sont totalement inertes.

— L'uranium est facile à travailler ?

— Il suffit de posséder un creuset chauffé au gaz qui puisse fournir une chaleur de 1 300°. Sa température de fusion est d'environ 1 143°. Ensuite, on le met en forme comme n'importe quel métal…

Il avait vraiment réponse à tout. Sir George Cornwell insista :

— Quel est le volume d'une charge nucléaire nécessaire pour cet engin.

Mark Lansdale caressa de nouveau sa barbe. Au fond, il jubilait de se retrouver en vedette.

— Environ trois bouteilles de bordeaux pour le cœur de l'engin, *sir*. L'uranium est un métal très lourd : 18,5 de poids spécifique.

— Trois bouteilles de bordeaux…, répéta Sir George Cornwell.

Dans l'esprit des gens, la force nucléaire, c'était quelque chose d'énorme, de compliqué. Pas trois bouteilles de bordeaux. Enhardi, Mark Lansdale précisa :

— J'avais discuté avec les Sud-Afs, il y a quelques années, de la technologie de ces engins. Leur fabrication est très simple : il suffit de mouler l'uranium, et on peut l'utiliser presque brut de fonderie, après un seul passage de polissage pour éliminer les aspérités qui pourraient empêcher le rapprochement... Le confinement n'est là que pour retenir la chaleur quelques microsecondes.

— Et que peut-on faire d'un engin comme cela ? demanda John Gilmore.

De nouveau, le scientifique répondit de sa voix calme :

— Il est peu probable qu'on puisse l'utiliser avec un lanceur classique, style missile, car il s'agit alors d'une technologie beaucoup plus compliquée. Mais on peut le transporter en camion, en bateau, en avion même, jusqu'à l'endroit où on désire le faire exploser. Comme cette masse d'uranium 235 est indétectable, sauf par des moyens très sophistiqués, le risque est faible. Le volume — il tient sur une palette de sept pieds de long sur deux de haut — le rend particulièrement facile à manier. Il suffit de le déposer quelque part et de provoquer ensuite l'explosion à distance, en déclenchant la charge d'explosif prévue à cet effet. Cela peut se faire de n'importe quel endroit du monde, à partir d'un téléphone portable, ou même d'un téléphone satellite. Des policiers albanais ont découvert récemment à Tirana, dans une cache d'Al-Qaida, le schéma d'un tel système de mise à feu. Les terroristes de l'IRA ou de l'ETA l'utilisent fréquemment.

John Gilmore était tordu de fureur. Si son agent ne s'était pas fait prendre, il aurait pu obtenir de précieuses informations sur l'origine de cette caméra.

Sir George Cornwell, après un moment de réflexion, reprit l'initiative, se raccrochant à tout.

— Est-il possible que ce que nous avons vu sur ce film soit une maquette, une façon à faire rêver le chef d'Al-Qaida ?

Mark Lansdale se permit de sourire.

— *Sir*, je ne pense pas qu'on déplace Oussama Bin Laden pour une simple maquette... Je crois plutôt qu'on lui a offert de voir cet engin avant qu'il ne soit acheminé ailleurs.

Sir George Cornwell médita quelques instants et se dit qu'il était enfantin de se dissimuler la vérité.

— *Well*, admit-il, supposons qu'il s'agisse *vraiment*

d'un engin nucléaire. D'où peut venir le combustible et de quel combustible s'agit-il?

Il s'était tourné à nouveau vers Mark Lansdale, qui répondit aussitôt comme un ordinateur bien programmé.

– *Sir*, je crois qu'il faut éliminer le plutonium. D'abord, le Pakistan en possède en très petite quantité et, depuis la fin de la guerre froide, il n'y a jamais eu un cas *avéré* de vol de plutonium dans les installations russes. Ou alors pour des quantités infinitésimales... On a dit que le KGB avait fait préparer des valises nucléaires destinées à des actions clandestines en cas de guerre... C'est feu le général russe Lebed qui les avait mentionnées. Nos amis de la CIA ont eu confirmation de ce fait. Ces valises ont bien existé, mais elles présentaient plusieurs défauts. D'abord, leur puissance très réduite, de l'ordre de cent tonnes à un kilotonne. Ensuite, leur mise en œuvre impliquait l'utilisation de plusieurs codes successifs. Bien sûr, en les démantelant, des terroristes auraient pu obtenir de la matière fissile, mais pas assez pour fabriquer un engin sérieux.

– Et les têtes nucléaires du Kazakhstan? interrogea Sir George Cornwell.

– En 1993, reconnut Mark Lansdale, la rumeur a couru que, lors du démantèlement de leurs installations nucléaires dans les républiques musulmanes périphériques de l'URSS, deux têtes de missiles intercontinentaux avaient disparu au Kazakhstan. Personne n'en a plus jamais entendu parler. J'en ai discuté avec mes collègues russes, ils sont persuadés qu'il s'agit d'une erreur administrative. Ou à la rigueur, si ces têtes ont vraiment été volées, elles ont été revendues à des trafiquants qui auraient pu les céder à l'Iran.

– Pourquoi l'Iran?

– Pour les démonter, *sir*, et inspecter leur technologie. L'Iran est en train de développer des vecteurs... Mais là encore, je ne vois pas l'utilité de récupérer le combustible. Sûrement du plutonium.

– Donc, cet uranium 235 viendrait bien du Pakistan, conclut Sir George Cornwell.

Prudent, Mark Lansdale précisa aussitôt :

– Disons que c'est l'hypothèse la plus plausible.

John Gilmore enchaîna :

– *Sir*, une des personnes filmées sur ce document, Sultan Hafiz Mahmood, a participé au programme nucléaire militaire pakistanais. C'est la piste à explorer…

Encore une litote.

Le patron du MI6 lança à la cantonade :

– Rien ne doit filtrer de cette réunion, même à l'intérieur du service. Mike et John, rendez-vous dans une heure à mon bureau, afin de décider des mesures immédiates à prendre. Je vais alerter immédiatement les Cousins [1]. Il faut réagir *très* vite ; John, bravo pour la qualité de vos informations.

*
* *

Sultan Hafiz Mahmood faisait son jogging le long de Siachin Road, face aux Margalla Hills, à l'extrême nord d'Islamabad, la zone la plus résidentielle de la ville, un triangle de villas cossues entre Kopyaban-e-Iqbal et Siachin. Il s'imposait tous les matins d'aller jusqu'à la grande mosquée Sha Faisal et de revenir.

Derrière, trottaient deux membres de l'ISI, ses gardes du corps qui ne le quittaient plus d'une semelle. Même le soir, lorsqu'il recevait ou quand il allait rendre visite à l'une de ses maîtresses en ville, ils étaient là, presque invisibles mais efficaces.

Tout en courant, il ruminait de sombres pensées. La veille au soir, il avait reçu la visite d'un Pachtoun membre d'Al-Qaida, vivant à Peshawar, qui lui avait servi plusieurs fois de guide pour aller retrouver le Cheikh. Un certain Sayed. Ce dernier lui avait appris une très mauvaise nouvelle : à la suite d'un enchaînement d'événements récents, qu'il lui avait détaillés, le caméscope que Sultan Hafiz Mahmood avait offert à Oussama Bin Laden se trouvait entre les mains de la police britannique.

1. La CIA.

Tout en courant, Sultan Hafiz Mahmood essayait de se rappeler ce qu'il pouvait y avoir sur cette cassette. Et cela le glaçait car il se souvenait parfaitement de Noor en train de filmer la visite du Cheikh à l'atelier d'assemblage de l'engin nucléaire artisanal qu'il avait conçu.

Désormais, le plan « Aurore Noire » était en danger. Tant qu'il ne saurait pas avec certitude ce que les Britanniques avaient découvert, il ne vivrait plus. Et si le gouvernement pakistanais apprenait l'existence de cette cassette, ce serait dramatique.

Le Pakistanais était tellement absorbé dans ses pensées qu'il ne vit pas un gros caillou et trébucha, tombant, les mains en avant. Ses anges gardiens le rattrapèrent presque avant qu'il ait touché le sol…

Il repartit, essayant de se laver le cerveau en se disant que le soir même, il avait rendez-vous avec une magnifique Éthiopienne, travaillant à l'ambassade de son pays, une « gazelle » d'une beauté inouïe, à la peau café au lait qu'on avait envie de lécher. L'évocation de cette superbe proie le ramena à Aisha Mokhtar. Elle se trouvait en Grande-Bretagne, et si la police britannique découvrait qu'elle avait acheté le camescope à Dubaï, elle risquait de sérieux problèmes. Il fallait donc qu'elle revienne de Londres coûte que coûte, pour se mettre à l'abri au Pakistan. Seulement, il ne pouvait que l'implorer au téléphone, sans préciser la vraie raison de sa demande, et elle penserait qu'il voulait simplement profiter d'elle sexuellement. S'il utilisait le représentant de l'ISI à Londres pour l'avertir, cela supposait de révéler la vérité à l'Agence pakistanaise : le remède était pire que le mal.

Il ralentit. Les quatre immenses minarets de la mosquée Sha Faisal étaient en vue. Il décida d'aller y prier quelques instants. L'aide d'Allah ne lui serait pas inutile dans le proche avenir.

*
* *

– Je me suis entretenu avec le Premier ministre, annonça Sir George Cornwell. La situation est extrêmement délicate. Si nous projetons cette vidéo à nos homologues pakistanais, ils vont identifier Sultan Hafiz Mahmood. Leur premier réflexe sera donc de le faire disparaître, en le mettant à l'abri ou en le liquidant. Or, il est le seul à pouvoir en dire plus sur cette affaire. Nous avons donc décider, pour l'instant, de ne rien dire aux Pakistanais.

— Et de faire quoi ? interrogea John Gilmore.

Le patron du MI6 n'hésita pas :

— Il faut monter d'urgence une opération clandestine pour récupérer Sultan Hafiz Mahmood et l'exfiltrer du Pakistan.

John Gilmore accueillit cette déclaration avec un silence inquiet. Les Israéliens avaient déjà procédé à ce genre d'opération, toujours extrêmement délicate et dangereuse, surtout dans un pays aussi surveillé que le Pakistan… En plus, sortir du pays n'était pas facile car toutes les frontières avec l'Inde étaient férocement surveillées. Il restait le Sud, par Karachi, mais c'était très éloigné d'Islamabad. Donc, la seule voie d'exfiltration était l'Afghanistan. Où les Américains avaient une logistique importante.

— Comment comptez-vous procéder, *sir* ? demanda John Gilmore.

— J'ai demandé à Richard Spicer de venir me voir d'urgence, annonça le chef du MI6. Nous lui projetterons le film, sans lui donner de copie. Je ne veux courir aucun risque de fuite. Les Cousins sont en première ligne si cette bombe est une réalité. N'oublions pas le 11-Septembre. Elle est très vraisemblablement destinée à l'Amérique. Or, nous ignorons aujourd'hui *où* elle se trouve…

— Et également pour *quand* elle est programmée, souligna John Gilmore.

— Mark Lansdale nous a expliqué qu'elle peut l'être instantanément, lorsqu'elle est en place, corrigea le chef du MI6. C'est extrêmement inquiétant. Les Cousins pourront nous fournir des moyens matériels pour une exfiltration. Ils ont des hélicoptères et travaillent avec l'armée pakistanaise. Seulement, il y a un hic, un gros hic.

— Lequel, *sir* ?

– Je les connais. Ils voudront en parler à leur « ami »
Musharraf, celui qu'ils embrassent sur la bouche. Pour
obtenir une solution *politique*. Et Musharraf va s'em-
presser de détruire toutes les preuves. Je connais les
Pakistanais. Si cette histoire est une réalité, ils vont la
nier, la tête sur le billot, jusqu'à ce que cette foutue bombe
explose.

– Vous pensez que le gouvernement pakistanais est
dans le coup ?

Sir George Cornwell secoua la tête.

– Honnêtement, non. Ils sont trop prudents et, même
s'il y a des islamistes dans l'ISI et si la société pakistanaise est extrêmement conservatrice, je ne vois pas
Musharraf jouer à ce petit jeu. Il a trop besoin des États-
Unis. Mais il ne sait pas forcément tout ce qui se passe
chez lui. N'oubliez pas que les deux tentatives d'assassi-
nat menées contre lui ont été commises par des gens liées
à l'armée…

Un ange passa, les ailes peintes aux couleurs pakistanaises.

– *Sir*, suggéra John Gilmore, je pourrais aller rendre
visite à Hamid Gul, nous sommes demeurés en bons
termes et il connaît beaucoup de monde chez les islamistes radicaux.

Évidemment ! L'ancien patron de l'ISI en était un
lui-même et avait truffé son service d'islamistes purs et
durs, qui avaient pris maintenant du galon.

– Inutile, remercia Sir George Cornwell. Si cette opération est lancée, c'est déjà trop tard. Je vais demander
aux Cousins de surveiller la zone tribale avec leurs drones
et leurs U-2. C'est peut-être un coup d'épée dans l'eau,
mais c'est mieux que rien. Pour moi, l'opération est déjà
en cours et l'engin a quitté le lieu d'assemblage. Il faut
désormais le retrouver avant qu'il ne soit trop tard… Le
seul capable de nous donner des informations, c'est ce
Sultan Hafiz Mahmood. Donc, nous devons le récupérer.

***

Aisha Mokhtar se préparait à aller déjeuner au *Savoy* avec un jeune lord prodigieusement ennuyeux et incroyablement riche, qui dissimulait sous un bégaiement de naissance un goût sexuel très vif pour les personnes de couleur, lorsque son portable sonna.

La jeune femme n'avait pas encore décidé de la suite à donner à ce déjeuner, mais la perspective de monter se faire sauter dans une chambre du *Savoy* comme une vulgaire call-girl l'excitait plutôt. Ce serait un petit intermède amusant en attendant d'aller rejoindre son nouvel amant de cœur au fond de l'Autriche, pays dont elle ignorait la localisation en Europe, jusqu'à sa rencontre de la semaine précédente… Elle s'était précipitée sur le Gotha et avait été impressionnée par les titres de l'homme qui l'avait si élégamment sodomisée lors de leur première rencontre. Avec une maestria qui prouvait son goût pour la chose. L'idée de subir le même traitement, attachée sur un lit à baldaquin dans un château qu'elle imaginait médiéval, lui chauffait le ventre…

— Allô ? fit-elle. *Who is calling ?*

— C'est moi.

La communication était de mauvaise qualité mais elle reconnut immédiatement la voix de Sultan Hafiz Mahmood, et s'étonna : il l'appelait rarement sur son portable…

— Comment vas-tu ? demanda-t-elle, en mettant le plus de chaleur possible dans sa voix.

— Tu me manques beaucoup ! répondit le Pakistanais.

— Moi aussi, tu sais.

Avec les Jeux olympiques qui approchaient, il fallait s'entraîner pour la médaille d'or du mensonge. L'autre saisit la balle au bond.

— Il faudrait que tu viennes, je ne peux pas me déplacer en ce moment, expliqua Sultan Hafiz Mahmood. J'ai quelque chose de très important à te dire. Tu pourrais rester une semaine et repartir. Cela me ferait tellement plaisir…

La voix parvenait brouillée, avec de l'écho, des parasites, mais Aisha Mokhtar sentit une tension inhabituelle chez son amant. Ce n'était pas seulement l'envie sexuelle qui le motivait. Il y avait autre chose, mais elle ne voyait pas quoi… Impossible d'en dire plus au téléphone…

— Ce n'est pas très facile, objecta-t-elle. J'ai beaucoup d'engagements ces jours-ci, mais je pense qu'en juillet je pourrai faire un saut pour voir ta nouvelle maison.

— En juillet, cela risque d'être très tard, répliqua Sultan Hafiz Mahmood. Tu sais…

La communication fut brusquement interrompue : le faisceau avait sauté du satellite… Aisha Mokhtar attendit quelques instants, regarda le petit tas d'or et d'émeraudes qui lui servait de montre, une Breitling Callistino offerte par un de ses gentlemen-farmers, et coupa son portable. La perspective d'une aventure au *Savoy* était nettement plus agréable qu'un voyage au Pakistan, où il faisait déjà 45 °C à l'ombre. Quant à la nouvelle maison de son amant, elle s'en moquait éperdument, n'ayant pas l'intention d'y vivre.

Chaury l'attendait, debout à côté de la Bentley, et lui ouvrit la portière. L'odeur du cuir était toujours aussi grisante, effaçant celle du tas d'ordures qui jouxtait jadis sa masure, au cours de son enfance pauvre en Inde. Tandis que la voiture quittait Belgrave Mews North, elle souleva légèrement la jupe de son tailleur et remonta son bas retenu par un porte-jarretelles mauve. Elle avait décidé de donner le choc de sa vie à son jeune lord, qui n'avait probablement vu de porte-jarretelles que dans les films X regardés en cachette dans sa chambre d'ado. Il en banderait encore mieux, et peut-être oserait-il la sodomiser…

On peut toujours rêver.

* *

— Où êtes-vous ? demanda Richard Spicer.

Il venait de composer le numéro du portable de Malko, n'ayant pu le joindre au château de Liezen. Ce dernier fut étonné : jamais les gens de la CIA ne l'appelaient sur son portable.

— Sur la route, fit-il, quelque part en Autriche.

Il était d'excellente humeur et, tout en conduisant, caressait Alexandra, dont la jupe de cuir était relevée sur ses longues cuisses.

— Où, en Autriche ? insista l'Américain.

— Je me dirige vers la haute Autriche, précisa Malko, où je vais passer quelques jours dans le château d'un de mes amis. Vous êtes d'ailleurs cordialement invité. Il y aura de très jolies femmes, sans parler d'Alexandra que vous connaissez...

— Je pense que vous allez être obligé de changer vos plans, annonça froidement le chef de station de la CIA à Londres. J'ai besoin de vous d'urgence.

— C'est ennuyeux, fit Malko.

— Ce n'est pas ennuyeux, c'est grave, trancha l'Américain. Faites demi-tour et sautez dans le premier avion. Je vous attends ce soir au plus tard. Vous avez une chambre réservée au *Lanesborough*.

CHAPITRE IX

La lumière de la salle de projection du MI6 se ralluma et Sir George Cornwell, le patron du service, se tourna vers Malko.

Les Britanniques n'avaient pas voulu se défaire de la cassette numérique découverte dans le caméscope trouvé dans la mosquée de Green Street, et avaient demandé à Richard Spicer et à Malko, arrivé la veille au soir à Londres, de venir la visionner dans le building d'Albert Embaukment. En sus de Sir George Cornwell, John Gilmore – le traitant de feu Chawkat Rauf – et Mike Lansdale – le spécialiste du nucléaire au MI6 – assistaient à la projection.

– On m'aurait projeté ce film sans explications, je n'y aurais sûrement pas vu une arme atomique, reconnut modestement Malko. Mais je ne suis pas un spécialiste…

Sir George Cornwell fit un signe de tête à Mark Lansdale qui prit la parole.

– Mes collaborateurs et moi-même avons étudié ces images à fond. Il ne peut pas y avoir de doute : il s'agit d'un engin à rapprochement. Il est composé d'un orthocylindre[1] de 160 mm sur 160 mm, d'une part, et d'un autre cylindre de 120 mm de diamètre sur 160 mm de longueur, en forme de rondin, ces deux pièces étant en uranium 235. Le poids de l'orthocylindre est d'environ 27 kilos et celui du « rondin » de 33 kilos. Ce dernier est

1. Cylindre creux.

serti dans la partie propulsive d'un obus de mortier de 120 mm. Les deux morceaux de l'engin sont réunis par une glissière en plastique de deux mètres environ, d'une épaisseur de quelques millimètres, qui s'emmanche à la fois dans le mortier et dans l'orthocylindre. Lequel est fermé par une plaque en butée qui arrête le projectile et comporte un contacteur qui déclenche le fonctionnement d'une source neutronique. Celle-ci, d'après les images, est un tube neutronique de prospection pétrolière muni de son alimentation électrique et de son dispositif de déclenchement. Ce matériel est utilisé pour la recherche pétrolière et il est facile de s'en procurer en Chine, sans contrôle. Le rapprochement s'effectue lorsque le « rondin » de 160 mm, projeté par la charge de l'obus de mortier, vient s'encastrer dans l'orthocylindre, créant alors une masse critique d'environ soixante kilos qui déclenche la fission nucléaire, activée par les neutrons dégagés simultanément. C'est un dispositif extrêmement simple et très sûr.

Marl Lansdale se tut, ravi de sa démonstration. Malko en était stupéfait. Comme devant les scientifiques qui reconstituent la composition d'un objet céleste à partir de calculs théoriques.

— Et cela peut marcher ? interrogea-t-il.

— À tous les coups, confirma Mark Lansdale. L'espèce de berceau que l'on voit ensuite dans le film est le confinement lourd, qui est disposé autour de l'orthocyclindre. Il est en plomb ou en acier et son poids doit être d'environ 500 kilos. L'encombrement total de l'engin est de deux mètres de longueur et il pèse entre 700 et 800 kilos.

— Tout cela doit être difficile à fabriquer ?

Mark Lansdale sourit dans sa barbe.

— Même pas ! Il suffit d'un creuset haute température, comme celui que l'on voit dans le film, et d'un four. L'uranium a une température de fusion d'environ 1 143°. L'orthocyclindre creux et le projectile en uranium 235 sont réalisés brut de fonderie, avec une légère rectification de surface, pour que le projectile se meuve sans difficulté dans la glissière. Des fours et des creusets similaires sont disponibles sur le marché chinois à des prix peu élevés et celui-là peut avoir été acheté par des sociétés-écrans pakistanaises sans attirer l'attention. L'assemblage est tout à fait possible dans un local semblable à celui qui est filmé. Évidemment, il faut pouvoir disposer du combustible, l'uranium 235.

Tout cela était effrayant... Sir George Cornwell reprit la parole.

— Nous sommes donc édifiés sur la partie technique de ce projet. Je voulais avoir votre avis sur son aspect *psychologique*, car vous êtes une des très rares personnes à avoir rencontré Oussama Bin Laden[1]. Pensez-vous qu'il approuve un tel projet, susceptible de faire des centaines de milliers de morts ?

— Sans aucun doute, confirma aussitôt Malko. C'est un illuminé de l'islam radical, acharné à détruire les « ennemis de Dieu », c'est-à-dire tous les non-musulmans. En plus, il a été humilié de devoir fuir l'Afghanistan en octobre 2001, chassé par les Américains.

Sir George Cornwell sembla méditer quelques instants, puis se leva.

— *Well*. Allons discuter dans mon bureau.

La pièce, située au dernier étage, offrait, à travers de larges baies vitrées, une vue magnifique sur la Tamise. Ses murs tapissés de boiseries d'acajou clair lui donnaient une allure plus traditionnelle que les autres étages. Un portrait en couleur de Tony Blair était accroché sous celui de la reine Elizabeth II.

Le patron du MI6 avait un petit bar de laque noire et proposa des boissons. Malko accepta une vodka, Richard Spicer un Defender « 5 ans d'âge » et le Britannique se servit un gin.

Dès qu'ils furent installés dans de magnifiques canapés de cuir bordeaux, Sir George Cornwell se tourna vers Malko.

— Richard vous a branché, je crois, sur Aisha Mokhtar, la maîtresse de Sultan Hafiz Mahmood. Ce film

1. Voir SAS n° 148, *Bin Laden, la traque*.

démontre qu'il joue un rôle crucial dans cette opération. Il y a de sérieuses chances pour que cette Pakistanaise soit en possession d'informations importantes. Pensez-vous avoir une chance de les obtenir rapidement ?

Malko répondit sans hésitation :

– Sûrement pas. C'est une opération de longue haleine. Je l'ai invitée dans mon château ces jours-ci et ce n'est qu'un début.

Le Britannique et Richard Spicer échangèrent un long regard, puis Sir George Cornwell annonça d'une voix calme :

– Je pense que vous allez être obligé de la décommander...

– Vous comptez l'arrêter ?

– Non, mais nous avons d'autres projets pour vous. Nous souhaitons que vous partiez rapidement au Pakistan. Un pays que vous connaissez bien, je crois ?

– C'est exact, confirma Malko, mais serai-je plus utile là-bas ? Alors qu'en Europe, je suis le mieux placé pour « traiter » Aisha Mokhtar. Je pense qu'au Pakistan, votre service et l'Agence disposent de moyens puissants. M. John Gilmore, ici présent, paraît y avoir d'excellents contacts, puisque c'est grâce à lui que vous avez récupéré le caméscope.

– Vous avez raison, reconnut le patron du MI6, mais Richard Spicer et moi-même, après avoir consulté nos gouvernements respectifs, avons décidé de mener une action clandestine afin de nous assurer de la personne de Sultan Hafiz Mahmood. La maîtrise de l'opération étant confiée à la CIA, vous correspondez parfaitement au profil du chef de mission capable de mener à bien cette affaire.

Malko demeura impassible.

– Vous avez donc décidé de kidnapper ce Pakistanais ? conclut-il.

Richard Spicer lui répondit :

– *Right.*

Malko n'était pas vraiment surpris. Depuis le 11 septembre 2001, la CIA s'était affranchie de certaines règles légales dans les affaires de terrorisme. Le gouvernement italien, récemment, avait fait semblant de découvrir le kidnapping d'un certain Oussama Mustapha Hassan Nasser, activiste lié à Al-Qaida, enlevé en 2003 à Milan par treize agents de la CIA, et expédié ensuite en Égypte sur un Learjet de l'Agence fédérale américaine.

— Enlever Sultan Hafiz Mahmood, est-ce vraiment la meilleure solution ? demanda-t-il.

Sir George Cornwell but un peu de thé et avoua avec un sourire un peu contraint :

— Si cette affaire se passait dans un pays *normal*, nous ne penserions même pas à une solution aussi extrême. Mais le Pakistan n'est *pas* un pays normal. Si nous le demandons à nos homologues de l'ISI, ils vont, certes, arrêter Sultan Hafiz Mahmood, et vraisemblablement lui arracher des aveux. Seulement, cette affaire touche un point extrêmement sensible : le programme nucléaire militaire secret du Pakistan. Ils risquent donc de nous livrer une version expurgée de ses aveux. Et si nous insistons pour l'interroger nous-mêmes, il lui arrivera un « accident » cardiaque.

— Je pense, effectivement, que vous avez raison, reconnut Malko.

Richard Spicer enfonça le clou, à son tour.

— Chaque heure compte, martela-t-il. Maintenant que nous sommes certains que ce n'est pas un bluff, nous devons coûte que coûte retrouver la trace de cet engin nucléaire, afin de pouvoir prendre des contre-mesures. Sultan Hafiz Mahmood est en mesure de nous l'apprendre. Et aussi à qui cette bombe est destinée.

— New York ? avança Malko.

— Peu importe, coupa Sir George Cornwell, il faut agir vite.

— Vous comptez l'emmener aux États-Unis ? demanda Malko à Richard Spicer.

C'est le patron du MI6 qui répondit.

— Non, ici. L'IRA nous a habitués à utiliser parfois des méthodes peu orthodoxes, mais efficaces…

– Vous êtes absolument certain qu'on ne peut pas tordre le bras des Pakistanais ? insista Malko.

Sir George Cornwell le regarda droit dans les yeux.

– *My dear*, je vais vous raconter une histoire. En 1998, à Islamabad, un de nos agents en poste dans cette ville – un garçon brillant et plein de séduction – avait noué une liaison avec une jeune Pakistanaise nommée Nina Aziz. Le père de cette dernière était officier supérieur de l'aviation pakistanaise et, par ce biais, elle était introduite dans des cercles *très* fermés. Bien entendu, notre agent l'avait chargée de recueillir des informations sur le programme nucléaire pakistanais... Eh bien, un jour, on a retrouvé la tête de cette jeune femme dans une zone boisée d'Islamabad, au pied des Margalla Hills. Son domestique a été accusé du meurtre, sans aucune preuve. Quelques mois plus tard, il s'est pendu dans sa prison. Notre agent, lui, a été rappelé à Londres. Les Pakistanais, dès que l'on touche au nucléaire, deviennent féroces.

Un ange passa, la tête sous les ailes. Ce n'était pas la guerre en dentelles.

Le Britannique conclut :

– Votre mission est de ramener ici Sultan Hafiz Mahmood. Vous agirez avec l'appui total de nos deux services. Nous avons décidé, pour des raisons logistiques, que la CIA mènerait cette opération.

– Nous allons mettre tout cela sur pied, assura aussitôt Richard Spicer.

La réunion se termina un peu abruptement et Malko se retrouva, vaguement abasourdi, dans la Buick du chef de station de la CIA.

– C'est une affaire difficile, observa-t-il. Kidnapper un citoyen pakistanais en vue dans son propre pays...

– J'ai un *executive order* signé du président George W. Bush, s'empressa de répondre l'Américain. Cette affaire est remontée comme une fusée à la Maison Blanche, qui a sonné le tocsin. Les Brits sont beaucoup plus cools que nous. Ils pensent que cette charge nucléaire n'est pas destinée à Londres. Donc, ils restent un peu en retrait. Même si c'est grâce à eux que nous possédons l'information fondamentale : le film que vous venez de visionner.

— Richard, remarqua Malko, inquiet, vous savez bien qu'une opération semblable se prépare pendant des semaines, sinon des mois... Avec des risques énormes. Le Pakistan est en état de guerre larvée et l'ISI est partout. Nous risquons un échec grave.

— Je suis d'accord, reconnut le chef de station de la CIA, mais nous ne disposons pas de temps. Cette bombe atomique est en route vers son objectif. Nous ignorons quand ce film a été pris. Je tremble chaque matin en allumant la radio. Il n'y a pas une seconde à perdre. Nous avons une réunion à quatre heures, cet après-midi, dans mon bureau, avec les principaux participants à cette opération, dont notre chef de station à Islamabad que nous avons chargé de constituer un dossier d'objectif...

— J'espère que la communication était bien sécurisée ! soupira Malko. Avec qui suis-je supposé agir ?

— D'abord, avec deux garçons que vous connaissez bien : Chris John et Milton Brabeck. On les a déjà briefés et ils sont en route pour Islamabad, à partir de Washington. Ils arrivent officiellement pour renforcer la sécurité de l'ambassade. Ils seront logés dans notre *compound*.

Malko avait accompli des miracles avec les deux gorilles de la CIA qui le révéraient comme un Dieu. Cependant, le dispositif lui paraissait un peu léger.

— Trois intervenants, cela suffit ? demanda-t-il.

— Il faudra bien, soupira Richard Spicer. On ne peut pas infiltrer trop de gens sans alerter les Pakistanais.

La Buick ralentit pour s'arrêter sous le porche du *Lanesborough*.

— On se reverra à quatre heures, confirma l'Américain. À propos, j'ai besoin de votre passeport pour l'envoyer au consulat pakistanais, avec un petit mot. Officiellement, vous repartez chasser Bin Laden. Vous êtes trop connu là-bas pour qu'on vous fasse entrer sous I.F[1].

1. Fausse identité.

**

Malko en avait le tournis. Certes, ce n'était pas sa première mission au Pakistan, mais enlever un homme en vue dans la capitale du pays, et le tout sans préparation… Revenu dans sa chambre, il se dit qu'il fallait garder deux fers au feu, et appela le portable d'Aisha Mokhtar. Miracle, elle répondit aussitôt.

— Malko ! C'est gentil de m'appeler. Devinez où je suis ? En train de déjeuner au *Lanesborough*, avec le jeune homme à qui j'ai posé un lapin l'autre jour. Et vous ? Toujours en Autriche ?

— Je suis à quelques mètres de vous, annonça Malko. Je viens d'arriver à Londres…

La Pakistanaise poussa un glapissement de joie.

— Mais c'est merveilleux ! Venez prendre le café avec nous.

Lorsque Malko débarqua dans la salle à manger un peu triste, il aperçut tout de suite une tache vive dans la grisaille : Aisha Mokhtar, moulée dans un tailleur orange qui semblait cousu sur elle, avec un décolleté carré offrant sa poitrine comme sur un plateau. La jupe très courte dévoilait des bas noirs et brillants. Une créature longiligne était installée en face d'elle, un blondinet qui paraissait sortir vainqueur d'un concours d'acné. Il se leva vivement et tendit une main molle à Malko, annonçant d'une voix nasillarde :

— Charles Newton Jones ! Vous êtes un ami d'Aisha, je crois ?

Le maître d'hôtel se précipita avec une chaise. À peine Malko eut-il allongé la jambe sous la table que celle d'Aisha vint se coller à la sienne. La Pakistanaise lui jeta un regard brûlant et dit d'une voix à arracher une érection à un mort :

— Comme je suis contente ! Vous restez combien de temps à Londres ?

— Je repars demain.

Son sourire s'effaça.

– Comme c'est dommage ! Mais nous pouvons dîner ensemble ce soir. Je crois que Charles a un engagement.

Le jeune Britannique bredouilla quelques mots au sujet d'un dîner qu'il aurait très bien pu décommander, mais n'osa pas répliquer. Pendant qu'il signait l'addition, Aisha Mokhtar fixa Malko avec un sourire gourmand et dit à voix basse :

– Je vais me faire très belle ce soir…

– Restez comme vous êtes, fit simplement Malko en lui baisant la main. Ce tailleur est magnifique.

Si elle avait su qu'il s'apprêtait à kidnapper son vieil amant…

*
* *

Des fenêtres du bureau de Richard Spicer, au quatrième étage de l'ambassade américaine, on ne voyait que les arbres de Grosvenor Square. Le bâtiment était entouré de barrières métalliques, de merlons de ciment, la circulation interdite et les policiers de la division antiterroriste de Scotland Yard embusqués partout, munis de gilets pare-balles et armés de MP 5.

Deux personnes se trouvaient déjà dans le bureau du chef de station.

– Voici le colonel Travis Mc Leary, annonça Richard Spicer. Il commande une unité d'hélicoptères – des Black-hawk – à Spin Bolak, sur la frontière afghano-pakistanaise.

Le colonel Mc Leary avait de courts cheveux gris, ne mesurait guère plus d'un mètre soixante-cinq et semblait intimidé. Richard Spicer se tourna vers son second visiteur, un homme en costume clair, froissé, très brun, plutôt corpulent, qui semblait dormir debout.

– Malko, William Hancock est notre COS[1] à Islamabad depuis trois ans. Il est arrivé ce matin. C'est lui qui a remplacé Greg[2]. O.K. Nous allons travailler.

Richard Spicer gagna le mur du fond, sur lequel étaient

1. Chief of station.
2. Voir SAS n° 148 : *Bin Laden, la traque*

épinglées deux grandes cartes. L'une d'Islamabad, l'autre
du nord du Pakistan, englobant la zone frontière avec
l'Afghanistan. Prenant une règle, il la pointa sur un
endroit situé à une trentaine de kilomètres à l'ouest
d'Islamabad.

– Ceci est le site archéologique de Taxila, annonça-t-il,
là où se trouvent les ruines de trois villes bouddhistes,
Bhir Mound, Sirkaph et Sirsouk. Durant la semaine, ces
sites sont pratiquement déserts. Ils ne sont fréquentés que
le vendredi et le samedi. Et encore. William, qui connaît
bien les lieux, a repéré un endroit où l'on peut facilement
poser un hélico.

William Hancock s'ébroua et ouvrit un carnet.

– Effectivement, confirma-t-il. À Sirkaph, il existe une
surface plane, entourée de murs en partie détruits, parfaitement capable d'accueillir un Blackhawk. À proximité
d'un stûpa qui peut servir de point de repère. C'est invisible de la route Peshawar-Islamabad. Le moment venu,
nous y placerons une balise GPS qui guidera l'appareil
sur sa zone d'atterrissage.

Richard Spicer déplaça ensuite sa baguette vers la frontière afghane, la posant sur un petit point en Afghanistan :
Spin Bolak.

– L'unité du colonel Mc Leary est stationnée ici. Six
Blackhawk qui patrouillent en Afghanistan, le long de la
frontière, et effectuent parfois des déplacements au Pakistan. L'idée est la suivante : lorsque le jour J sera arrêté,
nous aurons vingt-quatre heures pour que le colonel
dépose une demande de survol du territoire pakistanais
afin d'amener un officier de liaison à Islamabad. C'est
déjà arrivé et les Pakistanais ne font aucune difficulté. La
distance entre Spin Bolak et Islamabad est d'environ
150 miles, soit quarante-cinq minutes de vol. Pour Taxila,
il faut compter dix minutes de moins. Le top de départ lui
sera donné par moi. Il franchira la frontière et avertira la
tour de contrôle de Peshawar de son altitude et de son cap.
Ensuite, peu avant d'arriver à Taxila, il préviendra le
contrôle d'Islamabad qu'à la suite d'une fuite de liquide
hydraulique, il est contraint de se poser en catastrophe. Il

avertira également, *en clair*, l'ambassade d'Islamabad. Les Pakistanais, à ce stade, n'auront donc aucune raison de s'alarmer. Une fois posé, le Blackhawk, avec un équipage de quatre hommes, attendra sans arrêter son rotor que le fourgon amenant le « sujet principal » et l'équipe qui l'aura récupéré arrivent. Le temps de les embarquer, il repartira en direction de Spin Bolak, avertissant les Pakistanais d'une avarie le forçant à faire demi-tour. Il n'y a aucune réaction hostile à redouter et, de toute façon, si la chasse pakistanaise basée à Peshawar devait réagir, nous avons un *squadron* de F-16 qui feront des ronds dans le ciel au-dessus de la zone frontière. Colonel, vous avez quelque chose à ajouter ?

— Rien, *sir*, approuva le colonel Mc Leary. Cela ne devrait pas poser de problème. Dois-je approvisionner l'armement de bord ?

— Oui.

— Quelle devra être ma réaction, au cas où des éléments au sol pakistanais voudraient m'empêcher de redécoller, à Taxila ?

— Vous les neutralisez, annonça froidement Richard Spicer. Votre hiérarchie vous donnera des instructions à ce sujet. Toute cette opération est couverte par un *finding* du Président.

Impressionné, le colonel Mac Leary n'insista pas. Malko se gratta la gorge et dit :

— Vous venez de décrire un plan d'exfiltration parfait. Mais *avant*, comment cela doit-il se passer ?

Le chef de station se tourna vers William Hancock.

— Bill, c'est à vous.

Le chef de station but une grande gorgée de café et vint se planter devant le plan d'Islamabad.

— Sultan Hafiz Mahmood a déménagé. Il habite désormais dans le quartier le plus chic, le carré, ou plutôt le triangle, de Mehran 8, situé entre l'avenue Kyaban-e-Iqbal et Siachin Road, presque en face de la mosquée Jamia Faridya ; une maison dans Fourth Street, une voie en impasse donnant sur Siachin Road. Sa villa est la troisième et porte le numéro 5. Il n'y a qu'une seule entrée dans Fourth Street, surveillée en permanence par des policiers en uniforme stationnés au coin de Siachin Road, reliés par radio à leur QG. Tous les matins, vers huit heures trente, Sultan Hafiz Mahmood va faire son jogging, le long de Siachin Road, jusqu'à la mosquée Shah Faisal. Certains jours, il se dirige vers le zoo, dans la direction opposée. Il court sur le terre-plein qui longe Siachin Road, une zone herbeuse avec quelques arbres.

— Il est seul ? demanda Malko.

— Non. Il a toujours deux gardes du corps, des policiers de l'ISI, qui courent avec lui.

— Armés ?

— Très probablement, mais nous n'avons pas pu le vérifier : ils portent des joggings assez amples.

— C'est tout ?

— Depuis que nous l'observons à la jumelle, oui, mais nous n'avons pas assez de recul.

— D'autres opportunités ? insista Malko.

— Non. Quand Sultan Hafiz Mahmood se déplace dans la journée ou le soir, il est toujours accompagné d'une voiture de protection et un garde du corps est assis à côté de son chauffeur. En plus, il utilise une Mercedes blindée.

— Donc, conclut Malko, vous avez décidé de le kidnapper pendant son jogging.

— *Right*, confirma Richard Spicer. Vous utiliserez un véhicule de location loué par M. Chris Jones. Un autre véhicule, un fourgon blanc, sera stationné au coin de l'avenue Kyaban-e-Margalla et de l'avenue Shalimar, avec les clefs sous le pare-soleil. Cela vous fera une distance très courte à parcourir avec le premier. Bien sûr, les Pakistanais, dès l'enlèvement, vont boucler les sorties de la ville, mais le fourgon blanc ne leur aura pas été signalé. Celui-ci portera une plaque de Peshawar. Ensuite, il n'y aura plus qu'à rallier le Blackhawk. Une demi-heure plus tard, vous quitterez l'espace aérien pakistanais…

Richard Spicer semblait parfaitement détendu. Malko eut un sourire ironique.

— À propos, *qui* va se charger de neutraliser les deux policiers ?

— C'est prévu. Vos deux baby-sitters. Un chacun.

— Comment ?

— Ils utiliseront des fusils tirant des seringues hypodermiques chargées d'un très fort anesthésique utilisé pour neutraliser les animaux sauvages lorsqu'on veut les soigner.

Il semblait ravi de sa trouvaille et Malko ne put s'empêcher de remarquer :

— Il y a une petite différence de poids entre un éléphant et un Pakistanais…

— Les doses seront étudiées en conséquence, promit le chef de station. Il paraît que cet anesthésique agit très rapidement.

— C'est à souhaiter, fit Malko.

Un ange passa, masqué, et s'enfuit vers les frondaisons de Grosvenor Square. Tout cela était parfait mais Malko se permit de mettre les pieds dans le plat.

— Et s'il y a un problème ? Si les Pakistanais réagissent ?

— Vous avez l'ordre de ne pas résister. Si les choses tournaient vraiment mal, je pense que le film en notre possession les ramènerait vite à la raison. Des images montrant Oussama Bin Laden en compagnie d'un des créateurs du programme nucléaire militaire pakistanais, devant un engin fabriqué vraisemblablement avec du combustible nucléaire pakistanais. C'est gênant. Il s'agit de la sécurité des États-Unis et le Président n'est pas disposé à accepter de mauvaises excuses. Avez-vous des questions à poser ?

Un silence de plomb lui répondit. Malko savait qu'il s'agissait d'une opération à hauts risques, avec de nombreux risques d'échec, mais il n'avait pas le choix : quelque part dans le monde, un engin nucléaire de dix kilotonnes était en route vers sa cible et il fallait *tout* faire pour le retrouver. Richard Spicer lui tendit une épaisse enveloppe.

— Voici votre passeport et le visa, votre réservation au

Marriott d'Islamabad, de l'argent et des photos de Sultan Hafiz Mahmood.

— Et s'il se défend ?

— Si c'était le cas, trancha Richard Spicer, il est prévu de le neutraliser comme ses gardes du corps. Les baby-sitters s'en chargeront.

Malko prit l'enveloppe. Ce n'était pas la première fois qu'un grand Service kidnappait un criminel de guerre ou un terroriste dans un pays étranger, mais ces opérations étaient préparées longtemps à l'avance. Pas improvisées.

— Vous avez averti Aisha Mokhtar du changement de programme ? demanda Richard Spicer.

— Je dîne avec elle ce soir, confirma simplement Malko.

*
* *

Le premier bouton ouvert de la veste du tailleur orange offrait les seins d'Aisha Mokhtar, sur le balconnet carré, comme sur un plateau. D'un animal, on aurait dit qu'il était en rut. Comme il s'agissait d'une femme du monde, elle avait seulement un coup de cœur. Sa jambe collée à celle de Malko, sous la table, elle la frottait doucement, écoutant le crissement des bas. Ils avaient dîné chez *Annabel's*, dans Berkeley Square, essentiellement de caviar et de vodka.

Elle se pencha au-dessus de la table, faisant presque jaillir ses seins du tailleur, et dit à voix basse :

— Je voudrais aller dans ta chambre d'hôtel. Cela m'excite. Je n'ai jamais baisé au *Lanesborough*.

— Pourquoi pas ! approuva Malko, excité par cette femelle en chaleur.

Aisha Mokhtar était vraiment une créature de feu... Elle soupira.

— Tu dois vraiment partir demain matin ?

— Mon billet est déjà pris, assura Malko. J'ai rendez-vous à New York à deux heures... Mais je ne serai pas long. Si tu veux, je repasse par Londres et nous partirons tous les deux en Autriche. À mon retour.

– Magnifique ! approuva la jeune femme. Demande l'addition.

Elle sortit la première du restaurant et Malko, en découvrant sa croupe moulée par l'étroite jupe orange, se dit que ces adieux promettaient d'être très excitants.

À peine dans la Bentley, elle posa la main sur lui, et assura, ravie :

– Tu as déjà envie de moi !

Ses yeux nageaient dans le sperme. La courte jupe orange un peu remontée, il apercevait la lisière du bas. Il glissa une main entre les cuisses gainées de noir, mais ne put aller très haut, tant la jupe était étroite. Les doigts fuselés d'Aisha le massaient doucement dans la pénombre. Impassible, Chaudry, le chauffeur, semblait ne rien remarquer. Lorsqu'ils arrivèrent au *Lanesborough*, Malko était tout juste présentable. Dans l'ascenseur, il acheva d'ouvrir la veste de tailleur, découvrant une guêpière de dentelle noire, dont le haut laissait dépasser les longues pointes des seins, dardées. Il les fit rouler entre ses doigts et Aisha commença à haleter, frottant son bassin contre lui, le regard flou, la bouche entrouverte. Malko comprenait pourquoi Sultan Hafiz Mahmood avait été fou d'elle…

Dans la chambre, elle se débarrassa de sa veste, noua ses bras autour de la nuque de Malko et enfonça jusqu'au fond de son gosier une langue vibrante comme celle d'un lézard. Il essaya d'atteindre son sexe mais la jupe était si étroite qu'il ne put qu'effleurer le nylon de son string.

Aisha s'était déjà emparé de lui. Elle se laissa tomber à genoux et l'enfourna dans sa bouche pour une des fellations sauvages dont elle avait le secret. Par moments, elle se redressait et enserrait le membre raidi entre ses seins gonflés.

Au bord du plaisir, il sentait qu'il ne tiendrait pas longtemps à ce rythme. Il la força à se relever, défit le Zip de la jupe orange et la tira jusqu'à ce qu'elle tombe par terre.

Aisha la suivit et, allongée à plat dos sur la moquette à fleurs, arracha sa culotte de satin noir et lança à Malko d'une voix pressante :

– Baise-moi, par terre, comme une salope…

Les jambes ouvertes, les mains sous ses reins pour se soulever, elle rugit quand Malko plongea son sexe d'un seul trait au fond de son ventre. Il s'immobilisa, bien abuté, imprimant à son membre un mouvement circulaire. Aisha râlait comme une mourante, jouissant sans arrêt, le corps secoué de spasmes.

Malko se retira alors doucement et aida la jeune femme à se retourner. À peine fut-elle à plat ventre sur la moquette épaisse qu'elle se cambra comme une chatte qui veut se faire saillir, les bras en croix, les ongles dans la moquette. Superbement érotique dans sa guêpière et ses bas.

Malko prit son temps, bien que tendu à exploser. Il se plaça au-dessus d'Aisha. Dès qu'elle sentit le sexe raide l'effleurer, elle ramena ses mains en arrière, écartant les globes cambrés de sa croupe, afin de s'offrir encore mieux.

Un geste d'une obscénité absolue.

Malko appuya légèrement l'extrémité de son sexe sur la corolle brune, puis se laissa tomber d'un seul coup de tout son poids. Verticalement, son membre s'enfonça dans les reins d'Aisha jusqu'à la garde. La jeune femme poussa un hurlement de folie. Tout son corps tremblait, comme si elle avait reçu une décharge électrique. Déjà, Malko se retirait avec une lenteur calculée, pour se laisser retomber avec la même violence. Aisha s'agitait comme un papillon cloué sur une planche anatomique, se soulevant pour mieux l'enfoncer en elle.

– Tu me violes ! râla-t-elle. Tu me fais mal…

Ce qui était totalement faux, mais elle avait besoin de se passer un film…

Ivre de plaisir, Malko ne se lassait pas de perforer cette croupe magnifique, avec une régularité de métronome.

*
* *

Était-ce la vodka ou l'excitation trop forte ? Il n'arrivait plus à jouir, pourtant raide comme un manche de pioche, et Aisha ne semblait pas vouloir arrêter. Inondé de sueur, en traction au-dessus du corps de la jeune femme, il se laissait tomber de plus en plus lourdement, arrachant chaque fois un cri à sa partenaire. Il eut soudain l'idée de réunir les jambes largement écartées d'Aisha. La sensation fut si intense qu'il sentit enfin la semence jaillir de ses reins.

Aisha hurla lorsqu'il se vida en elle. Assouvi, il bascula sur le dos, afin de reprendre son souffle, arrachant des reins violés un membre toujours raide. Aussitôt, Aisha roula sur elle-même et vint prendre son sexe dans sa bouche, comme pour en extraire les dernières gouttes de sperme. Enfin, elle se laissa aller en arrière, les bras en croix, et Malko gagna la salle de bains, épuisé, pour se jeter sous la douche.

Il regagna la chambre, drapé dans une serviette. Il sentit tout de suite qu'il y avait un problème. Aisha avait remis sa jupe et rentré ses seins dans sa guêpière. Le regard noir, elle brandit dans sa main droite un billet d'avion.

— Pourquoi me mens-tu ? lança-t-elle d'une voix furibonde. Tu pars au Pakistan, dans mon pays. Pour quoi faire ?

Malko réalisa la vérité en une fraction de seconde : elle avait trouvé son billet d'avion posé sur le bureau. Ne prévoyant pas sa venue, il ne l'avait pas mis en sûreté. Il mit quelques secondes à redescendre de son petit nuage érotique. Maudissant ce contretemps…

— Je ne voulais pas que tu me poses de questions, expliqua-t-il. Mon voyage n'a rien à voir avec toi.

— Tu me mens !

— Non, j'ai des gens à voir à Islamabad. Des investisseurs. Je ne mélange jamais mes affaires avec ma vie privée. Mais, que j'aille à Islamabad ou à New York, cela ne change rien. Je serai de retour dans quelques jours.

Aisha Mokhtar le fixait, se posant visiblement beaucoup de questions. Elle lança soudain :

— Tu connais un homme qui s'appelle Sultan Hafiz Mahmood ?

– Non, affirma Malko sans ciller. Pourquoi ?

Aisha le fixa longuement, puis détourna les yeux. Malko fit un pas dans sa direction mais elle l'esquiva.

– Je n'aime pas qu'on me mente, dit-elle. Ne cherche plus à me revoir, à ton retour. C'est dommage.

Sans un mot de plus, elle remit la veste de son tailleur, prit son sac et sortit en claquant la porte. Malko s'assit sur le lit : si le kidnapping de Sultan Hafiz Mahmood réussissait, Aisha lui serait beaucoup moins utile. De toute façon, il connaissait son adresse, possédait ses téléphones. On verrait, à son retour d'Islamabad.

Si retour il y avait…

Ce genre d'opération improvisée se terminait souvent très mal. Et il connaissait la lâcheté des dirigeants de la CIA, qui méritait bien son surnom de CYA : *Cover Your Ass…*

À la réflexion, la mission qu'on lui avait confiée était complètement folle.

CHAPITRE X

Il n'était que huit heures du matin et la température dépassait déjà 43 °C... Dans sa chambre du *Marriott*, Malko se remettait d'un voyage pourtant sans histoire. Le 747 de la PIA était arrivé à l'heure – 6 h 10 du matin –, déversant son flot d'expatriés en *camiz-charouar* et quelques businessmen étrangers. Islamabad, ville jardin complètement artificielle, découpée en carrés comme une cité américaine, n'avait guère changé depuis sa dernière visite, avec ses avenues surdimensionnées pour une circulation squelettique où se mêlaient bus surchargés, rickshaws, petits taxis d'un jaune criard, et de plus en plus de voitures japonaises ou coréennes.

Encore sonné par le long trajet, Malko avait vu défiler d'un œil distrait les somptueux bâtiments abritant les différents organismes officiels du pays, présidence, Cour suprême, Assemblée nationale, alignés le long de Constitution Avenue. Évidemment, ce n'était pas le *vrai* Pakistan, pouilleux, misérable et rétrograde, avec ses femmes bâchées, ses coolies au regard halluciné de fatigue et sa foule grouillante. La véritable capitale, c'était Rawalpindi, ville jumelle d'Islamabad, construite comme Brasilia à partir du néant. Jadis, les deux villes étaient séparées par un *no man's land* où se trouvait l'aéroport. Désormais, un tissu urbain ininterrompu avait grignoté les terres agricoles situées entre elles.

Dans cette ville aux avenues modernes tirées au

cordeau, aux coquettes villas noyées dans la verdure, aux bâtiments officiels presque futuristes, on avait du mal à imaginer qu'à une centaine de kilomètres on lapidait encore les femmes adultères.

En sortant de la douche, Malko enfila une chemise de voile, un pantalon léger et se prépara à se mettre au travail. Aucun contact officiel avec William Hancock, le chef de station de la CIA à Islamabad. À Londres, Richard Spicer lui avait promis qu'on le contacterait dès son arrivée pour la liaison avec les autres «kidnappeurs»...

Le *Marriott* commençait à vieillir sérieusement, mais situé dans Aga Khan Road, à deux pas de Constitution Avenue, il était l'hôtel en vogue depuis vingt ans, avec ses restaurants chinois et indiens, sa piscine pas toujours d'une propreté irréprochable, et ses chambres assez spacieuses.

Le téléphone sonna.

– *Mister Linge, your driver is here*[1], annonça un employé de la réception.

Comme Malko n'avait rien demandé, c'était donc que le système se mettait en place... Il descendit et aperçut près de la réception un petit bonhomme moustachu et replet, avec d'épaisses lunettes d'écaille, une chemise à carreaux et un pantalon tirebouchonné. En apercevant Malko émerger de l'ascenseur, il s'avança et dit d'une voix timide :

– *Good morning, sir, my name is Hassan.*

Sûrement un *stringer* de la CIA, comme la station en comptait quelques-uns. Malko le suivit à l'extérieur, ayant l'impression de recevoir une chape de plomb fondu sur les épaules, et se glissa dans une minuscule Morris verdâtre, d'un âge certain, sans climatisation. Toutes glaces ouvertes, il faisait encore 35° à l'intérieur.

– Où allons-nous ? demanda-t-il.

– *Stara markaz, sir, in G7*[2], fit Hassan.

Islamabad était découpé en carrés, portant chacun une

1. Votre chauffeur est arrivé.
2. Marché Stara.

lettre et un numéro. Au cœur de chacun d'eux se trouvait un centre commercial regroupant de multiples échoppes, un marché et une mosquée. Ils gagnèrent Constitution Avenue, longeant la présidence, puis Hassan tourna à droite dans Jinnah Avenue qui traversait, sous divers noms, Islamabad d'est en ouest, sur plus de dix kilomètres... Tournant ensuite dans Jasmin Road, bordée de maisons traditionnelles, Hassan s'arrêta et se retourna.

– *Sir, you go straight to Rehman Baba*[1].

Malko descendit. Le *markaz* était rectangulaire. Il se trouvait au nord et gagna l'est, Rehman Baba Street, bordée d'une variété incroyable d'échoppes qui offraient de tout, des saris aux lampes à pétrole, se demandant qui il allait rencontrer...

Et soudain, il les vit ! Arrêtés devant une boutique de saris, gauches comme des collégiens dans une boutique de lingerie.

Chris Jones et Milton Brabeck, environ un mètre quatre-vingt-dix de muscles chacun. Même avec des chapeaux de toile, des lunettes de soleil, des chemisettes bariolées et des pantalons de toile, ils n'arrivaient pas à ressembler à de *vrais* touristes. Heureusement, les Pakistanais avaient peu de points de comparaison, le tourisme étant à peu près inexistant dans leur pays, à part quelques Japonais venant explorer d'anciens temples bouddhistes, le long de la frontière afghane. Baby-sitters rattachés à la Direction des Opérations de la CIA, anciens du *Secret Service*, Chris Jones et Milton Brabeck vénéraient Malko depuis longtemps, après avoir survécu avec lui à quelques aventures difficiles. Les Américains s'exportant de moins en moins facilement, ils sortaient peu de leur pays. D'ailleurs, en dépit de leur âme en acier trempé, ils nourrissaient un certain nombre de phobies envers tout ce qui n'était pas strictement américain, comme le hamburger et la bière Budweiser, et ne considéraient comme civilisés que les pays où on pouvait boire de l'eau du robinet...

1. Monsieur, allez tout droit, jusqu'à Rehman Baba.

Malko s'approcha d'eux et Chris donna un coup de coude à Milton.

— *He, look !*

Ils rayonnaient. Malko, de près, s'aperçut que leur peau était enduite d'une épaisse couche de crème blanchâtre…

— Nous nous rencontrons *par hasard* ! avertit Chris Jones, alors on ne s'embrasse pas.

— Pourtant, on aurait envie ! renchérit Milton Brabeck.

Le marchand de saris s'approcha d'eux et le gorille fit un saut en arrière.

— Je suis sûr qu'il a plein de bêtes, grommela-t-il. Le sida, ça peut s'attraper en se serrant la main ? Ici, il paraît qu'ils ont toutes les maladies. Je mettrais bien un masque à gaz… Et cette putain de chaleur ! C'est inhumain.

— Vous êtes logés dans le *compound* de l'ambassade ? demanda Malko.

— *Yeah.* Heureusement : il y a la clim, on a de l'eau en bouteille et on bouffe à la cantine. De la nourriture de Blanc. Il paraît qu'on s'empoisonne dans les restaurants, ici.

— Qui vous a dit ça ?

— Un copain des Marines. Il a bouffé une fois dans un chinois, il est resté une semaine couché et a failli crever… Bon, on est quand même contents de vous voir…

— Vous avez déjà travaillé ?

— Un peu. On est allés reconnaître le parcours du gus qu'on doit exfiltrer, dans un fourgon banalisé. C'est plutôt joli. Il y a plein de verdure et des mosquées partout. Pas une seule église.

— C'est *le* pays musulman, commenta Malko. Comme l'Arabie Saoudite.

Milton Brabeck soupira.

— Ces bougnoules, avec leur barbe, ils ressemblent tous à Bin Laden. Et j'ai pas vu *un* mec sans moustache.

Malko sourit.

— Le rêve de tout jeune Pakistanais est de ressembler au prophète Mahomet, qui portait barbe et moustache. Ça accapare la plus grande partie de leur énergie. Bon, quel est le programme ?

Il ne tenait pas à ce qu'on les repère, visibles comme des mouches dans un bol de lait, dans cette foule uniformément pakistanaise.

— On a rendez-vous ce soir au club de l'ONU, annonça Chris Jones. Le COS sera là.

— Bien, approuva Malko. Je sais où c'est.

— Non, corrigea Milton Brabeck, il a déménagé. Il se trouve désormais en F7, dans la 14e Rue, tout au fond. Votre nom aura été donné au gardien. Venez vers sept heures.

Le club de l'ONU, une structure privée, permettait aux diplomates et à leurs invités de se retrouver entre eux, de manger une cuisine internationale, de boire de l'alcool et de regarder les télévisions étrangères.

— O.K., conclut Malko, à sept heures.

— D'ici là, ne regardez pas les femmes dans les yeux. C'est mal vu, vous pourriez vous faire lyncher...

Il s'éloigna vers sa voiture, laissant les deux gorilles encore plus mal à l'aise. Hassan annonça, en lui ouvrant la portière :

— On m'a dit de vous conduire à Taxila, *sir*, pour une visite des ruines.

— Bonne idée, approuva Malko.

Il monta à côté d'Hassan, afin de repérer l'itinéraire. Le jour du kidnapping, ils seraient livrés à eux-mêmes...

Les camions au fronton peinturluré, chargés à exploser, passaient leur temps à se doubler comme des fous, dans des concerts de klaxon, sans le moindre souci des voitures. Deux fois, Hassan avait été obligé de rouler sur le bas-côté pour ne pas être écrabouillé par un monstre chargé de billes de bois. L'autoroute Islamabad-Peshawar, c'était le *Salaire de la peur*... D'ailleurs, elle n'avait d'autoroute que le nom, se réduisant parfois à un unique ruban d'asphalte, poussiéreux et défoncé. Le pire, c'était les cyclistes, complètement incongrus dans cette jungle motorisée, surgissant de partout avec un calme incroyable,

juchés sur de hautes bicyclettes noires, souvent sans
freins.

Quant aux bus, bourrés à craquer de voyageurs abrutis
de chaleur, leurs chauffeurs étaient probablement payés à
la course. Pied au plancher, ils prenaient tous les risques
pour gagner quelques mètres. Le paysage désolé, plat
comme la main, aux arbres imbibés de poussière jaunâtre,
était noyé d'une brume de chaleur. Parfois, sur un bas-
côté, une cabane en planches proposait des boissons sans
alcool, des pastèques ou des fruits.

Deux camions, décorés jusqu'aux essieux, surchargés
d'une montagne humaine se retenant à ses ballots, ten-
taient de se doubler. Hassan, deux roues sur le bas-côté,
dans la Morris à 30°, parvint à prendre le dessus…

– *I have to take petrol*[1], annonça-t-il.

Ils stoppèrent à une station PSO où se trouvaient déjà
des camions et un bus sans vitres plein de passagers hébétés de fatigue, gavés de poussière, avec des regards vides
d'animaux. Même les bébés ne criaient pas.

Une demi-heure plus tard, Hassan, après être passé
devant la gare de Taxila, arrêta Malko devant le musée,
situé en bordure d'une des trois villes en ruines du site,
Bhir Mound. L'ensemble du site comprenait les ruines
de deux autres villes, Sirkaph et Sirsouk, ainsi qu'un
énorme stûpa dédié à Bouddha. Jadis, les invasions
s'étaient croisées ici, des Grecs en passant par Darius,
jusqu'à Alexandre le Grand. Il ne restait aujourd'hui que
des murs ne dépassant guère deux mètres de hauteur,
envahis par la végétation, écrasés de chaleur. Situé à
trente-deux kilomètres d'Islamabad, Taxila était un lieu
de promenade familiale le vendredi, mais désert en
semaine.

Le colonel Mc Leary, après avoir étudié la carte, avait
jeté son dévolu, comme « héliport », sur le stûpa de Dharmarajika, qui possédait deux avantages. D'abord, il était
un excellent point de repère, ensuite, le site était éloigné

1. Il faut que je prenne de l'essence.

de trois kilomètres du musée, ce qui assurait une certaine discrétion.

Laissant Hassan devant le musée, Malko s'enfonça dans un sentier bordé de ruines ocre, sous une chaleur inhumaine. Même les mouches semblaient avoir du mal à voler. Il avançait comme un somnambule, harcelé par des millions d'insectes, avalant de la poussière à chaque inspiration. Au bout d'une demi-heure de marche, il aperçut un tumulus de briques d'une quinzaine de mètres de hauteur, entouré de ruines dont aucune n'avait plus de deux mètres de haut.

Deux hommes étaient en train d'arracher tranquillement des briques à un mur vieux de quelques siècles pour les jeter dans un pick-up. Ils ne levèrent même pas la tête : Malko ne se trouvait pas dans le même univers qu'eux. Il explora le site et trouva ce qu'il cherchait, à trois cents mètres au sud du stûpa. Une étendue plate et herbeuse, sans aucun obstacle en hauteur. Comme il se frayait un chemin dans les hautes herbes, il s'arrêta brusquement : quelque chose avait bougé devant lui. Il aperçut fugitivement un long ruban noir se fondre dans le sol : un cobra…

Son pouls redescendu, il inspecta longuement les lieux, prenant des photos avec sa caméra numérique. Un Blackhawk pourrait facilement se poser là. Les quelques arbres qui bordaient le site et son éloignement le préserveraient des regards. Lorsqu'il reprit le chemin du musée, les deux pillards, leur pick-up plein de reliques de l'histoire, s'éloignaient dans un nuage de poussière jaune.

Il retrouva Hassan, la bouche sèche, la chemise collée à son dos par la transpiration, et s'effondra dans la Morris.

– On rentre ! lança-t-il au petit Pakistanais.

*
**

Après deux heures à barboter dans la piscine du *Marriott*, dont l'eau atteignait les 30°, Malko se sentait quand même mieux. Sa balade à Texila l'avait épuisé. Terrassé par le décalage horaire, il avait dormi quatre heures avant de plonger dans la piscine. Pas une seule femme appétissante en vue : des Pakistanaises qui avaient dû être mannequins chez Olida, des Indiennes enveloppées dans dix couches de saris et quelques Scandinaves maigres comme des clous. À tout hasard, il avait téléphoné au numéro de Priscilla Clearwater, la somptueuse secrétaire noire de l'ambassadeur des États-Unis, retrouvée là trois ans plus tôt, mais une voix d'homme lui avait répondu que l'Américaine avait quitté Islamabad l'année précédente...

Il n'y avait plus qu'à se rendre au club de l'ONU et ils reprirent la direction de F7. La 14ᵉ Rue, une impasse, prenait dans Kohsar Road, laquelle commençait dans Kyaban-e-Iqbal. Au fond de la rue ombragée, Malko aperçut des barrières, une guérite et un *chawdikar*[1], armé d'un riot-gun, gardant la propriété.

Il se présenta à l'entrée et le *chawdikar* cocha son nom sur une liste, lui demanda 20 dollars et lui remit une carte valable un mois... Un élégant bâtiment de style colonial britannique était planté au milieu d'une pelouse bien entretenue. Le rez-de-chaussée comportait une salle à manger et un bar, où il aperçut immédiatement ceux qu'il était venu retrouver : William Hancock, le chef de station d'Islamabad, Chris Jones et Milton Brabeck. À côté d'eux, un groupe de Pakistanais commentaient un match de cricket avec des hurlements sauvages.

Deux Chinois, l'air mélancolique, chuchotaient devant des bières. Pas une femme.

William Hancock leva son verre de Defender.

— Bienvenu au Pakistan ! Et bon séjour.

— Merci, répondit sobrement Malko, qui avait failli y laisser sa peau, trois ans plus tôt.

Chris Jones et Milton Brabeck, débarrassés de leur crème antimoustiques et de leurs lunettes noires, jappaient comme des chiots heureux.

— Il paraît qu'on va faire un coup fumant ! lança Chris Jones à voix basse. Ça n'a pas l'air trop difficile.

Malko sourit jaune.

— Même les criminels les plus endurcis considèrent

1. Vigile.

que le kidnapping est une activité à haut risque, souligna-t-il, pince-sans-rire.

Milton Brabeck se permit un ricanement discret.

— *Yeah*, mais *nous*, on a des copains avec un hélicoptère… Et on travaille pour le président des États-Unis.

— Vous n'avez pas la permission du gouvernement pakistanais, corrigea Malko, et nous sommes au Pakistan.

Cette remarque de bon sens ne refroidit pas les deux gorilles. Euphorique, Chris Jones commanda un double Defender sans glace. Malko se joignit à lui avec une vodka et les quatre hommes trinquèrent au succès de leur mission.

— Allons dans le jardin, suggéra William Hancock. On est sûrs qu'il n'y aura pas de micros…

Ils gagnèrent une des tables installées au bord de la piscine d'un vert douteux. Le chef de station de la CIA attendit que le serveur se soit éloigné pour demander à Malko :

— Vous êtes allé à Texila ?

— Oui, j'ai trouvé un endroit parfait pour un hélico, tout près d'un stûpa géant qui servira de point de repère au pilote, devant un terrain dégagé et herbeux, où il est facile de dissimuler une balise GPS. J'ai pris des photos. L'endroit est éloigné du musée et de la route.

Le chef de station nota tout soigneusement.

— Ce serait bien que vous alliez la mettre en place vous-même, suggéra-t-il. Demain, vous aurez le temps.

On leur apporta ce qui ressemblait à une Caesar Salad que les deux gorilles reniflèrent avec méfiance.

— C'est plein de bestioles, conclut Chris Jones, en repoussant son assiette.

William Hancock reprit la conversation.

— Demain, dit-il à Malko, vous irez effectuer un repérage autour du domicile de Sultan Hafiz Mahmood. Pour étudier son parcours de jogging. Quand vous vous sentirez prêt à agir, je transmettrai le feu vert à Spin Bolak. Il me faut vingt-quatre heures de battement.

— Rien de nouveau depuis que nous en avons parlé ? demanda Malko.

— Non, rien. Il est réglé comme une horloge. Tous les

jours à huit heures, il sort de sa villa, suivi de ses deux
gardes du corps, et part en direction soit de la mosquée,
soit du zoo. Mais pour nous, cela ne change rien. J'aurais
voulu poster un guetteur au début de la rue, mais, dans ce
quartier, c'est impossible. Il faudra donc observer son
départ de la colline. J'ai quelqu'un avec des jumelles qui
le fera et vous transmettra le top.

— Où serons-nous ? interrogea Malko

— Je pense que le mieux est d'attendre au croisement
de Kyaban-e-Iqbal avec Siachin Road, à quelques centaines de mètres à vol d'oiseau. À partir du moment où il
démarre, nous avons une demi-heure pour agir. C'est
amplement suffisant.

— Est-ce très fréquenté, le matin ?

— Siachin Road, non, ce n'est pas une voie de transit.
Des piétons, étudiants à l'Islamic University, qui viennent
travailler à l'ombre, sur les pentes de la colline, mais évidemment, on ne peut exclure aucune hypothèse.

— De quelle voiture disposons-nous ?

— Une grosse Volvo qui a été « volée » à une ONG
d'University Town, à côté de Peshawar, et munie de
plaques différentes. Ensuite, un fourgon GM blanc en
fausses plaques CD 29. Nous pensions mettre des plaques
de Peshawar, mais ces plaques-là diminuent les risques
d'interception. Vous abandonnerez le fourgon à Taxila.

Ils se turent : le garçon apportait les kebabs sur une
montagne de riz au safran. À la table voisine, on déboucha une bouteille de Taittinger au milieu d'exclamations
joyeuses. C'était un anniversaire. Malko lança son pavé
dans la mare.

— Messieurs Jones et Brabeck sont donc chargés de la
neutralisation des deux policiers qui protègent Sultan
Hafiz Mahmood. Avec des carabines spéciales.

— *Right*.

Malko se tourna vers les deux gorilles.

— Vous êtes prêts ?

— Sûr ! affirma Chris Jones, c'est comme une carabine
de chasse. Sauf qu'on tire une grosse seringue. On en
prendra un chacun. C'est facile de ne pas les louper.

– La drogue injectée agit en combien de temps ?
demanda Malko.

William Hancock eut l'air un peu embarrassé.

– *Well*, il n'y a pas d'expérimentation sur l'homme.
Mais sur un lion, qui pèse environ quatre fois le poids
d'un homme, cela agit en une minute environ…

– C'est long, une minute, remarqua Malko. Ils ont le
temps d'appeler du secours, ils ont sûrement des portables
ou des radios.

– Nous avons intégré cette donnée, affirma William
Hancock, en positionnant non loin de là un fourgon banalisé qui brouillera toutes les communications radio dans
le périmètre. En plus, nous avons conservé la dose utilisée pour un grand félin. Cela devrait agir quatre fois plus
vite…

Chris Jones hocha la tête gravement.

– J'espère qu'ils vont bien réagir. Parce que nous n'aurons pas d'artillerie.

Malko calma leurs ardeurs.

– La peine de mort existe toujours au Pakistan, rap-
pela-t-il. Avec un simple kidnapping, nous nous en tire-
rons avec une vingtaine d'années…

Un ange passa et disparut, affolé.

William Hancock reprit fermement la main.

– Je vous rappelle, messieurs, que nous agissons dans
la *légalité* la plus complète, en ce qui concerne notre
administration. Nous sommes couverts par un *presiden-
tial finding*.

Ce qui soulagea aussitôt les deux gorilles inquiets pour
leur retraite.

– Avez-vous d'autres questions ? demanda le chef de
station.

– Non, fit Malko. Demain matin, je vais reconnaître
les lieux. Vous en faites autant à Taxila, et nous nous
retrouvons ici demain soir.

– Parfait, approuva le chef de station.

*
* *

Le colonel de l'ISI Hussein Hakim venait d'arriver à son bureau, dans Kashmir Road ; un modeste bâtiment de quatre étages, QG de l'Agence. Les autres services étaient éparpillés un peu partout dans Islamabad. Sa secrétaire surgit, ravissante Pendjabie en sari moulant vert d'eau, dégoulinante de bijoux en argent, avec de grands yeux noirs soulignés de khôl pleins de sensualité.

– Voici la liste des arrivées, colonel Sahib, annonça-t-elle.

Le colonel Hussein Hakim, plein de mélancolie, regarda la silhouette élégante onduler jusqu'à la porte. Cette salope s'était fait sauter une seule fois, un soir, sur le coin de son bureau, mais n'avait jamais voulu recommencer sans une promesse de mariage... Or, l'officier pakistanais avait quatre enfants et une épouse encore très présentable, appartenant à un clan qui l'aurait découpé en morceaux en cas de répudiation.

La vie était mal faite.

Il ouvrit le dossier, découvrant la liste des passagers repérés pour diverses raisons à leur arrivée à Islamabad. Il y avait de tout : des citoyens pakistanais recherchés pour fraude fiscale, des businessmen douteux et, de temps en temps, une perle rare. Il la trouva, soulignée de rouge. Prince Malko Linge. Le nom lui disait quelque chose. Il le tapa sur son ordinateur et le dossier apparut... Malko Linge était un « opératif » de la CIA, connu comme le loup blanc. Son dernier séjour au Pakistan remontait à trois ans, lorsque, sous couverture de l'US Aid, il avait tenté de retrouver la trace de Bin Laden. Le rapport prétendait qu'il y était parvenu, sans donner plus de détails. Suivait la liste de ses contacts à Islamabad et à Peshawar. Le colonel Hakim se souvint alors que sa secrétaire lui avait transmis un mot de son homologue de la CIA, William Hancock, avec qui il entretenait d'excellentes relations, lui annonçant l'arrivée de Malko Linge, venu exploiter une piste menant à Bin Laden.

La CIA était extrêmement active au Pakistan et n'avait pas une totale confiance dans ses alliés pakistanais, dont les services étaient souvent gangrenés par les partisans d'Al-Qaida.

En professionnel prudent, le colonel Hussein Hakim décida quand même, pour se couvrir, d'effectuer un petit sondage sur les activités de l'agent de la CIA. D'après sa fiche de police, il était descendu au *Marriott*. Quelques jours de filature discrète ne feraient pas de mal.

CHAPITRE XI

Assis à côté de Hassan, Malko regardait attentivement les maisons de Siachin Road défiler sur leur droite. Il était dix heures et demie du matin. Il avait, à dessein, choisi de ne pas interférer avec le jogging de Sultan Hafiz Mahmood. Il passa lentement devant le début de la 7ᵉ Rue, aperçut fugitivement une voiture bleue arrêtée devant une des maisons. Sûrement la protection statique du scientifique pakistanais.

— Continuez jusqu'à la mosquée Shah Faisal, demanda-t-il à Hassan.

Celui-ci obéit, puis repartit ensuite sur Siachin Road, en direction du zoo. Cette fois, Malko scrutait les pentes de la colline, légèrement boisées. Quelques petits groupes étaient installés sous les arbres. Peu de piétons sur le trottoir. Peu de véhicules. S'attarder eût été contre-productif… Malko se tourna vers Hassan.

— Vous a-t-on donné quelque chose pour moi ?

— Oui, *sir*, c'est dans le coffre.

La balise électronique destinée à l'hélicoptère. Sa durée de vie était de huit jours, autant la mettre en place maintenant, pour éviter les allers-retours.

— Nous retournons à Taxila, annonça Malko.

Cette fois, il chronométra le parcours, demandant à Hassan de ne pas rouler trop vite. Exactement quarante-cinq minutes de Siachin Road à l'entrée du site archéologique. En comptant une heure, ils seraient dans les temps. Si un camion se renversait au milieu de l'autoroute Islamabad-Peshawar, dans ce pays où les pneus des véhicules étaient lisses comme des joues de bébé, tout était possible… Il repartit sous le soleil vers le stûpa de Dharmarajika. Il faisait encore plus chaud que la veille, et les mêmes voleurs de pierres étaient au travail. Malko dut attendre à l'ombre du stûpa géant qu'ils aient terminé de charger les pierres pour dissimuler soigneusement dans l'herbe la balise GPS, après l'avoir activée. De ce côté-là, au moins, il n'y aurait pas de problème. Désormais, jusqu'au jour J, il n'avait plus grand-chose à faire.

Aisha Mokhtar en avait perdu le goût du sexe, rembarrant méchamment son dernier prétendant qui, pourtant, possédait des attributs sexuels impressionnants. Il pleuvait sur Londres et cela n'incitait pas à la joie. Sa maison était même carrément sinistre quand il n'y avait pas de soleil, en dépit du minuscule jardinet intérieur. Depuis le départ de son éphémère et princier amant, la Pakistanaise retournait dans sa tête les circonstances de leur rencontre. N'étant pas naïve, elle n'écartait pas une manip'.

Mais par qui et dans quel but ?

Bien sûr, il s'était montré un excellent amant, mais cela ne signifiait pas qu'il n'avait que cela en tête. Beaucoup de gens pouvaient s'intéresser à elle. Les Pakistanais d'abord, les services israéliens et américains ensuite. Son amant aussi, agissant soit par jalousie, soit pour se renseigner.

Elle en éprouvait un sentiment de malaise, d'angoisse même. Se demandant si, pour quelque temps, elle ne devrait pas abandonner Londres pour retourner à Dubaï, où elle se trouvait sous la protection du cheikh. Plus elle y pensait, plus elle se persuadait que Sultan Hafiz Mahmood pouvait être derrière cette rencontre bizarre.

Finalement, elle prit son téléphone et composa le numéro de son vieil amant. Sûrement écoutée par les Pakistanais.

Le numéro sonna longuement avant qu'une voix de femme réponde. Une domestique, d'après l'accent.

– Ton maître est là ? demanda Aisha Mokhtar.

– Oui, je crois.

– Dis-lui que c'est un appel de Londres. Aisha.

Elle entendit qu'on posait l'appareil et quelques instants plus tard, la voix chaleureuse de Sultan Hafiz Mahmood éclata dans l'appareil.

– Aisha ! Quelle bonne surprise.

– Je pensais à toi, dit la Pakistanaise, sans mentir. Comment vas-tu ?

– Mal, sans toi. Alors, tu as décidé de venir ?

– Je t'ai dit que j'allais m'organiser, promit-elle. Tu es en bonne santé ? Pas de problème ?

Ils bavardèrent quelques minutes, puis Aisha Mokhtar posa la question d'un ton détaché :

– Est-ce que tu m'as envoyé quelqu'un à Londres ?

– Quelqu'un ? Qui ?

– Un prince autrichien, un certain Malko Linge.

– Je ne connais pas de prince autrichien, jura Sultan Hafiz Mahmood, et jamais je ne t'enverrais un homme. Tu les aimes trop...

Elle rit, partiellement soulagée. Il ne mentait pas... Puis elle raccrocha, au bout d'un moment. Il restait toutes les autres hypothèses. Pas rassurantes. Elle se demanda si elle allait réclamer la protection de Scotland Yard. Mais contre qui ? Un homme qui lui avait fait plusieurs fois merveilleusement l'amour...

*
* *

Le club de l'ONU était presque vide. Deux grandes soirées diplomatiques, chez les Russes et les Japonais, avaient aspiré tous les « expats » d'Islamabad. Seules, deux tables étaient occupées dans le jardin. William Hancock était assis à l'une d'elles, en compagnie des deux gorilles.

– Vous avez mis la balise en place ? demanda-t-il à Malko.

– Absolument. Il y a du nouveau, de votre côté ?

– Il a fait son jogging ce matin. Rien de nouveau. Inutile d'attendre plus. Je programme l'opération pour demain. Il faut être en place à 7 h 45. Moi, je m'occupe de l'exfiltration. Les démarches ont été faites auprès des Pakistanais. Aucun problème. Bien entendu, vous laissez toutes vos affaires au *Marriott*.

– Il n'y a pas grand-chose, dit Malko. C'était prévu. Une question : les services pakistanais savent-ils que je suis là ?

– J'ai envoyé un mot au colonel Hussein Hakim, le représentant de l'ISI à Islamabad, pour lui dire que vous étiez ici pour une nouvelle piste Bin Laden. Donc, il ne va pas s'inquiéter.

Il avait réponse à tout.

À la fin du dîner, il commanda du champagne et le garçon apporta une bouteille de Taittinger, sous le regard respectueux des deux gorilles. Ils trinquèrent avec retenue. Malko n'aimait pas trop vendre la peau de l'ours avant de l'avoir tué. La température avait un peu fraîchi. Il ne faisait plus que 35 °C.

– Où vais-je récupérer la Volvo ? demanda Malko.

– Elle sera garée sur Aga Khan, en face de l'hôtel. Voilà les clefs. Le matériel nécessaire est dans le coffre. Chris et Milton vous attendront un peu plus loin, au coin d'Ataturk Avenue, à côté de la voiture d'Hassan, qui aura le capot levé, comme si elle était en panne. D'autres questions ?

Malko se creusa la tête.

– Non, avoua-t-il. Il n'y a pas de problèmes possibles avec l'hélico ? Un refus pakistanais ?

William Hancock secoua la tête.

– Je ne vois rien. Sauf une panne imprévisible. Voici un téléphone sécurisé. Mon numéro d'appel est inscrit dessus. Vous pouvez me joindre à tout moment, sans crainte d'être intercepté. S'il sonne, répondez, ce sera moi.

Il lui tendit un petit portable que Malko empocha. Ils terminèrent la bouteille de champagne et se levèrent.

— Nous ne nous reverrons pas, dit-il simplement à Malko.

Bizarrement, celui-ci n'éprouvait pas trop d'appréhension. Le champagne, peut-être. Alors qu'il allait mener une opération hyper risquée dans un pays brutal...

*
* *

Toujours 45 °C, et la Breitling de Malko indiquait sept heures du matin. Il n'avait pas pris de *breakfast*. Noué. La piscine était déserte et, dans le *lobby*, seuls quelques clients étaient en train de payer. Il sortit de l'hôtel et regarda autour de lui. Sur l'autre côté d'Aga Khan Road, plusieurs voitures étaient garées sur le bas-côté herbeux. Il remercia le portier qui lui proposait un taxi et traversa.

La Volvo grise était garée à vingt mètres. Il mit la clé remise la veille par William Hancock dans la serrure et ouvrit, se glissant dans la fournaise. Clim à fond, il fallut cinq bonnes minutes avant de retrouver une température humaine.

Il baissa les yeux sur sa Breitling. Sept heures et demie. Il démarra doucement. À l'intersection suivante, il aperçut la Morris de Hassan, capot levé, les deux gorilles debout à côté, avec leur chapeau de toile ridicule. En dix secondes, ils furent dans la Volvo.

— Où est le matos ? demanda aussitôt Chris Jones.

— Dans le coffre.

— Il faut le prendre tout de suite.

Malko stoppa dans l'avenue déserte et le gorille alla récupérer les deux fusils dans le coffre. Cinq minutes plus tard, ils étaient montés. Ils ressemblaient à des armes de chasse, avec un canon assez court. Chris et Milton y introduisirent les cartouches prolongées par une seringue hypodermique en plastique, remplie d'un liquide ambré.

— Et en avant pour la chasse à l'éléphant ! grommela Milton Brabeck. Vous êtes sûr que l'hélico sera là ?

Malko roulait lentement dans Kyaban-e-Iqbal, face aux premiers contreforts des Margalla Hills. Il y avait peu de circulation. Lorsqu'ils croisèrent l'avenue Shalimar, entre

F7 et F6, il était huit heures moins dix. Le portable donné par le chef de station était dans la poche de la chemisette de Malko, ouvert. Il continua sur Siachin Road, en direction de la mosquée Shah Faisal. Il allait l'atteindre lorsque le portable sonna. Une voix neutre annonça :

– Le sujet principal vient de sortir de chez lui. Configuration habituelle.

C'est-à-dire que Sultan Hafiz Mahmood était suivi de deux gardes du corps... Malko tourna à droite, et fit demi-tour en face de l'immense mosquée. Ils avaient trente minutes devant eux. Personne ne parlait plus. Chris et Milton, leur fusil en travers des genoux, se concentraient. Tireurs d'élite tous les deux, ils ne pouvaient pas rater leur cible. Malko pensa soudain au principal.

– Et si Sultan Hafiz Mahmood détale dans les collines en hurlant ? demanda-t-il.

Chris Jones sourit.

– C'est prévu ! On doit l'endormir, lui aussi, s'il fait mine de filer. D'ailleurs, on devrait le faire de toute façon.

– Attends ! protesta Milton Brabeck, ce mec a soixante-cinq ans. Ça doit secouer, ces piqûres. Si on le ramène mort, ça ne sert à rien.

– Espérons qu'il n'aura pas le temps de réagir, soupira Malko. On se rapproche.

Il scrutait le trottoir de l'avenue, à la recherche de sa cible, lorsque le portable sonna à nouveau.

– Le sujet principal se dirige vers l'est, annonça la même voix. Même configuration.

Donc, Sultan Hafiz Mahmood se dirigeait vers le zoo et ils allaient surgir derrière lui. La chance était avec eux. Ses deux gardes du corps courant *derrière* lui, il ne s'apercevrait pas immédiatement de leur disparition. Malko passa devant la 17e Rue.

– Attention, les voilà ! lança Chris Jones à l'avant.

À une centaine de mètres devant eux, trois hommes, décalés en triangle, couraient dans le sous-bois clairsemé longeant Siachin Road.

Malko sentit un léger picotement sur le dessus de ses mains. La distance diminuait entre les coureurs et la

Volvo. Les mains crispées sur leurs armes, Chris et Milton, respiration bloquée, se préparaient à sauter de la voiture. Encore cinquante mètres… Machinalement, Malko jeta un coup d'œil dans le rétroviseur et son pouls bondit à 200.

Une voiture bleue, équipée d'un gyrophare sur le toit, venait d'émerger de la 17e Rue et roulait derrière eux !

– *Abort ! Abort*[1] *!* lança-t-il aux deux gorilles qui n'avaient rien vu.

La mort dans l'âme, ils dépassèrent Sultan Hafiz Mahmood et ses deux gardes qui trottinaient sous la futaie. De nouveau, Malko regarda le rétroviseur. La voiture de police avait ralenti et roulait désormais à la hauteur des coureurs… Ce n'était pas après eux qu'elle en avait… Malko, la chemise collée à la peau par la sueur, prit le portable et enclencha la communication.

– Bill ! annonça-t-il, cas non conforme, on démonte. À ce soir, au club. Je ramène nos amis à la maison. Envoyez-nous quelqu'un.

– Déposez-nous à l'ambassade, demandèrent en chœur les deux gorilles.

Cinq minutes plus tard, Malko stoppait devant la barrière rouge et blanc interdisant l'entrée de l'enclave diplomatique, gardée par des soldats pakistanais à l'air farouche, coiffés de grands bérets noirs.

Quand la Volvo s'arrêta non loin de la barrière, ils braquèrent aussitôt leurs armes dans sa direction. Chris Jones descendit et la vue d'un Blanc les rassura un peu. Il fallut pourtant attendre l'arrivée d'un jeune agent de la CIA pour franchir la barrière.

**
* **

Le colonel Hussein Hakim était perplexe. Le rapport de filature de Malko Linge indiquait que, la veille, en compagnie d'un chauffeur non identifié, il avait eu des activités bizarres. D'abord, il avait traîné dans Siachin

—————
1. On annule ! On annule !

Road, la parcourant dans les deux sens. Ensuite, il s'était rendu aux ruines de Taxila...

On ne lui connaissait pourtant aucun goût pour l'archéologie... Son premier parcours avait davantage inquiété le colonel de l'ISI. Après une étude rapide des gens habitant ce quartier très chic, il avait repéré le nom de Sultan Hafiz Mahmood, le spécialiste nucléaire lié à Oussama Bin Laden, que les Américains leur avaient réclamé à plusieurs reprises... Est-ce que ce Malko Linge, connu pour ses qualités professionnelles, était là pour essayer d'entrer en contact avec lui ?

Tout était possible.

Prudent, le colonel Hakim avait immédiatement demandé à l'équipe chargée de la protection du scientifique de renforcer la surveillance autour de lui, ce qui avait été aussitôt fait. Deux précautions valent mieux qu'une.

* *

William Hancock était effondré, après s'être fait raconter dix fois l'incident...

– C'est peut-être une coïncidence, conclut-il. Ils ne vous ont pas repérés ?

– Je n'en sais rien, avoua Malko. Ils ont pu relever le numéro de la voiture.

Le chef de station leva la tête.

– Êtes-vous d'accord pour faire un nouvel essai demain matin ?

Un silence de mort lui répondit, brisé par Malko.

– William, dit-il, dans notre métier, il ne faut jamais croire aux coïncidences. C'est le premier jour où la surveillance de Sultan Hafiz Mahmood est renforcée. Ce n'est pas par hasard. J'ai dû être suivi, ils ont vu où j'allais et ils en ont tiré des conclusions. Je crois que l'Agence s'est déjà intéressée à lui, avec Gwyneth Robertson.

– C'est exact, reconnut l'Américain, mais...

– L'hélico est reparti ? demanda Chris Jones.

– Oui. Comme prévu. Il a attendu un quart d'heure et a signalé aux Pakistanais que, suite à une avarie, il faisait demi-tour vers Spin Bolak…

– On ne peut pas recommencer, conclut Malko. Si, demain, un autre hélico demande une autorisation de survol, si les Pakistanais ne sont pas mongoliens, ils vont se douter de quelque chose. Et enfermer Sultan Hafiz Mahmood à double tour.

– *Well*, reconnut le chef de station, je crois que vous avez raison. On démonte.

– J'ai un vol pour Londres ce soir, dit Malko, je pense le prendre. Inutile de faire de vieux os ici.

– Et nous ? firent les deux gorilles.

– Vous avez le temps de visiter ce beau pays, proposa Malko, mais n'allez pas à Peshawar. Là-bas, les Américains ne sont pas très populaires.

Décidément, ils avaient sabré le champagne trop tôt. Chris Jones jeta un coup d'œil attristé aux deux carabines posées sur le canapé.

– C'est dommage ! J'aurais bien voulu voir comment fonctionnait ce truc-là.

*
* *

Cette fois, Malko avait pris la British Airways pour profiter des sièges lits, et dormi comme un enfant. Adieu le Pakistan. L'ISI ne saurait jamais la raison de sa visite éclair à Islamabad et cela valait mieux.

Richard Spicer avait été prévenu de l'annulation du kidnapping par la station d'Islamabad et allait sûrement réagir. Malko regarda le léger brouillard qui flottait sur la campagne anglaise et pensa à Aisha Mokhtar. Du coup, elle reprenait de l'importance, mais il n'allait pas être évident de la recontacter…

Les roues du 747 touchèrent le sol et il bâilla. Heureusement qu'il avait dormi.

Sa housse Vuitton accrochée à l'épaule, il franchit l'Immigration et la douane en un temps record. À peine dans le hall du terminal 4, il repéra un jeune homme brandissant un panneau à son nom. Il s'approcha et l'inconnu s'empara aussitôt de sa housse.

– Mister Spicer m'a demandé de vous accompagner à votre hôtel, puis de vous emmener immédiatement à son bureau, annonça-t-il. Vous avez fait bon voyage ?

– Excellent, affirma Malko.

La CIA ne perdait pas de temps pour son debriefing…

Après un bref arrêt au *Lanesborough*, il prirent la route de Grosvenor Square. En dépit de l'heure matinale, Richard Spicer, toujours aussi élégant, semblait frais comme un gardon. Il accueillit chaleureusement Malko.

– Je suis au courant de tout ! lança-t-il. C'est dommage. Mais il aurait fallu avoir plus de temps pour préparer cette opération.

– Nous ne sommes pas près de parler à Sultan Hafiz Mahmood, soupira Malko. Donc, nous revoilà au point mort.

– J'ai convoqué le représentant de l'ISI à Londres, aujourd'hui à onze heures, annonça le chef de station. Nous l'emmènerons au «6» pour lui projeter le film. Et *après*, il a intérêt à se montrer coopératif. Sinon, nous avons de sérieux moyens de rétorsion. Le Pakistan attend une livraison de F-16 et d'avions ravitailleurs. Cela m'étonnerait que le président Bush les livre à un pays qui aide Bin Laden à se procurer une arme nucléaire.

Malko étouffa un bâillement.

– Parfait. Et moi ? Pourquoi m'avoir convoqué si tôt ?

– Nous avons retrouvé la trace du caméscope qui a servi à filmer Bin Laden et Sultan Hafiz Mahmood. Il a été acheté à Dubaï, en 2002, par Aisha Mokhtar.

CHAPITRE XII

Le *Salinthip Naree*, vraquier de 22 000 tonnes, filait à peine douze nœuds, gêné par la forte houle. La mousson d'été sud-ouest, qui soufflait sur l'océan Indien de mai à septembre, générait un vent de force 7, le forçant à diminuer sa vitesse. Il passait au sud du Sri Lanka, avant d'infléchir sa course vers le nord-ouest en direction du détroit de Bab El-Manded, afin de contourner la Corne de l'Afrique pour entrer dans la mer Rouge.

Parti dix jours plus tôt de Koh-Sichang, l'avant-port de Bangkok, où il avait complété son chargement de sacs de riz de 18 000 tonnes – à Bangkok, en raison du peu de profondeur du port, on ne pouvait charger plus de 8 000 tonnes –, il se dirigeait vers le port israélien de Haifa. Bien que construit en 1982, le *Salinthip Naree* n'était pas très rapide. Il lui fallait environ vingt-quatre jours pour couvrir les 6 014 milles séparant Bangkok de Haifa. Ayant déjà franchi le détroit de Malacca, il devait traverser tout l'océan Indien d'est en ouest. Il en était, en gros, à la moitié de sa traversée. Quatre fois par an, son armateur, la compagnie thaïe Precious Shipping Ltd avait un contrat avec le gouvernement israélien pour un transport de riz d'environ 18 000 tonnes. De la dunette, le capitaine Salman Lankavi inspectait la mer. Ils venaient de croiser un énorme pétrolier descendant du golfe Persique, l'*Iris Atlantic*, dont il avait pu distinguer le nom dans ses jumelles. C'était une des zones maritimes les plus fréquentées du monde, à cause des pétroliers effectuant la navette entre le Moyen-Orient et l'Asie.

Le capitaine posa ses jumelles et redescendit dans sa cabine afin d'y consulter les messages e-mail de son armateur.

Ce dernier avait communiqué aux autorités israéliennes le jour et l'heure de départ du *Salinthip Naree*, ainsi que son itinéraire non-stop jusqu'à Haifa.

Salman Lankavi s'était fait engager un an plus tôt par la Precious Shipping Ltd pour un salaire de 6 000 dollars par mois. Son second était malais comme lui, et le reste de l'équipage, de différentes nationalités. De pauvres bougres gagnant entre 700 et 1 200 dollars par mois. Il se pencha sur une carte où il avait noté son itinéraire. Il était le seul à savoir que ce voyage-là n'était pas comme les autres. Tout le monde ignorait que Salman Lankavi était membre du Kumkulaw, un groupe islamiste radical malais lié à la Jemaah Islamiyah, et que c'était à la demande de ses chefs qu'il avait postulé auprès de l'armateur thaï. Avec un but bien précis qu'il allait réaliser au cours de ce voyage.

Il se sentait parfaitement calme, en accord avec lui-même, tandis que le *Salinthip Naree* filait vers un point déterminé quelque part au milieu de l'océan Indien. Il ouvrit le petit coffre de sa cabine et vérifia le pistolet automatique qui s'y trouvait. Il l'avait acheté pour 80 dollars à Patpong, le quartier chaud de Bangkok, quelques jours avant son départ. Il n'aurait peut-être pas à s'en servir, mais c'était quand même une sécurité.

Le coffre refermé, il étala sur le sol un petit tapis de prière et, prosterné, supplia Allah de lui accordé son aide. Il n'avait qu'un rôle relativement facile à jouer, mais absolument indispensable.

Apaisé, il remonta sur la dunette, inspectant de nouveau la mer avec ses jumelles. L'océan Indien était patrouillé en permanence par les navires de la Ve flotte de l'US Navy, dont le QG se trouvait à Barhein, à la recherche de trafics liés au terrorisme. Bien que l'arraisonnement d'un navire en pleine mer soit, théoriquement, un acte de piraterie, les Américains ne se gênaient pas pour arraisonner et fouiller tout navire suspect à leurs yeux. Quitte à s'excuser ensuite. Au cours du premier contact radio, si le capitaine du navire interrogé indiquait une escale dans un port connu pour ses trafics, ou si son itinéraire présentait des anomalies, il était fouillé de fond en comble. Cette méthode semblait indispensable aux Américains, l'océan Indien n'étant survolé par aucun satellite, et uniquement par quelques appareils de reconnaissance à long rayon d'action partis de l'île de San Diego Garcia.

Le capitaine Lankavi était serein : son vraquier ne contenait que du riz, en sacs de cinquante kilos. Après l'avoir déchargé à Haïfa, il irait charger du coton à Alexandrie, à destination de Shanghaï. Possédant une cinquantaine de navires, la Precious Shipping Ltd était une compagnie ayant pignon sur rue, dans North Satom Road, à Bangkok, et une excellente réputation.

Malko, assis en face de Richard Spicer, le chef de station de la CIA à Londres, réfléchit quelques instants à l'information concernant l'achat du caméscope, se faisant aussitôt l'avocat du diable.

— Même si c'est Aisha Mokhtar qui l'a acheté, cela ne prouve pas qu'elle soit mêlée à cette affaire, remarqua-t-il.

— Exact, reconnut l'Américain, mais cela nous donne un levier contre elle. Il faut la recontacter et lui faire peur. Le fait qu'un objet acheté par elle se retrouve chez Bin Laden est quand même troublant, d'autant que son amant officiel est proche de Bin Laden.

— Croyez-vous vraiment qu'elle soit au courant de quelque chose ?

Richard Spicer eut un geste évasif.

— Honnêtement, je n'en sais rien. Les musulmans ne font pas confiance aux femmes, mais c'est un contexte particulier. Montez à l'assaut. Je vous tiendrai au courant de notre réunion de cet après-midi. Nous devons, coûte que coûte, savoir ce qu'il est advenu de cet engin nucléaire. Puisque la récupération de Sultan Hafiz Mahmood a échoué, c'est aux Pakistanais de le faire parler. Et on va les motiver. Appelez-moi après l'avoir quittée, pour faire le point.

Malko se retrouva dans Grosvenor Square et héla un taxi à l'entrée de South Audley Street, pour se faire conduire au *Lanesborough*. Ce n'est que dans sa chambre qu'il composa le numéro de la ligne fixe d'Aisha Mokhtar. Une voix d'homme répondit, sûrement le chauffeur, et Malko demanda à parler à sa patronne en donnant son nom.

Après un court silence, le chauffeur revint dire que Mrs Mokhtar était sortie.

Ce qui était probablement faux, car il serait *lui aussi* sorti. Malko n'insista pas et appela le portable. Sur répondeur. Aisha Mokhtar tenait parole : elle l'avait viré de son existence. Aussi décida-t-il de prendre le taureau par les cornes. Il redescendit, appela un taxi et se fit conduire à Belgrave Mews North. En sortant du véhicule, la première chose qu'il aperçut fut la Bentley verte stationnée dans l'impasse. Aisha Mokhtar était chez elle.

Trente secondes plus tard, il vit la porte du numéro 45 s'ouvrir, d'abord sur le chauffeur, puis sur la jeune Pakistanaise, en tailleur rose pâle et bas noirs. Chaudry lui ouvrit la portière et fit ensuite le tour de la Bentley pour se remettre au volant. Malko courait déjà. Il arriva à la hauteur de la Bentley au moment où le chauffeur lançait le moteur, ouvrit la portière arrière gauche et se laissa tomber à l'intérieur, à côté d'Aisha Mokhtar ! Celle-ci poussa une exclamation à la fois stupéfaite et furieuse, mais se reprit très vite.

— Sortez immédiatement de cette voiture ! lança-t-elle, ou j'appelle la police.

Malko lui adressa un sourire désarmant.

— Excellente idée ! J'allais justement vous demander de nous conduire à Scotland Yard. À la division antiterroriste. C'est dans Broadway Street.

Il vit les prunelles de la Pakistanaise s'agrandir et son assurance disparut d'un coup.

— Scotland Yard ! fit-elle d'une voix mal assurée. Qu'est-ce que c'est que cette histoire ? Pourquoi aurais-je à me rendre à Scotland Yard ? Je possède un passeport britannique, je ne suis pas une immigrée. Je vous ai dit que je ne voulais plus vous voir…

— Je sais, reconnut Malko, mais depuis, il y a eu un fait nouveau.

— Votre voyage au Pakistan ?

— Cela n'est pas directement lié. Non, les services secrets britanniques ont récupéré il y a quelques jours un caméscope. Celui-ci avait été en possession d'un membre d'Al-Qaida et contenait un film avec Oussama Bin Laden.

— En quoi cela me concerne-t-il ?

— Ce caméscope a été acheté à Dubaï par vous, précisa placidement Malko. Les Britanniques voudraient savoir comment il est arrivé entre les mains de Bin Laden.

Chaudry, le chauffeur, n'avait toujours pas démarré. Aisha Mokhtar demeura quelques instants silencieuse, puis répliqua :

— Je ne me souviens pas d'avoir acheté une caméra à Dubaï. Il s'agit sûrement d'une erreur.

Malko posa une main sur le genou gainé de nylon noir et précisa :

— Aisha, le marchand, lui, se souvient parfaitement de vous. En plus, vous avez payé avec votre carte American Express.

Aisha Mokhtar ne répondit pas immédiatement, puis demanda, visiblement mal à l'aise.

— Où voulez-vous en venir ?

— Moi, nulle part, assura Malko. Mais les Brits veulent vous poser un certain nombre de questions. Je pense qu'il serait mieux d'en discuter entre nous, *avant*.

— Qui êtes-vous vraiment ?

— Ce que je vous ai dit, confirma Malko, mais je suis *aussi* un chef de mission de la Central Intelligence Agency et j'enquête sur une histoire d'une gravité exceptionnelle.

– Qui me concerne?

– C'est vous qui allez me le dire. Que diriez-vous d'aller déjeuner au *Dorchester*? Nous ne serons pas loin de Grosvenor Square…

– Pourquoi Grosvenor Square?

– C'est là que se trouvent les bureaux de la CIA à Londres. À l'ambassade des États-Unis.

– J'ai déjà un déjeuner, protesta-t-elle, sans conviction.

– Je pense que ce serait une bonne idée de le décommander, suggéra Malko.

Aisha Mokhtar lança quelques mots au chauffeur, qui démarra enfin. Elle composa ensuite un numéro sur son portable et annonça à son interlocuteur qu'elle avait un empêchement de dernière minute, incontournable.

Malko l'observait. Elle savait sûrement beaucoup de choses, mais cela ne serait pas facile de les lui faire avouer… Dix minutes plus tard, ils débarquaient au *Dorchester*, et furent installés dans un coin de la solennelle salle à manger. Pour la détendre, Malko commanda une bouteille de Taittinger Comtes de Champagne Rosé millésimé 1999, attendit que Aisha ait vidé deux flûtes et planta son regard doré dans le sien.

– Aisha, dit-il, j'ai beaucoup de sympathie pour vous, j'adore vous faire l'amour, mais je veux savoir si vous êtes décidée à coopérer.

– Coopérer avec qui?

C'était le moment de lâcher son missile. Il avait décidé de ne pas y aller par quatre chemins. Sans fuir son regard, il expliqua à voix basse, lentement:

– Saviez-vous que votre amant en titre, Sultan Hafiz Mahmood, qui se trouve en ce moment à Islamabad, avait procuré une arme nucléaire artisanale à Oussama Bin Laden?

Une ombre imperceptible passa dans les prunelles noires d'Aisha Mokhtar et Malko devina qu'elle savait quelque chose.

– Une arme nucléaire, croassa-t-elle pourtant, comment voulez-vous…

Brusquement, elle changea de ton, et lança, furieuse:

— Si vous continuez à me persécuter, je quitte ce pays immédiatement. Je possède la double nationalité et j'ai des amis puissants au Pakistan. L'ambassadeur ici est un ami très proche.

— L'ambassadeur du Pakistan ne peut rien pour vous, corrigea tranquillement Malko. Vous êtes impliquée dans une affaire de terrorisme *nucléaire*. Si vous tentiez de quitter la Grande-Bretagne, vous seriez immédiatement placée en garde à vue… C'est-à-dire en prison.

Aisha Mokhtar devint si pâle qu'il eut juste le temps de lui verser du champagne qu'elle but avidement. S'ensuivit un silence pesant.

— Je n'ai pas faim, dit-elle soudain.

— Prenez une sole, suggéra Malko.

Il en commanda deux. Aisha Mokhtar alluma une cigarette d'une main tremblante et demanda :

— Vous avez vu Sultan à Islamabad ?

— J'ai failli. Vous avez eu de ses nouvelles ?

— Je lui ai téléphoné, avoua-t-elle à voix basse, je pensais que c'était lui qui vous avait envoyé…

— Vous avez donné mon nom ?

— Oui, admit-elle dans un souffle.

Malko n'extériorisa pas sa fureur. Voilà l'explication du brusque renforcement de la protection de Sultan Hafiz Mahmood… Il laissa passer quelques instants avant de dire :

— Aisha, vous êtes dans une situation très difficile. Si vous ne coopérez pas, les États-Unis vont vous réclamer comme complice de Bin Laden et vous resterez en prison des mois ou des années.

Décomposée, la Pakistanaise ne put que balbutier :

— Vous parlez sérieusement ?

— Oui. Votre ami Sultan Hafiz Mahmood a, apparemment, livré à Al-Qaida un engin nucléaire capable de tuer des centaines de milliers de personnes. Cet engin, actuellement, est dans la nature et nous devons le retrouver coûte que coûte. Donc, il faut dire la vérité. C'est bien vous qui avez acheté ce caméscope ?

— Oui, mais je ne savais pas à qui il était destiné.

Comme j'habitais Dubaï, c'était plus facile qu'au Pakistan.

– Vous l'avez remis à Sultan Hafiz Mahmood.

– Quelques semaines plus tard. J'ignorais qu'il l'avait offert à Bin Laden.

– Vous l'avez rencontré, lui ?

– Non. Sultan n'a jamais voulu m'emmener lorsqu'il allait le voir, il disait que c'était trop dangereux et que les femmes n'avaient rien à faire là-bas.

Elle se tut, puis essaya d'avaler quelques bouchées de sa sole en or massif, d'après son prix, et finalement y renonça.

– J'ai envie de vomir, lança-t-elle, livide. Excusez-moi.

Elle se leva brusquement de table et disparut. Lorsqu'elle revint, elle avait repris quelques couleurs et Malko attaqua de nouveau.

– Aisha, dites-moi la vérité maintenant. Vous étiez au courant de cette affaire nucléaire ?

La jeune femme hésita longtemps avant d'admettre :

– Oui.

– Dites-m'en plus.

– En 2002, Sultan est allé rendre visite à Bin Laden quelque part dans le Waziristan, expliqua-t-elle. Il a emporté le caméscope que j'avais acheté à Dubaï. Lorsqu'il est revenu, il était très excité, mais n'a pas voulu me dire pourquoi. Ensuite, je l'ai vu souvent angoissé, nerveux, presque dépressif. Une nuit d'insomnie, il a fini par m'avouer qu'il avait fait une promesse à Bin Laden et qu'il se rendait compte qu'elle était presque impossible à tenir…

– Il vous a dit de quoi il s'agissait ?

– Oui. Il avait promis de lui livrer une bombe atomique ! Moi, j'ai cru qu'il voulait en voler une… Ensuite, il ne m'en a plus parlé. Jusqu'au jour où je suis partie à Londres. J'avais oublié cette histoire, mais, avant que nous nous séparions, il m'a avoué qu'il était en train de parvenir à ses fins et m'a remis des documents à mettre à l'abri à Londres.

– Quoi donc ?

– Des pièces impliquant le gouvernement pakistanais dans les transferts de technologie nucléaire à l'Iran et à la Corée du Nord. Il m'a dit qu'il voulait pouvoir se défendre, s'ils apprenaient ce qu'il avait fait pour Bin Laden. C'est tout ce que je sais. Je vous jure...

Elle le fixait de ses grands yeux noirs dont l'expression changea soudain. Posant sa main sur la sienne, elle murmura d'une voix suppliante :

– Je vous en prie, protégez-moi...

Sous la table, sa jambe se pressait contre la sienne. La femelle reprenait le dessus. Si Malko lui avait demandé une fellation en plein restaurant, elle aurait sûrement accepté. Il ne réagit pas à ses avances. Quelque chose lui disait qu'elle ne lui racontait pas tout, mais le résultat n'était déjà pas mince.

– Parfait, dit-il, je vais vous laisser. Je vous rappellerai très vite. Ne parlez de tout cela à personne.

– On peut dîner ce soir ? proposa-t-elle.

– Peut-être. Cela dépend de vous.

En partant, il se dit que, désormais, le succès ou l'échec de sa mission dépendait d'Aisha Mokhtar.

CHAPITRE XIII

Le colonel Dok Shakar, représentant l'ISI à Londres, était livide. Sous les regards croisés de Richard Spicer, de Sir George Cornwell et de Mark Lansdale, il se décomposa encore plus. La lumière venait de se rallumer dans l'auditorium du MI6, après la projection du film montrant l'engin nucléaire artisanal remis à Bin Laden.

— Aviez-vous connaissance de ce projet ? demanda Sir George Cornwell.

Le Pakistanais sursauta.

— *Of course not !* D'ailleurs, je ne suis pas certain qu'il s'agisse vraiment d'une bombe ! Il est impossible de dérober de l'uranium enrichi dans nos installations. Tout est sévèrement gardé et comptabilisé… Si cette bombe existe, ceux qui l'ont mise au point se sont procuré le combustible nucléaire d'une autre façon. Soit auprès de fabricants russes, soit auprès des Iraniens…

Les trois hommes le regardèrent froidement.

— Le Pakistan, selon nos sources, possède aujourd'hui 2 600 kilos d'uranium enrichi, précisa Mark Lansdale. Sultan Hafiz Mahmood compte de très nombreux amis dans cette filière qu'il a contribué à créer…

— Je vais rendre compte tout de suite, mais à Islamabad, c'est déjà la nuit, bafouilla le colonel de l'ISI, défait.

Richard Spicer intervint alors.

— Nous avons déjà tenté d'interroger Sultan Hafiz Mahmood, mais le gouvernement pakistanais a refusé. Je pense donc qu'il serait nécessaire de nous autoriser à le questionner sur cette affaire.

— Je vais transmettre votre demande, jura le Pakistanais, de plus en plus décomposé.

Juste avant qu'il ne franchisse la porte, Richard Spicer ajouta :

— Nous considérerions comme un *casus belli* que M. Sultan Hafiz Mahmood ait un «accident cardiaque» dans les jours qui viennent.

Restés seuls, les trois hommes remontèrent dans le bureau de Sir George Cornwell. Le patron du MI6 semblait extrêmement soucieux. Il se tourna vers son homologue de la CIA.

— Que pouvons-nous faire ?

— Nos drones sont déjà en train de peigner la zone de la frontière pakistano-afghane, annonça Richard Spicer, à la recherche du bâtiment où cet engin a été assemblé. De plus, des éléments héliportés sont en alerte à Spin Bolak, pour une éventuelle action commando. Nos U-2 basés dans les Émirats arabes unis ont reçu l'ordre d'intensifier leurs vols de reconnaissance. Mais je crains fort que cet engin soit déjà loin. La seule personne qui peut nous aider à le retrouver est Sultan Hafiz Mahmood.

— Rien du côté d'Al-Qaida ?

— Rien. Pas de communiqué, pas de cassette. Même pas de rumeurs. Pourtant, nous sommes à peu près certains que Bin Laden se cache entre le Waziristan et le Baloutchistan.

— C'est là-bas qu'il faudrait faire exploser une bombe, grommela Sir George Cornwell. Pour en être débarrassé pour de bon...

Le portable de Richard Spicer sonna et il répondit.

— Rejoignez-nous au «6», fit-il, après un brève échange. C'est Malko Linge, précisa-t-il. Il a déjeuné avec Aisha Mokhtar et nous rejoint.

Malko fit son apparition un quart d'heure plus tard et rendit compte de son déjeuner. Désormais, le parcours du caméscope était éclairci.

– Vous pensez qu'elle en sait plus sur l'affaire de la bombe ? interrogea le chef de station de la CIA.

– C'est possible, fit prudemment Malko. Mais elle est morte de peur. Je vais essayer de la faire parler.

– Ne la lâchez pas, recommanda l'Américain.

Les derniers invités au dîner de Sultan Hafiz Mahmood étaient en train de prendre congé, le laissant en tête à tête avec la superbe Éthiopienne draguée quelques jours plus tôt, lorsque la sonnette de la porte tinta. Un domestique alla ouvrir et revint prévenir le maître de maison.

– Le général Ahmed Bhatti souhaite s'entretenir avec vous, annonça-t-il. Il vous a envoyé une voiture.

Sultan Hafiz Mahmood, surpris, regarda sa montre. Il était près de minuit.

Le général Ahmed Bhatti était le chef de l'ISI.

– Maintenant ? demanda-t-il.

– Maintenant, Mahmood Sahib.

L'estomac soudain tordu d'angoisse, Sultan Hafiz Mahmood passa un gilet brodé sur sa tenue pakistanaise, prit sa pochette de cuir contenant son portable, de l'argent et des papiers, et alla trouver l'Ethiopienne, installée dans le living-room

– Je reviens tout de suite, promit-il. Mets un DVD en m'attendant...

Une Mercedes noire sans plaque attendait devant la porte, avec un chauffeur et un garde du corps. Une seconde voiture, avec quatre hommes à bord, assurait la protection. Ils ne mirent pas dix minutes à atteindre l'immeuble de Kashmir Road où quelques rares fenêtres étaient encore éclairées. Un planton introduisit tout de suite Sultan Hafiz Mahmood dans l'immense bureau du cinquième étage. Le général Ahmed Bhatti accueillit l'ingénieur avec courtoisie, lui offrit du thé, s'excusa de l'avoir convoqué à une heure aussi tardive, puis alla directement au but.

– Nous venons de recevoir un message de notre chef

d'antenne à Londres, annonça-t-il abruptement. Il a été convoqué au MI6 où on lui a projeté un film où vous expliquez à Oussama Bin Laden le fonctionnement d'un engin nucléaire artisanal.

– Impossible ! sursauta Sultan Hafiz Mahmood, ce film ne comporte pas de bande sonore… .

Réalisant l'énorme gaffe qu'il venait de commettre, il se tut, la tête baissée, le visage soudain humide de transpiration. Le général Ahmed Bhatti, atterré, insista :

– Peu importe les détails, coupa-t-il. Il s'agit *vraiment* d'une bombe atomique ?

Il s'attendait à une dénégation acharnée, mais Sultan Hafiz Mahmood demeura d'abord silencieux, comme s'il cherchait à comprendre le sens de la question, puis, relevant la tête, il planta son regard dans celui du général Bhatti et dit simplement :

– Oui, *sir,* un engin d'une puissance de dix kilotonnes.

Quelque chose dans son regard glaça le patron de l'ISI. Une lueur hallucinée d'une intensité qui mettait mal à l'aise. Le général eut l'impression que le sol se dérobait sous ses pieds. Jusque-là, il avait cru à une manip' des Américains pour leur extorquer des secrets ou quelques « terroristes » de plus… Il demeura sans voix quelques instants, puis insista :

– C'est *vous* qui avez fourni à Bin Laden de quoi construire cet engin ?

– Non, *sir,* je l'ai assemblé moi-même. J'ai agi selon ma conscience. Pour le bien de l'oumma.

Les yeux de Sultan Hafiz Mahmood brillaient d'un éclat dément. Le général Bhatti comprit qu'il avait en face de lui un homme qui ne possédait pas toute sa raison. Il ne fallait pas le brusquer.

– Vous imaginez les conséquences pour notre pays ? Pour *votre* pays ? corrigea-t-il.

– L'oumma tout entière vous remerciera, proclama Sultan Hafiz Mahmood. Et Allah vous aidera…

Le général Bhatti sentit sa raison vaciller : il s'était attendu à tout sauf à cet aveu tranquille, assuré, fier.

Tout à coup, Sultan Hafiz Mahmood se leva et se mit

à arpenter le bureau à grandes enjambées, tout en frottant
machinalement son bras gauche avec sa main droite. Le
général Bhatti ne comprenait pas tout ce qu'il disait, ne
saisissant que des mots épars... « djihad », « croisés »,
« vengeance de Dieu ».

D'une voix qu'il s'efforçait de maîtriser, il demanda :

— Mahmood Sahib, comment avez-vous fait pour vous
procurer ce combustible nucléaire ?

Sultan Hafiz Mahmood s'arrêta net, le fixant de son
regard fou.

— Allah m'a aidé !

Tout à coup, il vacilla légèrement, son teint pâlit, son
œil droit se ferma. Il prononça encore quelques mots
indistincts puis s'effondra sur place, sans un mot. Le
général Ahmed Bhatti, après quelques secondes se stupeur horrifiée, se précipita et allongea Sultan Hafiz Mahmood sur le dos. Ce dernier respirait faiblement, les
narines pincées, le teint cireux... Le général se rua sur
son téléphone et hurla :

— Envoyez-moi deux hommes et un brancard, vite !

Ensuite, il appela le standard et se fit passer l'hôpital
Al-Shifar. Dès qu'il eut la permanence, il se fit connaître
et prévint :

— J'arrive avec un malade qui vient d'avoir un accident vasculaire cérébral. Cela me semble grave. Il ne faut
pas qu'il meure.

Le médecin de garde bredouilla qu'il ferait l'impossible, qu'il préparait une intervention, et le général Bhatti
raccrocha. Lorsque les deux infirmiers eurent emmené
Sultan Hafiz Mahmood qui n'avait pas repris connaissance, il décida d'appeler à son domicile le général Pervez Musharraf, chef de l'État pakistanais. La situation
était trop grave pour l'affronter seul. Si cette affaire s'était
nouée dans son dos, son avenir était derrière lui. Lorsqu'il
eut enfin le président Musharraf en ligne, il lui demanda
un entretien d'urgence sans préciser pourquoi : les services indiens écoutaient tout. Inutile de les mettre au
courant.

– Je vous attends, répondit laconiquement Pervez Musharraf.

Si le général Ahmed Bhatti demandait à le voir à cette heure tardive, cela ne pouvait être que pour une raison *très* grave. Le général Bhatti appela ensuite à son domicile le colonel Hussein Hakim et lui enjoignit de rejoindre immédiatement le QG de l'ISI. Deux jours plus tôt, cet officier lui avait transmis une note concernant une éventuelle surveillance par la CIA de Sultan Hafiz Mahmood.

*

Habitué aux situations d'urgence, ayant déjà plusieurs fois échappé à des attentats, le président Pervez Musharraf avait écouté calmement le général Bhatti.

– Vous n'étiez au courant de rien ? demanda-t-il d'une voix incisive.

Ce ne serait pas la première fois que l'ISI le trahirait. Mais le général Bhatti n'était pas un islamiste, plutôt un pragmatique.

– Je le jure sur le Coran, affirma-t-il solennellement. Et cette affaire semble étrange. Comment a-t-on pu voler de l'uranium *enrichi* ? Tout notre matériel stratégique se trouve à la centrale de Kahuta, sous la surveillance permanente d'éléments totalement sûrs.

Son portable sonna. C'était l'hôpital Al-Shifar. Lorsqu'il raccrocha, le général Bhatti était encore plus pâle.

– Sultan Hafiz Mahmood a été frappé d'une attaque cérébrale massive, annonça-t-il. Pour l'instant, ses jours ne sont pas en danger, mais il est incapable de parler.

– Quand pourra-t-il retrouver l'usage de la parole ? demanda le président Musharraf.

– Impossible à dire. Peut-être jamais. (Il ajouta aussitôt :) Jamais les Américains ne vont nous croire !

– Invitez-les à venir le voir à l'hôpital, conseilla le président. Ils se rendront compte par eux-mêmes que c'est *vraiment* un accident vasculaire. Le plus urgent est de tirer les choses au clair. Et d'arrêter une position vis-à-vis de l'extérieur. Pouvez-vous me certifier qu'*aucun* organisme officiel n'est impliqué dans cette affaire?

— *Non*, reconnut le général Bhatti, mais je vais diligenter une enquête dès demain matin.

— Convoquez le responsable de la centrale de Kahuta. Je veux avoir un état précis des stocks. Je vais moi-même appeler le président Bush, mais je dois absolument être sûr de ce que je dis. Venez à la présidence demain matin, à dix heures, avec les premiers éléments.

Après avoir quitté le domicile du président Musharraf, le général Bhatti regagna son bureau de Kashmir Road, où il avait convoqué tous ses collaborateurs susceptibles de lui apporter des lumières sur cette incroyable affaire. Si Sultan Hafiz Mahmood n'avait pas avoué, il n'y aurait pas cru...

*
**

Blême, au garde-à-vous, le colonel Hussein Hakim essayait de rester stoïque face au déchaînement de fureur du général Bhatti. Celui-ci venait de lire le dossier de Sultan Hafiz Mahmood et de découvrir l'étrange voyage du scientifique au Baloutchistan, et la disparition inexpliquée des deux agents de l'ISI chargés de le surveiller.

— Qu'est-ce qu'il allait faire à Gwadar? glapit le chef de l'ISI. Pourquoi ne pas m'en avoir parlé? Il n'y a eu aucune enquête sur la disparition de nos deux hommes?

— Si, par notre poste à Gwadar, assura le colonel Hakim. Sans résultat. Quant à Sultan Hafiz Mahmood, nous l'avons interrogé. Il a déclaré s'être rendu à Gaddani pour affaires et, ensuite, être aller à Gwadar pour y retrouver un chef baloutche de ses amis, le *Nawar* Jamil Al Bughti.

Le général Bhatti frappa du poing sur le bureau et rugit.

— Deux de nos hommes ont été assassinés au lance-roquettes à Gwadar et vous n'avez pas fait le rapprochement?

Penaud, le colonel Hakim baissa la tête.

— Général Sahib, Sultan Hafiz Mahmood a toujours été

intouchable. Rien ne le reliait *directement* à cet incident…

— Ces hommes étaient chargés de le surveiller ! Vous êtes idiot.

Le colonel baissa la tête, accablé. Son chef bouillonnait de fureur. Cette affaire sentait très, très mauvais…

— Je veux qu'on m'amène ce *Nawar*, ordonna-t-il. Où vit-il ?

— Près de Quetta.

— Qu'il soit ici ce soir.

Le colonel Hakim n'osa pas lui dire que cela risquait de déclencher une insurrection au Baloutchistan. Et, qu'en plus, le *Nawar* ne serait pas coopératif. Il détestait le gouvernement central.

Le général Bhatti continua la lecture de l'épais rapport consacré à Sultan Hafiz Mahmood et bondit de nouveau.

— D'après une de nos écoutes, Mahmood a reçu un appel de Londres, de sa maîtresse, Aisha Mokhtar, lui demandant s'il lui avait envoyé un certain Malko Linge.

— Exact, général Sahib.

Le général Bhatti s'en serait arraché la moustache. Il vociféra :

— Ce même Malko Linge se trouvait à Islamabad la semaine dernière et a été repéré dans les parages du domicile de Sultan Hafiz Mahmood. Avant de venir, il avait rendu visite à sa maîtresse à Londres. Cela ne vous a pas alerté ?

— Je n'ai eu le compte rendu d'écoutes qu'après son départ, s'excusa le colonel Hakim.

— Que savez-vous de cette femme ?

— Nous la considérons comme une aventurière, répondit le colonel Hakim. Sultan Hafiz Mahmood l'a utilisée comme prête-nom à Dubaï pour des transferts de fonds. Elle a un passeport britannique et une maison à Dubaï.

— Sultan Hafiz Mahmood était intime avec elle ?

— *Yes, sir,* reconnut le colonel Hakim, plus mort que vif.

Le général Bhatti se pencha en avant.

– À votre avis, pourquoi cette femme a-t-elle été contactée par un agent de la CIA ?

– Pour la faire parler, avança le colonel Hakim.

Le général Bhatti frappa de nouveau le bureau du plat de la main, si fort que sa tasse de thé se renversa.

– Oui ! Pour la faire parler ! hurla-t-il. Il faut la faire revenir *immédiatement* ici. Qu'elle nous dise ce qu'elle sait. Envoyez un message à Londres tout de suite. Qu'elle saute dans le premier avion…

– *Yes,* général Sahib, promit le colonel Hakim en sortant de la pièce.

Resté seul, le général Bhatti alluma une cigarette. Il lui était indispensable de connaître l'implication pakistanaise dans cette histoire de fou. Sa carrière était en jeu.

*
* *

Malko sonna à la porte du 45 Belgrave Mews North et le gigantesque chauffeur lui ouvrit, l'introduisant dans le salon. Il y fut rejoint quelques instants plus tard par Aisha Mokhtar. Elle avait échangé son tailleur noir contre une robe d'un rouge éclatant, très moulante, assortie de bas noirs, celle qu'elle portait lors de leur première rencontre. Mais son visage était blanc comme un linge.

– Chaudry, donne-moi un whisky, demanda-t-elle.

Le chauffeur sortit une bouteille de Defender *Very Classic Pale* et en versa trois doigts dans un verre de cristal. Aisha Mokhtar en but une gorgée et se tourna vers Malko.

– Je viens de recevoir un coup de fil d'un fonctionnaire de l'ambassade. Le représentant de l'ISI. Il m'a appris que Sultan Hafiz Mahmood avait eu une attaque cérébrale et qu'il me réclamait d'urgence. Que je devais sauter dans le premier avion. Ce sont ses propres mots.

Les *vrais* problèmes commençaient.

– Je pense que si vous partez au Pakistan, rétorqua Malko, vous risquez *vous aussi* une attaque cérébrale. Ou un infarctus. Même si ce n'est pas vrai, le gouvernement pakistanais pense que vous en savez long sur cette affaire…

— Mais qu'est-ce que je vais faire ?

— Rappelez cet homme et dites-lui que Scotland Yard vous interdit de quitter le territoire britannique, à la demande des autorités américaines. Ce qui est d'ailleurs vrai. Je pense que c'est votre seule chance de rester en vie...

Aisha Mokhtar posa son verre, blême.

— Vous parlez sérieusement ?

— Tout à fait, assura Malko. Nous sommes dans une affaire où une vie humaine ne compte pas beaucoup...

CHAPITRE XIV

Le colonel Hussein Hakim raccrocha, un goût de cendre dans la bouche. Premier accroc aux contremesures réclamées par le général Bhatti : Aisha Mokhtar, maîtresse de longue date de Sultan Hafiz Mahmood, donc forcément au courant de ses activités, prétendait ne pas pouvoir quitter Londres. Retenue par Scotland Yard. Ce qui n'était pas totalement invraisemblable, mais pas forcément vrai... Elle pouvait *aussi* vouloir rester à l'écart d'une histoire qui risquait de connaître des développements ravageurs. Problème supplémentaire, il était impossible de vérifier auprès de Sultan Hafiz Mahmood ce qu'elle savait réellement.

Il n'y avait qu'une façon de fermer ce dossier : la liquidation physique d'Aisha Mokhtar. À Islamabad, cela n'aurait réclamé que quelques heures. À Londres, c'était un peu plus délicat, mais cela pouvait aussi être accompli. Il appuya sur l'interphone le reliant à sa secrétaire, et lança :

— Trouvez moi « Cobra », d'urgence.

Ensuite, il se servit une tasse de thé et se mit à échafauder son plan. « Cobra » s'appelait en réalité Shapour Nawqui. C'était un Pachtoun de Peshawar qui avait rallié Al-Qaida, à la demande de l'ISI, dès 1998. Afin de surveiller les nouveaux amis du Pakistan. Infiltré dans les différents groupes inféodés à Bin Laden, il fournissait de précieuses informations, et, bien entendu, l'ISI le tenait par les couilles… En effet, si les gens d'Al-Qaida avaient connu ses liens avec l'ISI, ils l'auraient égorgé sur-le-champ.

Lorsqu'il avait fallu liquider la maîtresse de l'attaché de défense britannique, c'est à lui que l'ISI avait fait appel. Officiellement, on pouvait ainsi attribuer le meurtre à Al-Qaida. Pachtoun fruste, violent et peu éduqué, «Cobra» était le tueur idéal. Entre deux jobs, il gérait une boutique de tissus dans le marché de Sawan Road. En plus, il semblait particulièrement apte à éliminer Aisha Mokhtar : il utilisait très rarement des armes à feu, ce qui, pour Londres, était un avantage supplémentaire. Pas question d'en transporter une par avion, et dans la capitale britannique, il était extrêmement difficile de se procurer un pistolet.

Pour ce genre d'action, le colonel Hakim préférait rendre compte *après*. Il ne voulait pas d'interférence : la situation était assez complexe comme cela.

Trois tasses de thé plus tard, sa secrétaire lui apprit que «Cobra» venait d'arriver.

– Faites-le entrer, ordonna le colonel Hakim.

Dans ce bureau relativement modeste, la carrure de Shapour Nawqui impressionnait. C'était un colosse. Près de cent quatre-vingt-dix centimètres, des épaules de bûcheron, des mains d'étrangleur, un regard brûlant sous les énormes sourcils noirs, un nez important et l'inévitable moustache pachtoune, soigneusement taillée. Il fit le tour du bureau et vint baiser trois fois la main de l'officier de l'ISI. Chez les Pachtouns, on avait le sens de la hiérarchie.

Après avoir ôté son *pancol* afghan, vêtu d'un *camizcharouar* marron et de sandales, il attendit, la tête baissée.

– As-tu déjà été à Londres, en Angleterre ? demanda le colonel Hakim.

Shapour Nawqui secoua la tête.

– Non, colonel Sahib.

– Tu vas y aller. Pour moi.

Le Pachtoun inclina la tête, obéissant, mais se permit de remarquer :

– Je n'ai pas de visa britannique, colonel Sahib.

– Tu disposeras d'un passeport britannique au nom d'un Pakistanais installé à Londres, précisa le colonel de l'ISI. Tu n'auras donc pas besoin de visa...

Le colonel de l'ISI avait dans son coffre une demi-douzaine de passeports authentiques appartenant à des Pakistanais naturalisés, qui venaient passer quelque temps dans leur pays. Liés à l'ISI pour d'obscures raisons, ils « prêtaient » leur passeport à l'agence de renseignements pour que celle-ci puisse infiltrer des agents sur le sol britannique. Il suffisait de changer la photo, ce que la division technique de l'ISI faisait parfaitement.

– Tu parles anglais ?

– *Yes,* colonel Sahib, mais pas très bien.

– Cela n'a pas d'importance.

Beaucoup de Pakistanais, fraîchement naturalisés, parlaient mal leur nouvelle langue. Le colonel Hakim précisa :

– Je vais m'occuper de ton billet d'avion et te préparer le dossier. Tu dois savoir *qui* tu es. Je te dirai également ce que tu dois faire à Londres. Et comment tu dois t'y prendre...

Le Pachtoun dodelina de la tête, pour acquiescer. Intimidé, il ne voulait pas poser trop de questions. Ses amis d'Al-Qaida lui fourniraient sûrement quelques indications sur l'Angleterre. Eux étaient bien implantés dans la capitale britannique, où il n'avait jamais mis les pieds. Mais Islamabad était une grande ville et il ne serait pas dépaysé.

– Je te convoquerai dans vingt-quatre heures, conclut le colonel Hakim. Qu'Allah veille sur toi...

Dès que le grand Pachtoun eut disparu, il se mit à préparer le côté technique de l'opération. « Cobra » apportait une sécurité supplémentaire : en cas de pépin, c'est Al-Qaida qui serait accusée, pas l'ISI. Il suffisait, pour verrouiller le tout, qu'une plainte pour vol soit déposée, antidatée, par le véritable propriétaire du passeport, pour dédouaner les autorités pakistanaises. Al-Qaida aussi utilisait des passeports maquillés. Moins bien que ceux de l'ISI, évidemment.

*
* *

La plage d'El-Ma'an, à trente kilomètres au nord de Mogadiscio, capitale éclatée d'un État – la Somalie – qui n'existait plus depuis une quinzaine d'années, livré à des clans féroces dont l'avidité n'avait d'égale que la cruauté, n'avait plus de plage que le nom... En effet, depuis la fermeture du port international de Mogadiscio, un des chefs de faction somaliens, Musa Sude, l'avait transformée en port de secours. Certes, il n'y avait aucune installation portuaire, mais on y remédiait par une noria d'embarcations qui effectuaient la navette entre les navires ancrés en face de la plage et celle-ci.

Des monceaux de marchandises diverses et de containers étaient entassés sur le sable, avant d'être acheminés vers leur destination finale, Mogadiscio ou ailleurs, par d'énormes camions, pour la plupart dérobés aux ONG avant leur fuite du pays. Le film *La Chute du Faucon noir* avait popularisé l'échec cinglant des Américains en Somalie, en 1993. Ceux-ci avaient voulu capturer un chef de guerre, n'y étaient pas parvenus, perdant dix-huit hommes et deux hélicoptères Blackhawk, avant de rembarquer piteusement, abandonnant le pays à son triste sort.

Depuis, les milices s'étaient partagé le gâteau, occupant chacune quelques quartiers de la capitale, ouvrant des aérodromes de fortune pour s'approvisionner en khat [1] à partir du Kenya, ou en électronique *via* Dubaï. Tout cela fonctionnait cahin-caha, sans gouvernement et sans autorités, au prix de quelques règlements de comptes sporadiques, violents et brefs. Et cela ne marchait pas si mal. Alors qu'au Kenya voisin, pays à peu près « normal », les téléphones portables ne fonctionnaient pas, à Mogadiscio, ils marchaient : les différentes factions rivales s'étaient entendues pour louer une place sur un satellite du réseau Thuraya...

1. Plante hallucinogène que l'on mâche.

Yassin Abdul Rahman, accroupi en bordure de la plage d'El-Ma'an, dans une zone d'épineux, à l'abri d'une vieille toile de tente rapiécée tenue par quatre piquets, regardait la mer, et surtout un navire qui se trouvait ancré à environ un kilomètre du rivage. Un vraquier de 22 000 tonnes qui se trouvait déjà à cette place lors de leur arrivée de Gwadar, une semaine plus tôt. Le boutre qui les avait amenés depuis le Baloutchistan avec leur précieuse cargaison était reparti aussitôt. Son propriétaire cabotait toute l'année entre le Pakistan, l'Iran, Oman et l'Afrique. À ses yeux, ce voyage n'avait rien de particulier. Il avait débarqué les hommes et son chargement dans une barge munie d'une grue qui assurait le déchargement des cargos.

Un des hommes allongés sur des nattes, à l'ombre, s'approcha de Yassin Abdul Rahman et demanda :

– Quand repartons-nous, mon frère ?

– *Inch' Allah*, bientôt, répliqua le fils du cheikh Abdul Rahman.

À lui aussi, cette inaction pesait, mais il devait obéir aux ordres, qui venaient de très loin, et prenaient en compte tous les éléments de leur mission. La moitié d'entre eux demeuraient à bord du vraquier, afin de surveiller leur bien le plus précieux et de guider des ouvriers somaliens en train d'y effectuer quelques travaux. Les autres préféraient dormir sur la terre ferme, en dépit des insectes, de la chaleur et de l'inconfort. Aucun n'aimait la mer. Ils demeuraient groupés, ne se mêlant pas aux Somaliens s'activant sur la plage d'El-Ma'an. D'abord, tous ne parlaient pas arabe, et ensuite leur chef, Yassin Abdul Rahman, leur avait recommandé la plus grande prudence : personne ne devait savoir pourquoi ils se trouvaient là. Plusieurs fois, Musa Sude, qui contrôlait le « port » d'El-Ma'an, était venu avec une escorte lourdement armée, mais il n'avait échangé que quelques mots avec leur chef.

Ici, à Mogadiscio, presque tous admiraient Oussama Bin Laden et vomissaient les Occidentaux. Les gens qui campaient sur la plage à l'écart et semblaient très religieux ne pouvaient qu'éveiller la sympathie, même si on les soupçonnait d'être liés à un réseau terroriste.

Une barque à moteur s'approchait de la plage. Une partie des hommes arrivés de Gwadar en débarqua. C'était leur tour de se reposer à terre. Yassin Abdul Rahman embarqua avec son groupe. Depuis son départ des montagnes afghanes, il n'avait jamais reparlé à Oussama Bin Laden, mais ses pensées ne cessaient d'aller vers lui : il était fier d'avoir été choisi pour cette mission unique où tous allaient sacrifier leur vie pour la plus grande gloire d'Allah. Ils attendaient avec impatience l'ordre de départ de Mogadiscio. Désormais, c'était une question de jours.

À peine fut-il à bord du vraquier qu'il commença sa tournée d'inspection. D'abord l'extérieur : les travaux de peinture étaient presque terminés et le navire arborait déjà son nouveau nom et les modifications de couleur qui allaient avec.

Yassin Abdul Rahman gagna ensuite la première cale, où ses hommes avaient débarqué les armes achetées à Mogadiscio, alignées sur des bâches avec leurs munitions. L'équipage « technique » du vraquier était principalement malais et philippin, mais des Philippins issus de l'île de Mindanao. Tous musulmans, anciens du groupe Abu Sayyaf. Ils ne connaissaient pas la nature de leur mission, mais savaient qu'ils devraient peut-être sacrifier leur vie. Tous étaient volontaires. Yassin Abdul Rahman frappa à la porte du capitaine et entra. Celui-ci, Sayyef Satani, originaire de l'île de Jolo, était depuis longtemps un membre actif de la guérilla islamiste. Il était secondé par un Indonésien, qui avait dû fuir son pays après avoir participé à divers attentats.

Les deux hommes étaient penchés sur une carte de l'océan Indien, traçant une route qui coupait, à un certain endroit, une autre route venant de l'Est.

— Rien de nouveau ? demanda l'Égyptien.

— Non. Nous allons partir d'ici dans quarante-huit heures. Il nous faut trois jours de mer pour arriver au point de rendez-vous.

— Vous avez essayé les machines ?

– Oui. Elles tournent bien.

– Pas de fuites, d'événements anormaux ?

– Un boutre est venu tourner autour du bateau. Il voulait nous vendre des bananes et du riz, répondit Sayyef Satani. Nous leur avons dit que nous n'avions besoin de rien…

Yassin Abdul Rahman éprouva une crainte brutale.

– Ils ont vu le nom, à l'arrière ?

Le capitaine malais le rassura aussitôt.

– Non, il y avait une bâche suspendue devant, ils ne pouvaient rien voir.

Des réseaux de mouchards rapportaient tout à leurs chefs de guerre respectifs, dans l'espoir de découvrir de juteux trafics taxables. C'est la raison pour laquelle le vraquier s'était ancré très au nord, loin des autres bateaux qui ne restaient pas longtemps. Mais au « port » d'El-Ma'an, personne ne posait de questions. Il n'y avait ni loi, ni règlement, ni autorités. Il fallait simplement verser des « droits de passage » aux différents chefs de guerre.

Rassuré, Yassin Abdul Rahman sortit de la cabine. L'impatience le rongeait. Il avait hâte de quitter ce monde dans un gigantesque feu d'artifice qui frapperait de stupeur les ennemis d'Allah. Il descendit deux échelles successivement, arrivant à la cale principale remplie de sacs de riz. L'Égyptien contempla longuement les alignements de sacs de cinquante kilos, achetés un peu plus tôt, dans un autre port. Du riz de Thaïlande, dont les sacs portaient d'ailleurs des inscriptions en thaï. Il grillait d'envie d'en déplacer quelques-uns, mais se raisonna. D'abord, ces sacs étaient très lourds, et ensuite, à quoi bon ? Son regard perçait leur épaisseur et il revoyait la palette chargée des semaines plus tôt à Gwadar, sur laquelle reposaient tous leurs espoirs. Il se mit à tousser, à cause de la poussière et de l'extrême chaleur, et décida de remonter sur le pont, après avoir refermé les deux énormes cadenas qui interdisaient l'accès à cette cale, en trois langues : arabe, urdu et malais.

Officiellement, pour éviter les vols.

Lorsqu'il émergea à l'air libre, le soleil était presque

sur l'horizon et c'était l'heure de la prière. Il déplia son
vieux tapis de prière acheté à Kaboul, des années plus tôt,
et se prosterna longuement en direction de La Mecque,
au nord-est de Mogadiscio.

Priant Allah de toute son âme pour qu'il veille sur l'accomplissement de leur mission.

*
* *

Aisha Mokhtar, debout sur le trottoir, en face de la
Bentley, tourna vers Malko un regard presque suppliant.

– Vous voulez bien que je reste avec vous ce soir ? J'ai
peur dans ma maison, après ce que vous m'avez dit.

Malko essaya de la rassurer. Finalement, il l'avait
emmenée dîner, pour ne pas la laisser seule.

– Je vais faire établir une surveillance discrète par le
MI5. Et puis, nous sommes loin du Pakistan.

Ils avaient dîné au premier étage d'une brasserie
bruyante de Chelsea, *Pj's*, et la Pakistanaise avait bu
presque une bouteille de vin sud-africain à 14°. Sa robe
moulante beige, avec des bas assortis, accentuait son côté
sexy, bien qu'elle soit à peine maquillée. Elle insista, se
collant contre lui sans souci du chauffeur. Quand elle
avait un problème, elle jouait immédiatement de son arme
fatale : une sexualité flamboyante.

– *Please*, insista-t-elle. Et puis, je n'ai plus de champagne chez moi…

Son goût immodéré pour le champagne était sûrement
ce qu'il y avait de plus authentique chez elle…

– Allons au *Lanesborough*, conclut Malko, lui ouvrant
la porte de la Bentley verte.

Aisha Mokhtar avait vraiment peur, il le sentait, car elle
ne lui avait pas tout dit. C'était à lui d'arriver à la confes-
ser. À peine dans la Bentley, elle mit sa tête sur son
épaule.

– Je suis contente de vous avoir rencontré ! soupira-
t-elle, vous êtes si différent de tous ces godelureaux for-
tunés qui tournent autour de moi ! Et puis, vous me faites
bien l'amour.

Dans la suite du *Lanesborough*, Malko commanda une bouteille de Taittinger Comtes de Champagne, qui fut livrée à une vitesse record. Aisha, allongée sur le lit, regardait distraitement la télé. Malko déboucha le champagne et lui en apporta.

— Vous imaginez les conséquences d'une attaque nucléaire sur New York ? demanda-t-il. Le président Bush serait *obligé* d'exercer des représailles.

— Contre qui ?

— Le Pakistan, puisque c'est le pays impliqué.

— Mon Dieu ! s'effraya la jeune femme, ma mère vit à Rawalpindi…

Malko vint s'allonger à côté d'elle. Il n'avait pas vraiment envie de faire l'amour, trop absorbé par ce qui se passait. La mise hors circuit de Sultan Hafiz Mahmood compliquait beaucoup les choses… Mais Aisha Mokhtar, après trois flûtes de champagne, manifesta clairement ses intentions. Apparemment, les bulles calmaient ses angoisses. Elle commença par défaire les boutons de la chemise de Malko puis se mit à agacer sa poitrine. Peu à peu, Malko s'anima. C'est lui qui descendit le Zip de la robe beige et débarrassa la jeune femme de son soutien-gorge. N'ayant conservé que ses bas et ses chaussures, à demi allongée sur lui, elle le prit dans sa bouche avec moins de férocité que d'habitude, s'interrompant pour le masser entre ses seins lourds, lui faisant provisoirement oublier la CIA et la menace nucléaire d'Al-Qaida. Tant et si bien que, chauffé à blanc, il interrompit son sacerdoce, brûlant de lui faire l'amour. D'elle-même, Aisha se mit à quatre pattes sur le couvre-lit, en femelle soumise. Malko s'enfonça dans son ventre d'un seul élan, jusqu'à la garde. Le miroir de l'armoire leur renvoyait l'image de leurs deux corps et Aisha, de profil, regardait avidement le membre entrer et sortir d'elle, poussant des petits cris de plus en plus rapprochés jusqu'à ce qu'elle tourne la tête et demande :

— *Fuck my ass*[1] !

_____

1. Prends-moi par le cul !

Une onde exquise traversa l'épine dorsale de Malko. Il n'eut aucun mal à la violer, s'enfonçant dans ses reins de toute sa longueur. Aisha se mit à onduler sous lui, le suppliant de la prendre encore plus fort, se plaignant d'une douleur imaginaire. Ensuite, aplatie sur le lit, elle fit la morte tandis qu'il la prenait de plus en plus violemment. Elle jouit en même temps que lui avec un hurlement sauvage et ils restèrent fichés l'un dans l'autre, épuisés. Malko, apaisé, en profita pour lui murmurer à l'oreille, son sexe encore au fond de ses reins :

– Aisha, si vous savez quelque chose qui puisse nous aider, il *faut* le dire.

Elle ne répondit pas, simulant le sommeil, mais Malko était persuadé qu'elle avait entendu.

*\
*

C'est le téléphone qui arracha Malko au sommeil. Richard Spicer ne perdit pas de temps.

– Nous avons rendez-vous à dix heures au «6». Avec Sir George Cornwell. Il y a du nouveau.

Aisha Mokhtar dormait, étalée sur le ventre, ses merveilleuses fesses offertes jusque dans son sommeil. Malko, écartant la tentation, fila sous la douche : il était neuf heures et demie. Lorsqu'il ressortit, la jeune femme avait ouvert les yeux.

– J'ai soif, dit-elle. Il reste du champagne ?

Malko désigna la bouteille de Taittinger, encore dans son seau de cristal.

– Oui, mais il ne doit plus être assez frais. Il faudrait demander de la glace.

– Ça ne fait rien, assura-t-elle.

Elle devait se brosser les dents au champagne.

– Où allez-vous ? demanda-t-elle.

– À un rendez-vous important, dit Malko, sans préciser.

Un taxi jaune l'emmena de l'autre côté de la Tamise, et il entra au MI6 par la porte latérale, traversant un garage où s'affairaient des mécaniciens portant des

T-shirts marqués MI6. Un jeune Britannique rouquin l'attendait dans le hall et le précéda dans l'ascenseur qui ne fonctionnait qu'avec une carte magnétique. C'est Richard Spicer qui accueillit Malko sur le palier, le faisant entrer dans le bureau du dernier étage où se trouvaient déjà Sir George Cornwell et Mark Lansdale, le spécialiste du nucléaire. Les quatre hommes s'installèrent autour d'une élégante table basse en fer forgé.

– Le mobilier fourni ici est tellement affreux que j'ai dû prélever des meubles dans mon château, expliqua Sir George Cornwell.

– Les Pakistanais ont répondu, annonça Richard Spicer, plus terre à terre.

– Ils avouent ?

– Non. Ils nous ont fait parvenir un document extrêmement détaillé sur leurs stocks de matière fissile. Quelque chose qu'ils avaient toujours refusé de communiquer, par peur que l'Inde finisse par en avoir connaissance.

– Il s'agit, en effet, d'un état de la plus haute importance ; l'essentiel de la production d'uranium enrichi provient de l'usine de Kahuta, expliqua Sir George Cornwell. La capacité de cette usine, mise en service en 1997, est estimée par nous à cent vingt kilos d'uranium hautement enrichi par an. Jusque-là, nous n'avions pu obtenir des Pakistanais confirmation de ces chiffres. Or, dans ce document, ils les confirment, et même les affinent en reconnaissant qu'ils disposent aujourd'hui d'environ 2 600 kilos d'uranium 235. Le tiers de cet uranium a été utilisé pour des armes tactiques, des missiles sol-air ou des bombes équipant des Mirage-IV et les F-16 que nous leur avons livrés. Quelques lance-missiles mobiles entrent dans ces chiffres. Le reste, d'après eux, se trouve stocké à Kahuta, sous forme de lingots. Or, ils assurent avoir compté *tous* ces lingots et il n'en manquerait aucun… Ils nous invitent d'ailleurs à venir sur place le vérifier, en recoupant les chiffres de production.

– Quelle est leur conclusion ? interrogea Malko.

– Toute cette histoire est un coup de bluff d'Al-Qaida pour embarrasser le Pakistan.

Un ange vola lourdement à travers la pièce, alourdi par ses bombes, et s'enfuit vers l'est.

Sir George Cornwell enchaîna :

– Nos amis pakistanais mentionnent également leur production de plutonium, produite à l'usine de Kushab, qui n'est pas contrôlée par l'Agence de l'énergie atomique. Ce complexe, qui possède un réacteur de type NRX, est capable de produire environ dix kilos de plutonium militaire par an. Alors ? fit-il en se tournant vers Mark Lansdale, qu'en pensez-vous ?

Mark Lansdale ôta ses lunettes et effleura sa barbe de son geste fétiche.

– Tout cela me paraît cohérent avec ce que nous savons déjà. Je pense que les Pakistanais surveillent leurs stocks de très près et que la disparition de soixante kilos de combustible nucléaire ne passerait pas inaperçue, même si cela ne représente pas un gros volume. L'offre d'une vérification *in situ* prouve deux choses : ils sont très ennuyés et de bonne foi. Ils ne peuvent pas s'amuser à mentir sur un sujet aussi sensible.

– Donc, comme ils le concluent, souligna Malko, il n'y aurait pas d'engin nucléaire mais seulement un bluff de la part de Sultan Hafiz Mahmood. N'oubliez pas que sur cette vidéo, il n'y a pas de son… Peut-être Sultan Hafiz Mahmood expliquait-il à Bin Laden qu'il savait construire une bombe nucléaire et qu'il ne manquait plus que le combustible ? Peut-être s'était-il engagé à se le procurer et n'y est-il pas arrivé ? En tout cas, je pense que les autorités pakistanaises ne sont pas impliquées. Et les U-2 ? Qu'a donné l'exploration de la zone par les drones ?

– Elle continue, précisa Richard Spicer. Jusqu'ici sans résultat, mais nous ne savons même pas ce que nous cherchons ! Des locaux comme celui qui a été filmé, il y en a des centaines. Nous avons déjà procédé à des vérifications avec des hélicos, sans résultat. Si, nous avons déniché un laboratoire d'héroïne dont les propriétaires nous ont accueillis à la mitrailleuse lourde.

Mark Lansdale secoua la tête et dit d'une voix ferme :

– Nous avons étudié ce film avec soin. Je suis certain

qu'il s'agit d'un véritable engin à rapprochement. *Opérationnel*. Pas d'une maquette. Tout concorde. Évidemment, j'ignore d'où vient le combustible.

Un lourd silence tomba sur le bureau. C'était l'impasse. Richard Spicer alluma une cigarette et conclut :

— Nous sommes au point mort ! Il n'y a aucune piste à suivre.

— Aucune, fit en écho Sir George Cornwell, à part cette Aisha Mokhtar que vous « traitez ».

— Les Pakistanais ont tenté de la faire revenir au Pakistan, observa Malko. Mais j'ignore si *eux-mêmes* sont au courant de ce qu'elle sait réellement. De toute façon, la question-clé est celle du combustible. Quelqu'un doit se rendre à Kahuta vérifier les dires pakistanais et tenter d'interroger Sultan Hafiz Mahmood.

— Pour ce dernier point, c'est déjà fait, répondit Richard Spicer ; le médecin de l'ambassade américaine d'Islamabad lui a rendu visite à l'hôpital où il est soigné. Il ne peut communiquer avec personne et le seul signe qu'il soit vivant est un léger tremblement de sa main gauche. Cela peut prendre des mois avant qu'il retrouve l'usage de la parole. Et on ignore de quoi il se souviendra... Nous ne pouvons rien faire de plus.

— Si Mark a raison, un engin nucléaire artisanal est en train d'être acheminé vers son objectif et nous n'avons aucun moyen de le localiser.

— Eh bien, il n'y a plus qu'à prier ! conclut Malko. Je vais continuer à tenter d'extraire d'Aisha Mokhtar ce qu'elle sait, mais c'est un très *long shot*...

Shapour Nawqui n'avait pratiquement pas fermé l'œil durant le trajet Islamabad-Londres. C'était la première fois qu'il prenait l'avion et il n'aimait pas ça. Cela lui avait permis d'apprendre par cœur sa nouvelle identité, celle de son passeport d'emprunt. Théoriquement, il rentrait tout simplement chez lui, à Hounslow, dans la banlieue ouest de Londres, où vivait une importante communauté pakistanaise. En plus, il se sentait mal à l'aise dans son costume, ayant dû abandonner son *camiz-charouar* un peu trop voyant… Il fit la queue comme tout le monde à l'Immigration et tendit son passeport britannique. Le fonctionnaire le feuilleta rapidement, compara la photo à son visage et le lui rendit.

— *Thank you, sir.*

Un Pakistanais qui rentrait chez lui, cela n'était pas un événement. La plupart appartenaient à la seconde génération d'immigrés. Shapour Nawqui, avec sa petite valise, se dirigea vers la sortie et la station de métro de Heathrow.

Avant son départ d'Islamabad, deux agents de l'ISI l'avaient briefé longuement sur les us et coutumes londoniens. Entre les innombrables caméras et les *bobbies* à qui rien n'échappait, il fallait être vigilant.

Son billet avait un retour open, pour ne pas le stresser. Une opération comme la sienne pouvait prendre deux jours ou huit jours. Heureusement, il ne serait pas seul à Londres. Avant de quitter Islamabad, il s'était adressé à un vieil ami, membre d'une cellule d'Al-Qaida qui, lui, était allé fréquemment dans la capitale britannique. Ce dernier lui avait conseillé de prendre contact avec un frère très connu, en qui on pouvait avoir toute confiance, Abu Qutada. Depuis longtemps, les autorités britanniques le considéraient, avec raison, comme un des relais importants d'Al-Qaida à Londres.

Mieux, l'équipe d'Al-Qaida qui avait commis les attentats de Madrid avait eu de nombreux contacts avec Abu Qutada, pour une sorte de bénédiction. Jordanien de naissance, il disposait d'un passeport émirati, entièrement fabriqué, qui lui avait servi à entrer en Grande-Bretagne des années plus tôt.

Après plusieurs mois de prison, Abu Qutada avait été placé en résidence surveillée dans l'ouest de Londres, après avoir vécu dans un appartement non loin de Scotland Yard. Shapour Nawqui grillait de connaître ce saint homme et d'obtenir sa bénédiction pour sa mission à Londres… Son ami d'Al-Qaida lui avait transmis, sous le sceau du secret, une méthode sûre pour l'approcher, en déjouant la surveillance des Britanniques. Tous les jours, Abu Qutada allait faire quelques courses dans un super-marché de son quartier. Il n'était pas suivi, portant un bra-celet électronique relié à un système GPS qui enregistrait tous ses déplacements. Shapour Nawqui se dit que ce serait une bonne occasion d'acheter une hache. Il aurait aimé emporter celle dont il se servait habituellement pour ses meurtres commandités, affûtée comme un rasoir, avec un manche qu'il avait bien en mains, mais il aurait risqué d'attirer l'attention durant le voyage...

CHAPITRE XV

Abu Qutada sortit de son petit cottage de Forty Lane, dans le quartier de Wembley, et fit le tour de sa voiture, une Toyota Yaris offerte par ses militants. Il vivait là depuis deux ans, avec sa femme et ses quatre enfants, grâce à la Cour européenne de justice qui avait exigé du gouvernement britannique qu'il cesse de le maintenir en détention, sans jugement. Le quartier était très musulman, mais avec de nombreuses nationalités : des Algériens, des Saoudiens, des Marocains et des Jordaniens et, bien sûr, des Pakistanais. Les rues étaient propres, les cottages coquets, bien entretenus, et souvent leurs propriétaires roulaient dans de luxueux 4 × 4.

L'islamiste, après avoir fait tourner le moteur de la Yaris, rentra chez lui. C'était son heure de relative liberté. Son téléphone, son courrier électronique, son fax étaient surveillés. Deux caméras, plantées en face de chez lui, enregistraient tous les visiteurs. De plus, il portait, fixé à la cheville, un bracelet électronique qui enregistrait tous ses déplacements. Abu Qutada avait droit à certains itinéraires, à des heures fixes, et ne devait pas s'en écarter... Aller chez le dentiste ou le médecin nécessitait une autorisation préalable... En dépit de ces menus inconvénients, sa vie se déroulait de façon plutôt paisible.

Chaque matin, il se rendait en voiture au supermarché Asda, en contrebas de la mairie de Brent, et y faisait quelques emplettes. Il avait signalé cette « ouverture » à ses amis intimes, qui lui envoyaient parfois des messagers sûrs au supermarché.

Il ressortit de son cottage et se mit au volant de sa voiture. Il allait toujours seul chez Asda.

*
* *

Shapour Nawqui, descendu à la station Wembley Park, avait, à l'aide de son plan, trouvé facilement le supermarché Asda. Il était en avance, ce qui lui avait permis de gagner le rayon bricolage. Là, il avait sélectionné une très belle hache à manche court, en promotion, chaudement recommandée par le vendeur, et l'avait payée onze livres et vingt-sept shillings, après en avoir éprouvé le tranchant.

Ensuite, sa hache enveloppée dans un sac de papier, il avait traîné dans le magasin, guettant l'entrée. La veille, il avait pris une chambre dans un motel à côté de Heathrow, en expliquant qu'il avait raté son train. Grâce à son passeport britannique, l'employé de la réception ne lui avait rien réclamé. À tout hasard, Shapour Nawqui avait payé sa chambre d'avance, en liquide. Ensuite, il avait pris le métro et gagné le centre de Londres. Là, il lui avait fallu un certain temps pour se repérer et gagner le quartier huppé de Belgravia, afin de reconnaître le domicile de sa «cible». Même dans ce quartier sélect, la présence d'un Pakistanais ne se remarquait pas : Londres était une ville cosmopolite et, d'ailleurs, l'ambassade du Pakistan ne se trouvait pas loin de là, dans Lowndes Square. Shapour Nawqui ne s'était pas trop attardé, allant quand même jusqu'au fond de Belgravia Mews North et repérant la Bentley verte garée devant le numéro 45, comme on le lui avait dit.

Par superstition, il ne voulait pas «travailler» avant d'avoir la bénédiction d'Abu Qutada…

Il regarda sa fausse Rolex, achetée à Peshawar : onze heures et demie. Pourvu que l'islamiste en résidence surveillée n'ait pas changé ses habitudes ! Il n'avait aucun moyen de le joindre ; au fond de sa poche, il serrait la note qu'on lui avait remise pour lui, écrite d'une écriture minuscule et codée. Un rapport provenant directement du premier cercle d'Oussama Bin Laden, qui estimait beaucoup Abu Qutada. Celui-ci n'avait jamais renié ses convictions et avait payé un lourd tribut à sa vie militante, avec des années de prison et d'internement administratif…

Shapour Nawqui aperçut enfin le barbu en tenue blanche qui franchissait la porte du supermarché, coiffé d'un turban blanc.

C'était lui, Abu Qutada. Il le reconnut facilement, sa photo était régulièrement dans les médias.

Il s'imposa de ne pas bouger et observa l'homme qui venait d'entrer et échangeait quelques mots avec une caissière, avant de se diriger vers le rayon alimentation. Shapour Nawqui se rapprocha de lui, l'épiant à distance, et surtout contrôlant les autres clients du magasin. Au bout de dix minutes, il n'avait aperçu aucune personne suspecte et il finit par se rapprocher d'Abu Qutada. Ce dernier était en train de choisir des fruits. Shapour Nawqui arriva tout près de lui et murmura :

— Frère, tu ne me connais pas mais je suis un ami du mollah Mansour, qu'Allah l'ait en Sa Sainte Garde.

Abu Qutada ne broncha pas, continuant à tâter des mangues, puis il se retourna à demi, toisant son interlocuteur. Il lui tendait une mangue, comme pour la lui faire goûter.

— Quel est ton nom, mon frère ? demanda-t-il.

— Shapour Nawqui.

— Le « Cobra » ?

— Certains m'appellent ainsi, reconnut le Pakistanais. Je suis venu à Londres pour une autre raison, mais on m'a confié un document pour toi. Puis-je te le remettre ? Il paraît que c'est important.

Abu Qutada regarda autour de lui et dit, sans regarder le Pakistanais :

— Laisse tomber ton bras le long de ton corps. Quand nos mains vont se frôler, tu me le passes.

Personne ne put voir le geste discret. D'un geste naturel, Abu Qutada mit le papier dans sa poche, puis reprit

la sélection de ses mangues. Son regard croisa celui de
«Cobra» et il demanda :

— Tu restes longtemps à Londres, mon frère ?

Shapour Nawqui secoua la tête.

— Non, mon frère, dès que j'aurai rempli la volonté de
Dieu, je repartirai, *inch'Allah*.

Le regard d'Abu Qutada se fit plus acéré.

— As-tu besoin de quelque chose, mon frère ? Je suis
très surveillé mais, comme tu le vois, ce n'est pas suffisant pour contrarier la volonté de Dieu.

— Non, assura Shapour Nawqui. Je ne veux pas te causer de souci. Dieu m'inspirera.

— Je prierai pour toi, promit Abu Qutada, en s'éloignant vers la caisse. Dis à nos amis qu'aucune épreuve
ne me brisera. Et, si tu as la chance d'approcher le Cheikh,
transmets-lui mon humble et admiratif souvenir, par le
Dieu Tout-Puissant et Miséricordieux.

Il s'éloigna vers la caisse et Shapour Nawqui resta à
flâner dans les rayons. Soulagé. Désormais, il pouvait se
consacrer à sa mission principale.

De loin, il aperçut Abu Qutada gagner le parking et
monter dans une petite voiture blanche.

* *
*

— Venez immmédiatement à Grosvenor Square,
ordonna Richard Spicer. Il n'y a pas une minute à perdre.

Malko était un peu interloqué par cette convocation
rapide, impromptue à huit heures du soir. Ils ne s'étaient
pas revus depuis le constat d'échec de la dernière réunion
au MI6 et, à vrai dire, à part satisfaire les pulsions
sexuelles d'Aisha Mokhtar, il ne voyait plus très bien son
utilité à Londres. Il était certes persuadé que la Pakistanaise ne lui disait pas toute la vérité, mais comment la
faire parler ? Intrigué, il sauta dans un taxi. L'ambassade
des États-Unis était plongée dans l'obscurité, à part
quelques fenêtres éclairées au cinquième étage. C'est là
qu'il retrouva Richard Spicer, visiblement très préoccupé.

— Il y a du nouveau, annonça l'Américain. Les

Pakistanais ou Al-Qaida ont envoyé un tueur à Londres.
Il est possible que cela concerne Aisha Mokhtar. J'ai
demandé au «5» de mettre un dispositif de protection
autour d'elle.

Malko tombait des nues.

— Qui vous a appris cela?

Richard Spicer alla se servir un scotch, et, après avoir
remis en place la bouteille de Defender «5 ans d'âge»,
s'assit en face de Malko.

— Vous avez entendu parler d'un islamiste appelé
Abu Qutada?

— Oui, bien sûr. Il avait disparu.

— Il était en prison, sans jugement, les Brits ont été
obligés de le remettre en liberté, à cause des pressions
européennes, et il est en résidence surveillée, très contrôlée, dans le West End. Il a gardé des contacts avec les
gens d'Al-Qaida et reçoit de nombreuses visites. Or, ce
matin, alors qu'il faisait ses courses dans un supermarché, il a été abordé par un homme qui lui a dit arriver du
Pakistan et qui était porteur d'un message pour lui, de la
part d'un groupe d'Al-Qaida basé à Ghasni, sur la frontière afghane.

— Au sujet d'Aisha Mokhtar?

— Non. Simplement des nouvelles de gens qu'il
connaît, comme l'ancien chef des services de renseignements des talibans qu'on croyait mort. Seulement, ce que
cet homme ignorait, c'est que le «6» a retourné Abu
Qutada. Ce dernier informe désormais les services britanniques, tout en conservant une auréole de martyr. Ce
qui a déjà contribué à de multiples arrestations. Il est
insoupçonnable, en raison de son passé.

— Pourquoi trahit-il?

— Bonne question : les Brits lui assurent une vie
agréable, certes un peu contrôlée, mais ses enfants peuvent faire de bonnes études. Tous ses contacts sont surveillés et ceux qui échappent à cette surveillance, il les
balance au «6».

— Que s'est-il passé exactement? demanda Malko,
intrigué par cette histoire tordue.

Finalement, les organisations politiques nourrissent toujours des traîtres dans leur sein.

— Ce Pakistanais l'a abordé en donnant son nom. Or, Abu Qutada le connaît de réputation. C'est un tueur surnommé « Cobra », pour la rapidité avec laquelle il liquide ses victimes. Un certain Shapour Nawqui.

— Un membre d'Al-Qaida ? demanda Malko.

— Un sympathisant, mais il est lié aussi à l'ISI. On le soupçonne d'avoir commis plusieurs meurtres pour leur compte.

— Puisqu'il a donné son nom et qu'on sait qu'il vient d'arriver, cela doit être relativement facile de le retrouver.

Richard Spicer secoua la tête.

— Évidemment, Scotland Yard et le « 5 » ont peigné tous les vols en provenance d'Islamabad, les hôtels, les quartiers pakistanais, mais sans résultat jusqu'ici. Les recherches continuent, mais les Brits pensent qu'il a utilisé un passeport à un nom différent. Il n'y avait personne à son nom sur aucun vol en provenance du Pakistan.

— Abu Qutada n'a pas pu obtenir d'information ?

— Non, l'autre est resté très vague. Seulement, Abu Qutada a remarqué qu'il se promenait avec une hache, qu'il venait d'acheter dans ce supermarché.

— Une hache ?

— Oui. Il n'utilise jamais d'arme à feu. Doté d'une force prodigieuse, il tue ses victimes à coups de hache… Or, d'après ce qu'a compris Abu Qutada, il est venu à Londres pour commettre un meurtre.

— Pourquoi Aisha Mokhtar ?

— Parce que les dates correspondent, répliqua le chef de station de la CIA. Les services pakistanais lui ont demandé de revenir là-bas. Elle a répliqué que cela lui était impossible. Donc, ils ont pris des mesures. D'ailleurs, on va savoir très vite s'il s'agit bien de votre « protégée »… Ce tueur ne va pas s'éterniser.

— Donc, vous voulez la mettre à l'abri.

Richard Spicer eut un sourire rusé.

— Non. Nous allons prendre un risque calculé. La seule chance de faire parler Aisha Mokhtar, si elle a quelque chose à dire, c'est qu'elle ait très peur. Nous pouvons la protéger, mais elle aura quand même le temps de voir son probable assassin.

Le risque calculé était pour la Pakistanaise... Malko n'approuvait pas trop, mais ce n'était pas lui qui décidait.

– Avez-vous une photo de ce «Cobra»? demanda-t-il.

– Non. Juste une description : un mètre quatre-vingt-dix, barbu, style bûcheron. Il était vêtu à l'européenne.

– Bien, quel est le *Kriegspiel*?

– Scotland Yard a mis en place une souricière à l'entrée de Belgrave Mews North. Un «sous-marin» avec plusieurs agents du S.O. 19 [1] armés de MP 5 qui pourront réagir très vite. Le tueur doit se déplacer à pied... Je voulais vous avertir.

Malko eut un sourire ironique.

– M'avertir, c'est bien, mais je préférerais quelque chose de plus concret.

– Quoi?

– Une arme. Je n'ai pas envie de servir de pigeon d'argile. Vos agents de Scotland Yard vont *d'abord* protéger la «cible». Or, je n'ai pas envie de prendre un coup de hache...

Richard Spicer faisait grise mine.

– Il faut que je demande aux Brits, avança-t-il. Nous sommes chez eux, à Londres.

– Vous ne demandez rien du tout, trancha brutalement Malko. Je connais les Britanniques. Ils ont horreur des armes à feu. Ils vont mettre huit jours à se décider. Moi, je veux quelque chose tout de suite.

Le silence qui suivit fut tendu. Enfin, avec un soupir, Richard Spicer se leva et dit :

– Je vais voir ce que je peux trouver.

Il sortit de la pièce et revint quelques instants plus tard avec une boîte qu'il tendit à Malko.

– Voilà. Cela fait partie des armes de secours des Marines de garde à l'ambassade. De grâce, ne faites pas d'imprudence.

---

1. Section antiterroriste de Scotland Yard.

– Je suppose que je ne dis pas un mot à Aisha Mokhtar.
– Bien sûr.

Ils se quittèrent sur une poignée de main presque froide. Les fonctionnaires ne possédaient pas le même logiciel que les hommes de terrain. Malko, qui avait prévu de dîner avec une jeune Britannique extrêmement séduisante, rencontrée jadis au Népal, décida de changer ses plans. À peine sorti de l'ambassade, il appela Aisha Mokhtar, qui avait décidé de dîner chez elle.

– Mon dîner s'est décommandé, annonça Malko. Je vous emmène *Chez Momo*.

– *Chez Momo* ! Superbe !

C'était un restaurant marocain en vogue depuis plusieurs années, situé dans une impasse donnant dans Regent Street. On y mangeait une cuisine vaguement marocaine, les bons soirs on dansait sur les tables et les Londoniens raffolaient de cet endroit exotique.

– Je viens vous prendre dans une heure, promit Malko.

*
* *

Le *Salinthip Naree* filait toujours ses douze nœuds dans une mer agitée, selon le même cap qui lui faisait traverser l'océan Indien avec un cap nord-nord-ouest de 325°. La plus grande partie de l'équipage dormait ou se reposait.

Dans sa cabine, le capitaine Lankavi, penché sur une carte, vérifiait ses calculs de trajectoire. De tout l'équipage, il était le seul à savoir ce qui allait se passer. Grâce à son GPS, il contrôlait sa course au mètre près, afin de se préparer au seul moment vraiment dangereux de son équipée : la rencontre avec le vraquier parti de Mogadiscio, son *sistership* sorti du même chantier japonais en 1982 et revendu deux ans plus tôt par Precious Shipping Ltd à un armateur maltais, et qui portait le nom d'*Anodad Naree*.

Leurs routes devaient se croiser quelque part au milieu de l'océan Indien, à environ 800 milles au sud-est de la Somalie. Afin d'éviter tout risque d'interception radio, les deux cargos ne communiqueraient pas. Leurs navigations respectives avaient été établies au début de l'opération, compte tenu de leur vitesse, des courants et du vent. Le seul paramètre imprévisible était le temps, mais en cette saison il était relativement stable.

L'*Anodad Naree* avait été repeint à Mogadiscio et s'appelait désormais *Salinthip Naree*. Les deux *sisterships* étant strictement identiques, l'opération ne posait aucun problème. En ce moment, deux navires portant le même nom naviguaient donc dans l'océan Indien : le *Salinthip Naree*, parti de Bangkok, et l'*Anodad Naree,* parti de Somalie, repeint aux couleurs du *Salinthip Naree*.

Leurs deux trajectoires allaient se rejoindre en un point déterminé à l'avance, où ils stopperaient. Le temps pour l'ex-*Anodad Naree* de mettre un canot à la mer afin de transborder une douzaine d'hommes sûrs et de récupérer les papiers du *Salinthip Naree*. Ensuite, le faux *Salinthip Naree* continuerait vers la mer Rouge et le canal de Suez, selon l'itinéraire prévu pour le vraquier parti de Bangkok, tandis que le *véritable Salinthip Naree* ferait demi-tour, repartant vers la côte pakistanaise pour être démoli à Gaddani, sous le nom et avec les papiers de l'*Anodad Naree*. Les modifications de nom et de peinture seraient effectuées en pleine mer, tout de suite après que les deux vraquiers seraient repartis vers leurs destinations respectives.

Les hommes embarqués, des militants d'Al-Qaida, étaient là pour mater toute tentative éventuelle de rébellion de la part de l'équipage normal du vraquier. Ce qui était peu probable. Frustes, ces marins étaient vraiment des forçats de la mer et se moquaient éperdument de la destination de leur navire, du moment qu'ils étaient payés. Leur tâche consisterait à jeter à la mer la cargaison de riz destinée à Israël, car un navire qui va être démoli n'emporte pas de frêt.

À Gaddani, l'équipage recevrait une prime et se disperserait. Toute l'opération était réglée comme un mouvement d'horlogerie, mais ne présentait pas de grosses difficultés.

Il était possible qu'un des deux vraquiers soit contrôlé

durant la traversée de l'océan Indien par un navire de la Ve Flotte US. Le faux *Salinthip Naree* ne craignait pas grand-chose. Comme il s'agissait d'un cargo allant de Bangkok à Haifa sans escale, appartenant à une compagnie thaïe connue, une vérification superficielle de la cargaison montrerait qu'elle était conforme au manifeste de chargement.

*
* *

Ses calculs terminés, le capitaine Lankavi rangea ses papiers, verrouilla sa cabine et gagna la dunette où son second, malais comme lui, et totalement acquis aux idées d'Al-Qaida, prenait le quart. Les deux hommes avaient été contactés deux mois plus tôt par un membre du groupe Abu Sayyaf qui leur avait demandé s'ils voulaient s'associer à une opération importante ayant la bénédiction du Cheikh. Leur rôle serait primordial, mais sans danger. Du moins, dans un premier temps. Car par la suite, ils deviendraient très vite des hommes traqués.

Ils avaient reçu quelques milliers de dollars, mais ce n'était pas leur motivation première. On leur avait expliqué qu'il s'agissait d'une importante livraison d'armes à destination de la résistance palestinienne et l'explication leur suffisait.

Le ciel était étoilé, les machines ronronnaient et l'étrave fendait les vagues, avec parfois des creux de quatre mètres.

— Nous venons de croiser un navire de guerre américain, annonça le second, je lui ai communiqué notre chargement et notre destination.

— Bravo ! fit le capitaine.

Plus ils seraient contrôlés, moins il y aurait de risque que le faux *Salinthip Naree* le soit dans la partie finale de son trajet, les quarante milles nautiques des eaux territoriales israéliennes. La Navy israélienne recevait en temps réel toutes les informations recueillies lors des différents contrôles sur chaque navire. Donc personne ne chercherait midi à quatorze heures. Le *Salinthip Naree*, en provenance de Bangkok, venait livrer son chargement de riz, comme prévu. La durée du voyage, le navire, la cargaison, tout correspondait.

Seulement, ce ne serait pas le *véritable Salinthip Naree* qui se présenterait devant la côte israélienne, mais son *sistership* parti de Mogadiscio, avec sa mortelle cargaison. Le vrai *Salinthip Naree* serait déjà en train d'être découpé au chalumeau à des milliers de kilomètres de là.

* *

Shapour Nawqui avait prié plus longuement que d'habitude à la mosquée de Newsbury Park, noyé dans la masse des fidèles. Si Allah le permettait, il reprendrait un avion le lendemain pour le Pakistan.

Ballotté par le métro, il suivait attentivement des yeux les stations. Le convoi arrivait à Knightbridge. Le Pakistanais descendit et sortit à l'air libre, s'orientant rapidement. Cinq minutes plus tard, il parvenait à l'entrée de Belgrave Mews North. D'un coup d'œil, il vérifia que la Bentley n'était pas là. Donc, la femme qu'il avait pour mission d'assassiner était sortie et allait rentrer. Il entra dans l'impasse, marchant difficilement sur les pavés disjoints. À sa précédente visite, il avait repéré, juste à côté du 45, une maison en travaux, dont les ouvertures béantes étaient protégées par des bâches en plastique.

D'un coup de rasoir, il en fendit une et se glissa à l'intérieur, trouvant rapidement ses marques. Tapi derrière la bâche transparente, il distinguait parfaitement l'entrée de l'impasse. Très peu de véhicules s'y engageaient, le stationnement étant réservé aux riverains. Accroupi sur ses talons, Shapour Nawqui était strictement immobile, comme un félin guettant sa proie. Il avait déjà fait cela à plusieurs reprises et n'éprouvait absolument aucune émotion. Il sortit sa hache du sac où elle était dissimulée et en éprouva le tranchant avec le pouce. Il l'avait aiguisée grâce à du papier de verre très fin et, désormais, elle était coupante comme un rasoir. Sa force herculéenne ferait le reste. Il pouvait décapiter un homme d'un seul coup de hache bien asséné.

Alors, une femme…

Son plan était clair. Sa mission accomplie, il s'enfuirait en jetant sa hache et gagnerait Knightbridge. Dans un premier temps, il ne prendrait pas le métro où il pouvait y avoir des contrôles, mais s'enfuirait à pied avant de prendre un bus. En une heure, il aurait regagné son hôtel de Heathrow. Demain, il réserverait une place sur le premier vol pour le Pakistan. Il avait les horaires dans sa poche.

Il sursauta : une voiture venait d'entrer dans l'impasse. Les pinceaux blancs des phares illuminèrent les façades, puis les pavés. Ébloui, Shapour Nawqui n'était pas encore certain que ce soit la bonne voiture quand celle-ci s'arrêta en face du 45. Les phares s'éteignirent et il reconnut la calandre de la Bentley. Serrant fermement sa hache dans la main droite, il adressa une courte prière à Dieu et sortit de sa cachette.

CHAPITRE XVI

Le dîner *Chez Momo*, dans une ambiance joyeuse, semblait être venu à bout de l'angoisse d'Aisha Mokhtar. Elle avait dévoré et fait honneur au couscous adapté au goût britannique. Puis exigé que Malko dorme chez elle. Pas seulement pour sa protection, d'après son attitude.

Chaudry, le chauffeur, sauta à terre dès que la Bentley eut stoppé et courut ouvrir la portière arrière gauche de la limousine, tandis que Malko sortait de l'autre côté. Il jeta un coup d'œil vers l'entrée de Belgrave Mews North et aperçut un fourgon sombre qui venait de s'immobiliser. Scotland Yard veillait. Il fit le tour de la voiture pour rejoindre Aisha Mokhtar tandis que Chaudry ouvrait la porte du petit hôtel particulier. Très gaie, la Pakistanaise en profita pour se serrer contre lui en murmurant :

– J'ai très envie de vous.

Malko sourit dans la pénombre. Il avait connu des missions plus désagréables. Soudain, un bruit léger, venant du fond de la voie privée, lui fit tourner la tête et son pouls grimpa comme une flèche.

Une silhouette venait de surgir de l'obscurité et avançait rapidement dans leur direction. Il faisait trop sombre pour dire de qui il s'agissait, mais, instinctivement, Malko glissa la main sous sa veste et saisit la crosse du Beretta 92 offert par Richard Spicer. Il y avait une balle dans le canon et il suffisait de repousser le cran de sûreté pour qu'il soit prêt à tirer.

– Qu'est-ce que vous avez ? demanda Aisha Mokhtar qui n'avait rien vu.

Malko n'eut pas le temps de répondre. La silhouette avait accéléré. Un homme de grande taille, qui avait quelque chose à la main… Chaudry venait juste d'ouvrir la porte de l'hôtel particulier et de s'effacer pour laisser entrer le couple. Malko, sentant le danger, expédia violemment Aisha à l'intérieur, d'une poussée dans le dos. Elle trébucha avec un cri de surprise et s'étala dans son entrée.

Il s'était déjà retourné. À la lueur du réverbère, il distingua un colosse barbu qui fonçait dans leur direction, brandissant une hache. Malko leva son arme, le bras tendu, et cria :

– Stop !

Chaudry, courageusement, voulut s'interposer, barrant la route à l'assaillant. Celui-ci ne devia pas sa course, balayant simplement l'air de sa hache, avec un grognement sauvage. Il y eut un bruit mou, affreux, et, horrifié, Malko vit distinctement la tête de Chaudry se détacher presque entièrement de son torse, dans un jaillissement de sang. L'homme à la hache fonçait toujours, vers la porte ouverte. Aisha Mokhtar se releva, furieuse, et surgit en glapissant :

– Vous êtes fou !

Elle n'eut pas le temps de mettre le nez dehors. Malko venait d'ouvrir le feu : l'heure n'était plus aux sommations… Le Beretta 92 claqua quatre fois. À cette distance, il ne risquait pas de rater sa cible. Les quatre projectiles s'enfoncèrent dans la poitrine de l'homme à la hache.

Celui-ci eut encore assez de force pour frapper de toutes ses forces, ratant Malko mais brisant une vitre de la porte d'entrée. La hache fit jaillir d'énormes éclats de bois, mais ne lui échappa pas. Malko pensa à ces buffles qui, le cœur éclaté par une balle, continuent à charger… Le barbu à la hache, avec quatre projectiles dans le corps, pivota et aperçut Aisha Mokhtar. Il avança encore dans sa direction.

À l'entrée de l'impasse, des portières claquaient et

plusieurs silhouettes couraient vers la Bentley. Trop tard pour intervenir. Malko se retrouva derrière le barbu, qui lui était face à Aisha Mokhtar et esquissait le geste de frapper de nouveau, la hache tenue à deux mains.

— Aisha, reculez ! hurla-t-il.

Presque à bout touchant, il visa la nuque du colosse et appuya deux fois sur la détente du Beretta.

L'impact des projectiles projeta le barbu en avant. Il s'effondra enfin, lâchant sa hache, entraînant dans sa chute la Pakistanaise qui hurlait. Le pouls à 200, Malko vit arriver les policiers armés de pistolets-mitrailleurs. Aisha Mokhtar hurlait de plus belle, le barbu enfin foudroyé effondré en partie sur elle, sa tête pratiquement entre ses cuisses, dans une mare de sang. Malko contourna les deux corps et prit Aisha sous les aisselles, la tirant en arrière.

— Vous n'avez rien ? demanda-t-il.

Incapable de répondre, elle tremblait comme une feuille, en proie à une véritable crise d'hystérie. Le sang maculait ses vêtements, avait même éclaboussé son visage.

Le barbu, lui, ne bougeait plus, extrêmement mort.

Les policiers de Scotland Yard appelaient des renforts et fouillaient l'impasse à la recherche de complices. L'un d'eux s'accroupit près de ce qui restait du chauffeur, mort depuis longtemps. Un carnage. Malko réussit à mettre debout Aisha Mokhtar, mais elle se débattit en hurlant.

— Je suis blessée, je vais mourir !

Elle prenait le sang du barbu pour le sien. Malko décida de recourir aux grands moyens. La prenant dans ses bras, il la porta dans la salle de bains du rez-de-chaussée et la déposa dans la baignoire, puis il ouvrit la douche à fond… Les cris cessèrent rapidement et la jeune femme se mit à souffler comme un phoque. Du sang coulait partout dans la baignoire, c'était très spectaculaire. Un des policiers l'appela et annonça :

— Nous n'avons trouvé personne. Des renforts arrivent. Nous sécurisons le périmètre.

Mieux vaut tard que jamais. Sans Malko, Aisha

Mokhtar aurait subi le même sort que son chauffeur… Il retourna dans la salle de bains. La crise de nerfs terminée, la jeune femme tremblait, le regard vide. Elle s'était déshabillée et enroulée dans une serviette. S'accrochant à Malko, elle balbutia :

— Ils vont revenir, ils vont revenir…

— Non. Dans cinq minutes, il y aura ici la moitié de la police britannique, jura Malko.

Brusquement, elle vomit, cassée en deux. Son maquillage avait coulé, elle avait piteuse allure…

— Vous êtes sauvée, assura Malko. Pour le moment.

Richard Spicer, Sir George Cornwell et le chef de la section antiterroriste de Scotland Yard étaient accourus à Belgrave Mews North et s'étaient installés dans le petit salon du rez-de-chaussée. La police avait fouillé toutes les maisons de l'impasse, déclenchant l'incrédulité de leurs paisibles occupants qui n'avaient jamais vu une histoire pareille…

Un des hommes de Scotland Yard apparut, un passeport à la main. Celui trouvé sur le barbu.

— Nous venons de vérifier, annonça-t-il. Il s'agit d'un document appartenant à un citoyen britannique d'origine pakistanaise, qui se trouve en ce moment au Pakistan… On le lui a volé ou il l'a prêté. Seule la photo a été changée.

— On va savoir où habitait cet homme à Londres, dit Malko. Vous n'avez rien trouvé d'autre ?

— Un billet d'avion avec un retour open pour Islamabad.

— Allons voir Aisha Mokhtar, dit Malko.

La jeune femme avait regagné sa chambre, au premier étage. Très pâle, dans une chemise de nuit en satin et dentelles noires, démaquillée, elle ressemblait à une jeune fille. Dès que Malko s'approcha d'elle, elle lui prit la main et la serra de toutes ses forces.

— Vous m'avez sauvé la vie ! murmura-t-elle. C'est

horrible, je reverrai cet homme toute ma vie. Il avait des yeux de fou. J'ai cru qu'il allait me tuer. Il a essayé de me mordre le ventre.

Ça, c'était de la conscience professionnelle...

Le Superintendant de Scotland Yard affirma que désormais des policiers armés veilleraient en permanence devant l'hôtel particulier et accompagneraient Aisha Mokhtar dans tous ses déplacements. Visiblement ailleurs, elle remercia d'un sourire et ferma les yeux, murmurant à Malko :

— Restez là.

Il redescendit pour raccompagner les trois hommes. Des policiers avaient pris position devant la maison.

— Sans le tuyau d'Abu Qutada, soupira Richard Spicer, vous y passiez tous les deux. Décidément, les gens du «6» sont des bons.

*
* *

Le colonel Hussein Hakim, à peine arrivé à son bureau, regarda rapidement les papiers déposés par sa secrétaire. Sur le dessus de la pile, elle avait placé un message tamponné «Flash-Urgent-Secret», en provenance de Scotland Yard. Le colonel de l'ISI le parcourut, le cœur serré.

C'était le compte rendu succinct d'une tentative de meurtre commise par un certain Shapour Nawqui, utilisant le passeport n°45412878 d'un certain Ahmed Nursus Shaban se trouvant actuellement au Pakistan. Scotland Yard demandait un complément d'information. Le colonel Hakim appela sa secrétaire et lui tendit le message.

— Répondez et joignez à la réponse le récépissé de déclaration de perte du passeport.

Resté seul, il se servit un thé. Dans une autre pile de papiers, il avait trouvé le récit de l'attaque sauvage de Belgrave Mews North, qui s'étalait à la une de tous les quotidiens britanniques, avec une photo prise dans une manifestation officielle d'Aisha Mokhtar. Celle-ci avait échappé de la tentative de meurtre, elle était indemne. En gros plan, la hache de « Cobra » était impressionnante. Le colonel but une gorgée de thé. Impossible de recommencer : les Britanniques étaient désormais sur leurs gardes. Comment avaient-ils pu empêcher cette opération ? Il ne le saurait peut-être jamais. Il n'avait plus qu'à prier très fort pour qu'Aisha Mokhtar ne soit en possession d'aucun secret. Parce que maintenant, elle n'hésiterait plus à parler. La journée allait être encore dure.

* *
*

Malko avait dormi tout habillé à côté d'Aisha Mokhtar. Celle-ci ne s'était pas encore réveillée et il en avait profité pour prendre une douche. Elle ouvrit les yeux quand il sortit de la salle de bains, le regard voilé de sommeil et encore affolé.

— Je n'oublierai jamais ! murmura-t-elle. Qui a envoyé cet homme pour me tuer ?

— Ceux qui veulent que vous ne puissiez pas parler, dit Malko. L'ISI ou les gens d'Al-Qaida. Heureusement, nous avions pris nos précautions.

— Et Chaudry ?

— Il est mort. Le barbu l'a pratiquement décapité...

— Pauvre homme ! soupira-t-elle, il était tellement dévoué... Je me sens fatiguée. Et j'ai peur.

— Ici, vous ne craignez rien, affirma Malko.

— Mais il faudra bien que je sorte... je ne peux pas vivre en prison...

— Certes, reconnut Malko, mais on ne peut protéger personne à 100 %. Même Ronald Reagan, président des États-Unis, l'homme le mieux gardé du monde, a été victime d'un attentat.

— Voulez-vous me faire du thé ? demanda Aisha. Je n'ai pas la force de bouger.

Lorsqu'il revint avec un plateau, la jeune femme fumait une cigarette, le regard dans le vague. Elle but quelques gorgées de thé et fixa Malko.

— Si je vous apprenais quelque chose de très important, cela m'aiderait ?

Le pouls de Malko grimpa. Il allait peut-être toucher le jackpot. Il dit d'une voix égale :

– J'ai toujours pensé que vous connaissiez certains des secrets de cette affaire. Sultan Hafiz Mahmood était fou amoureux de vous, il a dû vous dire ce qu'il préparait.

– Il ne m'a pas dit grand-chose, corrigea Aisha Mokhtar. Il était très discret sur ce projet, mais je savais qu'il voulait donner à Bin Laden de quoi fabriquer une bombe atomique.

– Et cela ne vous semblait pas horriblement dangereux ? objecta Malko.

Elle eut un sourire embarrassé.

– À vrai dire, je pensais qu'il n'y arriverait pas, que c'était très difficile de fabriquer une bombe atomique dans les montagnes du Baloutchistan. Par moments, Sultan est un rêveur, un utopiste… bien qu'il soit ingénieur nucléaire. La seule chose qu'il m'a confiée un jour et dont il était très fier, c'est d'avoir réussi à soustraire de l'uranium enrichi aux stocks stratégiques du Pakistan, sans que personne s'en aperçoive.

Malko avait l'impression de ramener un *très* gros marlin au bout d'une ligne très mince qui pouvait casser à tout moment. Il réussit à demander d'une voix calme :

– Et comment s'y est-il pris ?

– Il a remplacé des lingots d'uranium enrichi par des lingots d'uranium naturel qui ont le même poids spécifique, la même apparence, mais qu'il est très facile de se procurer pour un prix très bas. Il m'avait parlé de 40 dollars l'once soit environ 1 300 dollars le kilo...

Soixante kilos à 1 300 dollars, cela faisait 78 000 dollars. Pas très cher pour l'apocalypse. Malko ne tenait plus en place. Ainsi, les Pakistanais étaient de bonne foi ! Pour eux, leurs stocks étaient intacts. Il faudrait examiner les lingots d'uranium enrichi un par un pour trouver ceux qui avaient été substitués. L'idée était géniale. Un homme comme Sultan Hafiz Mahmood devait avoir accès aux réserves d'uranium 235 stockées à Kahuta. Comme ce métal très lourd tenait peu de volume, la substitution était facile. Il pouvait arriver avec un lingot d'uranium naturel et repartir avec un de 235…

Malko se pencha sur Aisha et l'embrassa légèrement sur les lèvres.

— Vous venez de rendre un grand service à votre pays, dit-il. Et de diminuer sérieusement les risques sur votre vie.

*
* *

— Les Pakistanais sont déchaînés ! annonça Sir George Cornwell. Ils ont arrêté des dizaines de personnes travaillant à Kahuta et recherchent tous les complices éventuels de Sultan Hafiz Mahmood. Le président Musharraf en personne a appelé George Bush et notre Premier ministre, promettant de coopérer pleinement. Ils ont déjà retrouvé un des lingots d'uranium naturel substitué aux autres…

Malko, Richard Spicer et le directeur du MI6 déjeunaient dans la salle à manger du Service, jouxtant le bureau de Sir George Cornwell, au dernier étage de l'immeuble futuriste, avec une vue magnifique sur la Tamise. Vingt-quatre heures s'étaient écoulées depuis la révélation d'Aisha Mokhtar et les communications entre Londres et Islamabad avaient été particulièrement intenses. La première réaction des Pakistanais avait été l'incrédulité. Mais ils avaient procédé à des vérifications d'urgence et, désormais conscients de la gravité de la situation, ils se démenaient comme des fous…

— C'est très bien ! reconnut Malko. Nous savons désormais qu'il existe bien un engin nucléaire entre les mains d'un groupe terroriste, que le gouvernement pakistanais n'y est pour rien, mais où cela mène-t-il ? Je pense que cette bombe a quitté le Pakistan depuis belle lurette… En route pour où ?

— Nous mettons en place l'alerte rouge aux États-Unis, dit Richard Spicer, mais cela n'aura qu'un effet limité. Cette bombe voyage par bateau ou par la route. Nous ne pouvons pas fouiller tous les bateaux ni tous les camions du monde. En plus, d'après les spécialistes, elle ne dégage aucune radioactivité. Vous pouvez coller un compteur Geiger dessus, il ne frémira même pas…

— J'ai parlé tout à l'heure au général Ahmed Bhatti, le patron de l'ISI, annonça Sir George Cornwell. Il m'a dit qu'ils épluchaient la vie de Sultan Hafiz Mahmood et qu'ils espéraient trouver quelque chose rapidement. Une piste qui nous permette de retrouver la trace de cet engin.

— Notre Vᵉ Flotte de l'océan Indien est en état d'alerte, renchérit le chef de station de la CIA. Nous allons arraisonner tous les navires suspects. Mais, hélas, cette bombe n'est pas très volumineuse… On ne peut pas vider les soutes de tous les navires.

Cela ressemblait à une victoire à la Pyrrhus.

Aisha Mokhtar avait repris figure humaine. Malko l'avait emmenée déjeuner au *Dorchester,* son restaurant favori. Cette fois, même la salle à manger grouillait de policiers. La Pakistanaise avait aussi repris goût au Taittinger, ce qui était plutôt bon signe.

— Votre information s'est révélée exacte, annonça Malko. On a retrouvé les lingots d'uranium naturel et on sait qu'il manque bien soixante kilos de «combustible». Assez, d'après les spécialistes, pour confectionner une bombe de 10 kilotonnes.

— C'est beaucoup? demanda Aisha.

— Assez pour tuer quelques dizaines de milliers de personnes, précisa sombrement Malko. Et, pour l'instant, nous ignorons où cette bombe se trouve. Vous n'avez aucune idée de la destination?

— Aucune. Sultan ne m'en a jamais parlé. J'espère que ce n'est pas Londres, ajouta-t-elle avec un rire nerveux…

Elle se pencha sur la table et dit soudain, sur le ton de la confidence :

— J'ai envie de faire l'amour avec vous comme la première fois. J'ai cru, hier soir, que je n'aurais plus jamais envie d'un homme. Je sens encore le poids de la tête de cet horrible barbu entre mes cuisses. Si nous prenions une chambre ici ?

Elle aurait même droit à une suite, après l'information qu'elle avait donnée. Malko passa discrètement par la réception où il se fit remettre la clef d'une suite. À peine dans la suite – le *Dorchester* savait vivre –, Aisha Mokhtar retrouva sa fougue. En un clin d'œil, elle prit Malko dans sa bouche jusqu'à ce qu'elle l'estime digne de la satisfaire. Ensuite, elle alla s'appuyer à un petit bureau, face à un miroir, debout, les jambes ouvertes, la jupe retroussée. Malko vit ses prunelles se dilater quand il s'enfonça directement dans ses reins, comme elle l'avait souhaité. Elle commença à jouir avant lui, le visage déformé par le plaisir.

*
* *

Une nuée d'agents de l'ISI s'était ruée sur le Baloutchistan. Le seul élément exploitable dans la vie de Sultan Hafiz Mahmood, toujours aphasique, était l'étrange voyage qu'il avait récemment effectué dans cette province et durant lequel deux agents de l'ISI avaient trouvé la mort dans des circonstances étranges…

Le *Nawar* Jamil Al Bughti, apprenant que la police pakistanaise voulait l'interroger, s'était réfugié dans ses montagnes. Sans hésiter, l'armée pakistanaise était allée le déloger avec des hélicoptères de combat. La réunion de réconciliation avait eu lieu dans son fief, à côté de Quetta. Il avait reconnu avoir escorté un convoi de deux véhicules, protégé par un certain nombre d'Arabes, et décrit un chargement de deux mètres de long sur un mètre de haut, qu'il avait pris pour un chargement de drogue, chose courante dans la région.

Il avait quand même fourni un renseignement précieux en expliquant la mort des deux policiers assassinés par Sultan Hafiz Mahmood. Désormais, cette férocité s'expliquait. Et, information encore plus précieuse, il avait appris à l'ISI que le mystérieux chargement avait été embarqué à Gwadar, sur un petit boutre de vingt-cinq mètres dont il ignorait tout. Il se souvenait simplement de l'usage d'une grue.

Depuis, une vingtaine d'agents de l'ISI passaient Gwadar au peigne fin, cherchant à retrouver ce boutre. Ce qui n'était pas évident car les Baloutches n'étaient guère bavards.

À Islamabad, le général Bhatti était tenu au courant des recherches heure par heure, lui-même relancé non-stop par le président Musharraf. Même si la responsabilité directe du Pakistan n'était plus engagée, les relations avec les États-Unis allaient se tendre...

Un des cinq téléphones du général sonna. La communication était de mauvaise qualité, en provenance du Baloutchistan. Il dut raccrocher et rappeler son correspondant, un major de l'ISI. Celui-ci ne tenait plus en place.

— Général Sahib, annonça-t-il, je crois que j'ai retrouvé le bateau. Pour l'instant, il se trouve entre Dubaï et l'Iran, mais j'ai interrogé un membre de l'équipage qui se souvient de cette cargaison. Eux aussi pensaient qu'il s'agissait de drogue ou d'armes.

— Pourquoi d'armes ?

— Parce que ce boutre allait à Mogadiscio, en Somalie. Là-bas, ils paient les armes très cher.

*
* *

Les cartes sous les yeux, le capitaine Lankavi scrutait l'océan avec ses jumelles. D'après ses calculs, il devrait bientôt voir apparaître vers l'ouest le *sistership* du *Salinthip Naree*. Lui avait scrupuleusement observé la vitesse prévue : onze nœuds et demi. Pas de vent, pas de tempête. Le second vraquier avait une route moins longue à parcourir, donc moins de risque de retard, sauf avarie, évidemment...

Son second, lui aussi, parcourait l'horizon, observant également le ciel. Il y avait peu d'avions patrouilleurs, mais il sufisait d'un, au mauvais moment. Il était six heures et il y avait encore deux heures de jour.

— Je crois que le voilà ! annonça le second.

Il désignait un point, loin à l'ouest, dans le soleil couchant. Le capitaine Lankavi mit longtemps à le repérer : c'était bien un navire qui faisait route dans leur direction. Trop loin encore pour qu'on l'identifie avec certitude...

— Machines à fond, ordonna-t-il.

Les deux hommes attendirent en silence. L'équipage ne se doutait de rien. Il fallut attendre plus de vingt minutes pour qu'ils reconnaissent la silhouette de leur *sistership*, l'*Anodad Naree*. La jonction était faite. Tous les papiers étaient prêts, il ne restait que les travaux de peinture qui seraient effectués dès la nuit tombée, à l'aide de passerelles suspendues le long de la coque.

— Préparez une chaloupe ! ordonna le capitaine Lankavi.

Il fallait que l'échange dure le moins longtemps possible : c'était le moment le plus risqué. Heureusement, le ciel et la mer étaient toujours vides.

— Stoppez les machines !

Le cargo courut sur son erre, tandis qu'on descendait la chaloupe équipée d'un puissant moteur. Le capitaine Lankavi y prit place avec un marin à la barre et fonça vers l'autre cargo qui avait également stoppé, à un demi-mille. La mer était un peu moins mauvaise, mais bougeait encore pas mal. Quand il s'approcha de l'autre vraquier, cela fit un drôle d'effet au capitaine Lankavi de voir sur la poupe le nom de *son* navire. Une échelle pendait le long de la coque. Plusieurs hommes se trouvaient sur le pont.

Le capitaine Lankavi grimpa l'échelle et atteignit le pont, où il se jeta dans les bras de Yassin Abdul Rahman. Les deux hommes s'étreignirent plusieurs secondes, puis, sans un mot, échangèrent leur sacoche de documents. Déjà, cinq hommes descendaient l'échelle pour changer de navire, tous armés de Kalachnikov.

Nouvelle étreinte, puis le capitaine Lankavi à son tour descendit l'échelle et la chaloupe s'éloigna du faux *Salinthip Naree*. Une dernière fois, il agita les bras en direction des hommes qui se massaient derrière le bastingage. Sa gorge était nouée de fierté. Déjà, le cargo remettait en marche. Une dernière fois, il vit son nom à la poupe et sur son flanc. Pendant très peu de temps encore, les deux navires portant le même nom allaient naviguer dans l'océan Indien... Mais il ferait nuit dans une heure.

Lorsqu'il remonta sur *son* navire, le capitaine Lankavi regarda une dernière fois l'autre vraquier qui n'était déjà plus qu'un point s'éloignant vers le nord. Puis, il gagna la dunette et annonça au second :

— Machines en avant. Cap 192°. Vitesse 12 nœuds.

Il réunit ensuite l'équipe qui venait d'embarquer, leur désignant les passerelles qu'on allait descendre le long de la coque. Lorsque le soleil se lèverait, la *Salinthip Naree* serait devenu l'*Anodad Naree*, en route pour Gaddani afin d'y être démantelé. Le faux *Salinthip Naree*, lui, continuait vers le nord, en direction de la mer Rouge et du canal de Suez. Pour son dernier voyage.

CHAPITRE XVII

— Mogadiscio ! Ces malades sont partis pour Mogadiscio !

Richard Spicer semblait extrêmement perturbé par la nouvelle. Convoqué à l'ambassade des États-Unis, Malko avait trouvé le chef de station plongé dans un état proche de l'hystérie. Le message de l'ISI était arrivé au MI6 vers deux heures et demie du matin, immédiatement relayé à la CIA et à tous ceux qui pouvaient être concernés. Nulle part il n'était fait mention d'une arme nucléaire, mais seulement d'un chargement hautement suspect, susceptible de mettre en danger un grand nombre de personnes…

Malko, lui aussi, était étonné. Depuis des années, la Somalie, partagée entre des milices rivales qui faisaient régner la terreur dans le pays, n'existait plus en tant qu'État. Plus aucune présence occidentale depuis la piteuse expédition américaine de 1993. Aucune compagnie aérienne normale ne desservait le pays, uniquement équipé d'aéroports de fortune, et les circuits commerciaux réduits à leur plus simple expression étaient totalement « sauvages ». Les différents chefs de guerre qui se partageaient le pays étaient pour la plupart des islamistes radicaux et tous haïssaient les États-Unis. Il existait bien un gouvernement légal, mais il siégeait à Nairobi, au Kenya. La seule fois où il avait voulu s'installer à Mogadiscio, il y avait eu cent morts… Depuis, le président Abdullahi Youssouf Ahmed, proaméricain et anti-islamiste,

s'était retranché dans son fief du Puntland, à environ
200 kilomètres au nord de Mogadiscio. Laquelle était
devenue une cité à la Mad Max, au bord de la mer Rouge.
À plusieurs reprises dans le passé, les Américains basés
à Djibouti avaient repéré de multiples trafics d'armes liés
à ce qui restait de la Somalie. La CIA considérait le pays
comme une base arrière d'Al-Qaida, abritant un groupe
islamiste radical, Al-Ittihad Al-Islamiyya, très actif.

— Cet engin nucléaire n'est sûrement pas destiné à la
Somalie, remarqua Malko.

— Évidemment! renchérit Richard Spicer. Mais c'est
un endroit judicieux pour le planquer.

— Bizarre! Pourquoi le planquer? Pourquoi ne pas
l'utiliser tout de suite? Puisqu'il se trouvait déjà sur un
navire.

Le chef de station lui jeta un regard ironique.

— Le genre de bateau sur lequel il a été chargé ne va
pas souvent à New York. C'est, d'après les Pakistanais,
un boutre qui fait du *tramping* régional. Un bateau d'une
vingtaine de mètres, qui ne pouvait aller très loin.

— Vous avez déjà pris des mesures?

— Bien sûr. La Ve Flotte est en alerte. Plusieurs bâtiments ont été appelés en renfort sur la zone et vont systématiquement   arraisonner   tout   ce   qui   sort   de
Mogadiscio. Nous avons également alerté notre base à
Djibouti et ils vont intensifier la surveillance de la côte
somalienne avec leurs drones.

— Ce que nous recherchons n'est pas bien gros, objecta
Malko. Une simple palette avec un chargement recouvert
d'une bâche. Même le meilleur des drones n'aidera pas
beaucoup. C'est tout?

— Non, Langley est en train de rechercher tous les
contacts que nous pouvons avoir dans le coin, à travers
d'autres Services. Mais des dizaines de navires arrivent
et repartent de Somalie toutes les semaines et il n'y a
aucun contrôle, nulle part. Pas de registre portuaire, pas
d'administration.

— Vous filmez la zone régulièrement?

— Non. Par sondages.

– Pas de satellites ?

– Non plus ; il n'y a rien eu d'important depuis long-temps. On laisse les Israéliens traiter le problème à tra-vers les services kenyans, qui ne sont pas brillants. On est dans la merde.

Il alla prendre une bouteille de scotch dans le bar et, après en avoir offert à Malko qui déclina, se servit une solide rasade de Defender. Visiblement, il en avait besoin.

Et encore, c'était une litote… Malko regarda les fron-daisons de Grosvenor Square.

– Il faut que les Pakistanais mettent la main sur le capi-taine du boutre qui a transporté le truc, dit-il. Qu'on en sache un peu plus. Sinon, c'est chercher une aiguille dans une meule de foin.

Richard Spicer soupira.

– Allez expliquer cela à Langley ! La Maison Blanche les harcèle ! Ils veulent savoir tout, tout de suite. Un des conseillers du Président a même suggéré de fermer tous les ports américains jusqu'à nouvel ordre…

– Belle victoire pour Al-Qaida ! conclut Malko. Ce transfert a dû laisser des traces. Notre seule chance, c'est que cette bombe se trouve encore là-bas. La première des choses à faire est peut-être d'aller voir sur place.

Richard Spicer le regarda, bouche bée.

– Allez voir, comment ?

– Avec des troupes, précisa Malko. Vous avez une base importante à Djibouti et la Ve Flotte dans l'océan Indien. Cela m'étonnerait, si cette bombe est toujours là-bas, qu'elle ait été transportée à l'intérieur du pays. Il suf-fit donc de ratisser la côte, avec quelques centaines d'hommes et du matériel lourd…

Richard Spicer émit un ricanement douloureux.

– Vous n'avez pas vu *Blackhawk down*, le film sur notre expédition de 1993 en Somalie ? Dès qu'on pro-nonce le nom de Mogadiscio, au Pentagone, les généraux filent aux abris. Là-bas, les bébés naissent une Kalach entre les dents. Tout le monde est armé. Il y a de la mitrailleuse lourde, de l'artillerie légère, des missiles sol-air. À la vue du premier hélico, la population se soulèvera comme un seul homme. Ce n'est pas une poignée d'hommes qu'il faut, mais une opération engageant un véritable corps expéditionnaire. Et où va-t-on le prendre ? Tout le monde est en Irak ou en Afghanistan. On ne peut même pas réunir assez de soldats pour pacifier la région de Kandahar.

Malko, caustique, laissa tomber :

– Il faut savoir ce que vous voulez ! Ce risque potentiel mérite des efforts. Ou vous n'y croyez pas…

– Oh si, on y croit ! fit amèrement Richard Spicer. Et les Pakistanais aussi y croient, maintenant. Et ils sont morts de peur. Car en cas de *vrai* pépin, ils serviront de bouc émissaire…

– Alors, que voulez-vous faire ? Désormais, vous avez deux certitudes : la bombe existe et elle a quitté le Pakistan à destination de Mogadiscio. À propos, savez-vous quand ?

Richard Spicer retourna s'asseoir derrière son bureau et ouvrit un dossier.

– D'après les Pakistanais, fin avril. La meilleure période pour traverser l'océan Indien, entre la fin de la mousson d'hiver et le début de la mousson d'été. C'est le moment où la mer est à peu près calme.

– Nous sommes en juin, remarqua Malko. La traversée entre le Baloutchistan et la Somalie dure combien ?

– Il y a exactement 2 022 milles entre Gwadar et Mogadiscio, précisa l'Américain. Ce genre de boutre marche à sept ou huit nœuds en moyenne, ce qui donne une traversée comprise entre vingt-cinq et vingt-huit jours de mer.

– Donc, conclut Malko, cet engin nucléaire est arrivé là-bas dans la dernière semaine de mai. À mon avis, il a dû immédiatement être transbordé sur un autre navire, plus gros et plus rapide. Car, par la route, je ne vois pas où il aurait pu aller. Au Kenya ? En Éthiopie ? C'est peu probable. Par contre, grâce à l'absence totale de contrôle portuaire à Mogadiscio, il a pu être chargé sur un navire qui l'attendait pour sa destination finale.

– Je suis d'accord avec vous, confirma Richard Spicer.

Dès que nous avons eu cette information, elle a été communiquée à tous les ports américains et britanniques, pour qu'ils soient particulièrement vigilants avec tout navire ayant mention sur son livre de bord d'une escale ou d'un mouillage à Mogadiscio. Seulement, cette approche a des limites.

— Pourquoi ? demanda Malko.

— On contrôle l'itinéraire d'un navire de deux façons, expliqua le chef de station de la CIA. D'abord, par l'examen de son livre de bord, qui doit mentionner toute escale ou mouillage. Et ensuite par les déclarations des capitaineries des ports où il a relâché... Dans le cas de Mogadiscio, il n'y a pas de capitainerie. Si le capitaine d'un navire décide de ne pas noter sur son livre de bord qu'il a fait escale à Mogadiscio, c'est très difficile de s'en apercevoir. Or, je suppose que le capitaine d'un bateau transportant une bombe atomique ne va pas se vanter de son passage à Mogadiscio en arrivant dans un port britannique ou américain.

C'était frappé au coin du bon sens.

— Il faut absolument identifier le navire sur lequel se trouve désormais cet engin nucléaire, conclut Malko. Étant donné le timing, il y a une chance pour qu'il soit encore en mer.

— Pour cela, approuva Richard Spicer, il n'y a que deux moyens : ou retrouver le capitaine du boutre qui a livré l'engin, ou aller à Mogadiscio. Les Pakistanais recherchent ce boutre, mais il se promène entre l'Iran, Oman et le golfe Persique. Nous ne pouvons même pas les aider, car il n'a ni nom ni immatriculation. Même s'il est basé à Gwadar, il peut ne pas y revenir pendant plusieurs mois. Ou alors, il faut aller là-bas, conclut timidement l'Américain.

Malko lui expédia un sourire ironique.

— Vous aurez sûrement beaucoup de volontaires... À Mogadiscio, il n'y a pas d'ambassade américaine, donc pas de protection diplomatique, et les Américains ne sont pas vraiment bien vus...

– Je ne parlais pas d'un Américain, remarqua le chef de station, le regard fuyant.

Malko fit semblant de ne pas avoir entendu et se leva.

– Merci de m'avoir tenu au courant. Pour l'instant, je pense qu'il n'y a plus grand-chose à faire à Londres. Tant que nous ne saurons pas *où* se trouve cet engin nucléaire, nous parlons pour ne rien dire.

– Et Aisha Mokhtar ? Elle a peut-être des informations supplémentaires.

– Cela m'étonnerait, dit Malko. Elle a dit tout ce qu'elle savait et ne se trouvait pas au Pakistan lorsque le boutre a quitté Gwadar. Mais je vais quand même lui demander.

Vingt minutes plus tard, il débarquait à Belgrave Mews North, transformé en camp retranché. C'est tout juste si on le laissa entrer au 45. Aisha Mokhtar était toujours pâle, mais son regard avait repris un peu de vie.

– Il y a du nouveau ? demanda-t-elle.

– Oui, fit Malko. La bombe a été expédiée à Mogadiscio.

– Ainsi, c'était vrai, Sultan ne bluffait pas ?

– Non, répliqua Malko. Il y a désormais un engin nucléaire en circulation, en route pour son objectif, dont nous ignorons tout. Essayez de vous rappeler. Sultan Hafiz Mahmood n'a jamais mentionné un objectif en particulier ? Un moyen de transport, un nom ?

Aisha Mokhtar secoua la tête.

– Non. Nous n'avons eu qu'une seule véritable conversation à ce sujet. Il avait bu beaucoup de whisky et était incroyablement fier d'avoir réussi à soustraire de l'uranium enrichi sans qu'on puisse s'en rendre compte. Mon Dieu, qu'est-ce que nous allons faire ?

– Prier ! dit Malko.

* *
*

Le *Salinthip Naree*, devenu *Anodad Naree*, filait à onze nœuds plein est, en direction de la côte pakistanaise. À cause de la mousson d'été, la mer était assez houleuse pour le forcer à réduire sa vitesse. De son ancienne identité, il ne restait rien. En six jours, les embruns avaient vieilli la peinture des nouvelles inscriptions et, avec le livre de bord de son *sistership*, l'*Anodad Naree*, il pouvait faire face à n'importe quelle inspection en mer.

Les panneaux de cale étaient ouverts et, jour et nuit, les palans remontaient les sacs de riz pour vider la cale de ses 18 000 tonnes. Par palettes de deux cents sacs, le riz était remonté et jeté aussitôt à la mer. L'opération était aux trois quarts terminée. L'équipage, habitué à obéir, n'avait posé aucune question. Le capitaine Lankavi avait dit que le riz était avarié et que le navire retournait au Pakistan pour être désarmé. Comme il leur avait promis une prime substantielle pour ce déchargement impromptu en pleine mer, personne n'avait protesté. D'ailleurs, c'étaient de pauvres diables, hébétés de fatigue et totalement indifférents au monde extérieur… Le cargo ne se trouvait plus qu'à 800 milles des côtes du Baloutchistan. Encore deux jours et la cale serait vide, ce qui était plus normal pour un navire partant à la casse. Il avait été construit en 1982, ce qui rendait sa démolition parfaitement plausible. Les cours de l'acier avaient monté à cause de la demande chinoise et les armateurs préféraient acheter des bateaux neufs. En plus, son livre de bord montrait qu'il avait beaucoup bourlingué depuis son rachat par l'armateur maltais à la Precious Shipping Ltd.

Le capitaine Lankavi monta sur le pont pour surveiller la fin du déchargement. Les cinq Arabes embarqués en pleine mer étaient étalés dans différents coins du pont, malades pour la plupart. Heureusement, l'équipage n'y avait vu que du feu. Leurs Kalachnikov étaient planquées dans une des cales… Le capitaine Lankavi, installé dans la dunette, prit ses jumelles et son pouls s'accéléra. La silhouette d'un navire venait d'apparaître à l'horizon, à une vingtaine de milles nautiques.

Il semblait venir dans leur direction.

Le capitaine n'avait pas rabaissé ses jumelles que le radio surgit et annonça :

— *Captain*, j'ai sur le canal 16 un destroyer américain, le *USS Galveston*, appartenant à la Ve Flotte.

— Passez-le-moi ici, dit aussitôt le capitaine Lankavi.

Il décrocha le récepteur de la radio VHF et s'annonça. Aussitôt, une voix américaine lui demanda de changer de fréquence pour ne pas encombrer le canal 16 et commença son interrogatoire.

— D'où venez-vous ?

— Massaoua, en Erythrée.

L'*Anodad Naree* avait effectivement fait escale à Massaoua, avant El-Ma'an.

— Où allez-vous ?

— À Gaddani, Baloutchistan, pour y être démantelé.

— Vous avez une cargaison ?

— Non. Il nous reste quelques tonnes de riz avarié.

— Bien. Restez à l'écoute.

Il y eut quelques minutes de silence, puis l'officier du quart du *Galveston* revint en ligne et annonça :

— Veuillez stopper vos machines. Nous allons vous inspecter.

— *Roger*, nous stoppons les machines, répondit le capitaine Lankavi.

Dès qu'il eut coupé la communication, il descendit sur le pont ordonner au quartier-maître chargé du déchargement des sacs de riz d'interrompre son travail et de refermer les panneaux de cale. Celle-ci était déjà aux trois quarts vide.

Ensuite, il alla prévenir les Arabes installés sur le pont pour leur dire de retourner à l'intérieur du navire. Heureusement, les inspections s'intéressaient rarement à la composition de l'équipage.

Remonté sur la dunette, il reprit ses jumelles et regarda le destroyer américain qui se rapprochait. Son livre de bord — celui de l'*Anodad Naree* — était parfaitement en règle. Seule l'escale de Mogadiscio n'était pas mentionnée… Paisible en apparence, mais priant Allah, il regarda le destroyer de la Ve Flotte US se rapprocher, puis stopper à un mille devant son étrave, se plaçant lentement dans le lit du vent. Dans ses jumelles, il distingua nettement la grosse chaloupe mise à l'eau par l'arrière, sur laquelle embarquaient des Marines en tenue de combat. De toute façon, les armes du destroyer étaient braquées sur l'*Anodad Naree*...

**

— Aisha Mokhtar ne sait rien de plus, annonça Malko, de nouveau en tête à tête avec le chef de station de la CIA. Et vous, avez-vous du nouveau ? Les Pakistanais ont-ils retrouvé le capitaine de ce boutre ?

— Non, fit sombrement Richard Spicer. Et du côté de Djibouti, ce n'est pas mieux : nos drones n'ont rien vu. Sinon qu'aucun gros navire n'est mouillé en face de la plage d'El-Ma'an, juste des boutres locaux dont aucun ne peut aller loin.

— Donc, il y a de très grandes chances pour que l'engin nucléaire ait déjà été exfiltré, déduisit Malko. Ce n'est pas une bonne nouvelle. Vous devriez, au moins, monter une opération coup de poing avec des Marines de la Ve Flotte pour tenter d'obtenir des informations sur place.

Richard Spicer eut un soupir découragé.

— Des informations auprès de qui ? Il n'y a que des ennemis, là-bas. Et nous n'avons pas de troupes disponibles.

Malko secoua la tête, accablé.

— Après, il sera trop tard.

— Après quoi ?

— Après le boum ! répliqua Malko, exaspéré. Vous avez beau avoir la plus grande armée du monde, pour l'instant, vous êtes impuissants. Or, la piste que nous avons, c'est Mogadiscio.

— Je mets la pression sur les Pakistanais, fit Richard Spicer, évasif. S'ils ne sont pas foutus de retrouver ce bateau, c'est qu'ils sont complices...

— Vous n'allez pas vitrifier Islamabad ! remarqua Malko. Ou alors, vous aurez de *vrais* problèmes. Que voulez-vous que je fasse, maintenant ?

– Restez à Londres. Je peux encore avoir besoin de vous...

Malko n'en était pas si sûr... Aisha Mokhtar lui avait dit tout ce qu'elle savait.

*
* *

Machines stoppées, l'*Anodad Naree* était fortement balancé par la houle. Sur le pont, à côté de l'échelle de coupée, le capitaine Lankavi regardait se rapprocher la chaloupe arborant la bannière étoilée, où avaient pris place une douzaine de Marines du destroyer US. L'échelle de coupée était descendue et seuls les membres de l'équipage utiles à la manœuvre étaient demeurés sur le pont. Un d'entre eux attrapa le bout lancé par un marin américain et l'arrima au vraquier. Deux officiers US montèrent aussitôt à bord, accompagnés de quatre Marines en armes, qui prirent place sur le pont. L'officier du *Galveston* salua le capitaine Lankavi et lui annonça son intention d'inspecter son navire et les papiers du bord, dans le cadre de la lutte antiterroriste.

Tandis que son second faisait ouvrir les deux panneaux de cale, l'officier américain et le capitaine Lankavi montèrent d'abord à la passerelle de navigation où le capitaine malais montra le livre de bord. L'officier américain examina longuement le « log » qui retraçait toute la vie du navire, avec ses différentes escales. Ne trouvant rien que de très normal, il demanda finalement :

– Votre destination est Gaddani ?

– Absolument, confirma le capitaine Lankavi. Notre armateur a décider de *scrapper* le bateau dans un de ses chantiers.

– Et qu'advient-il de l'équipage ?

– Nous repartirons pour Karachi. Un autre navire de la compagnie doit venir nous chercher, mais certains marins trouveront sûrement du travail sur place... Voulez-vous contrôler leurs passeports ?

– Non, merci, fit l'officier.

Il avait reçu l'ordre de contrôler particulièrement les

navires se dirigeant vers le *nord* de l'océan Indien, pas ceux qui redescendaient vers le sud. Son second réapparut, ayant terminé la visite du navire, et annonça à son supérieur :

— Les cales sont presque vides, *sir*, il doit rester un millier de tonnes de riz en sacs de 50 kilos.

L'officier se tourna vers le capitaine Lankavi.

— Pourquoi avez-vous une cargaison de riz pour aller à Gaddani ?

Le capitaine malais avait depuis longtemps préparé sa réponse.

— Un des clients de notre armateur, à Massaoua, n'a pas accepté toute la livraison. Notre armateur nous a demandé d'essayer de la vendre au Pakistan, avant de démanteler le navire. Il y a juste un millier de tonnes. On y arrivera bien.

— Et vous, qu'allez-vous faire ?

— Je dois repartir à Malte, prendre un nouveau navire, mais je vais probablement faire un détour pour voir ma famille à Kuala-Lumpur.

— O.K., bonne chance ! conclut le chef de l'équipe de visite du *Galveston*, en lui serrant la main.

Dix minutes plus tard, la chaloupe repartait vers le destroyer US et le capitaine Lankavi remettait en route les machines de l'*Anodad Naree*. Comme les navires américains échangeaient leurs informations, ils avaient des chances de ne plus être contrôlés jusqu'à l'arrivée au Baloutchistan. Et puisque les Américains avaient enregistré une cargaison de mille tonnes de riz, il n'y toucherait plus. Quitte à le revendre à bas prix au chantier naval de Gaddani.

Dès que l'*Anodad Naree* eut repris sa route, il redescendit dans sa cabine et envoya un e-mail à son armateur, relatant l'arraisonnement et précisant qu'il continuait sa route vers le Baloutchistan. Il savait que ce message parviendrait par des voies détournées à ceux qui devaient guetter, du fond de leurs montagnes, le suivi de l'opération « Aurore Noire ».

Ses véritables commanditaires.

***

Dans cette vallée perdue de Kwaja Anran Range, entre Quetta et la frontière afghane, on ne voyait jamais personne. Pourtant, au sommet de chaque pic, il y avait un guetteur, payé par les différents laboratoires de transformation d'héroïne. Ils utilisaient un code visuel, à base de fumigène, pour avertir d'un danger, la couleur changeant selon la nature de ce dernier : vert pour l'armée pakistanaise, rouge pour les Américains, bleu pour des intrus non identifiés. Étant donné la difficulté du terrain, cela donnait assez de temps aux gens concernés pour se mettre à l'abri. Bien sûr, de temps à autre, un des hélicos américains basés un peu plus au sud, à Spin Bolak, faisait une incursion rapide, volant au ras des montagnes. Cependant, il ne s'attardait jamais. Les tribus qui veillaient sur ce paradis austère et brûlant possédaient encore quelques vieilles *douchkas* récupérées chez les «Chouravi[1]» pendant la guerre de libération de l'Afghanistan et savaient s'en servir. Le dernier hélicoptère venu survoler la zone était reparti en traînant un panache de fumée noire, suite à une rafale de *douchka*, sans susciter les moindres représailles.

D'ailleurs, tous les indicateurs basés à Spin Bolak prévenaient toujours, en cas d'opération d'envergure.

En réalité, les Américains y allaient mollement, ne voulant pas gaspiller leur précieux matériel et leurs hommes, encore plus rares. Tout le monde savait qu'Oussama Bin Laden se cachait dans la région, mais l'état-major US n'avait jamais encore déclenché une grosse opération pour le capturer. Il y avait d'autres priorités.

En plus, c'était le territoire pakistanais, fief des tribus. Une zone particulièrement sensible.

Un groupe d'hommes était réuni dans la cour d'une petite madrasa construite avec les pierres du pays, plate comme une punaise, ce qui la rendait pratiquement

1. Les Soviétiques.

invisible du ciel. Il fallait plusieurs heures de trajet à partir de la grande piste qui courait entre les montagnes, de Spin Bolak à Wassar Kahn, beaucoup plus au nord, pour la découvrir, flanquée de quelques masures de la même couleur. Ici, on avait toujours vécu de la même façon, grâce au pavot. Les marchands passaient après chaque récolte et laissaient assez d'argent pour tenir jusqu'à la suivante.

On ne voyait jamais d'étrangers, seulement des caravanes traversant la vallée de temps à autre, transportant des chargements hétéroclites, et toujours accompagnées de guerriers tribaux locaux.

Deux hommes, vêtus à l'afghane, étaient penchés sur une carte posée sur un tapis de prière élimé, étalé à même le sol, protégés des regards par une toile tendue au-dessus de leurs têtes. Un plateau de cuivre avec des biscuits, des dattes, du miel et une grosse et vieille théière voisinait avec des armes. Celui qui était en train d'examiner la carte était l'homme le plus recherché du monde : Oussama Bin Laden. Son voisin, Ayman Al-Zawahiri, l'Égyptien, directeur opérationnel d'Al-Qaida, l'homme qui avait conçu les attaques du 11 septembre 2001. Médecin, il soignait également Oussama Bin Laden. Un peu plus loin, les hommes de leur garde rapprochée priaient ou veillaient, leur Kalachnikov en travers des genoux.

D'autres combattants se touvaient à l'extérieur de la madrasa et trois autres cercles concentriques de guetteurs prolongeaient l'ensemble du dispositif. Les chevaux et les mulets chargés de l'équipement se trouvaient dans un bâtiment couvert, un peu plus loin.

Oussama Bin Laden rayonnait. Après des semaines d'anxiété, il avait enfin reçu le message qu'il attendait, grâce à un courrier sûr qui avait parcouru une centaine de kilomètres à cheval pour le lui remettre en mains propres.

Un message qui lui apprenait que l'opération « Aurore Noire » était entrée dans sa phase terminale, après avoir surmonté tous les obstacles d'une opération complexe et quasi impossible à mener à bien...

Désormais, c'était une question de jours et Oussama

Bin Laden, qui avait toujours suivi les choses de très près, voulait visualiser le résultat de ce qui allait faire paraître le 11 septembre 2001 comme une répétition maladroite.

— Explique-moi, demanda-t-il d'un air gourmand à Ayman Al-Zawahiri.

Ce dernier posa l'index sur un point, au centre de plusieurs cercles concentriques dessinés sur un calque.

— Voici le port de Haifa, annonça-t-il. Il se trouve au fond d'une baie assez profonde, d'environ cinq kilomètres. Nous espérons que le navire pourra accoster au quai de déchargement situé au sud de la baie. Mais même si pour une raison quelconque il était stoppé avant, le capitaine a prévu de lancer les machines à fond pour le rapprocher le plus possible du rivage.

— Qui va déclencher l'explosion ? demanda Bin Laden.

— Le frère Yassin Abdul Rhaman. Grâce à un téléphone portable. Mais, un millième de seconde plus tard, il aura rejoint le paradis d'Allah le Tout-Puissant.

Oussama Bin Laden n'exprima aucune tristesse. Au contraire.

— Je lui serai reconnaissant toute ma vie d'avoir choisi cette fin glorieuse de martyr, dit-il. Dis-moi maintenant ce qui va se passer ensuite.

— Dans un rayon de mille mètres, expliqua Al-Zawahiri, le souffle de l'explosion va détruire les gens du port, la gare, les immeubles de la ville basse. Les vêtements des gens s'enflammeront spontanément à cause de la chaleur. Normalement, aucun être vivant ne peut survivre. Évidemment, du côté de la mer, il y aura peu de victimes, mais tout le centre de la ville sera anéanti. Ensuite, cette vague de feu balayera les collines rocheuses qui encerclent Haifa. Jusqu'à mille deux cents mètres, tout sera ravagé par le feu. Des doses énormes d'irradiations condamneront à une mort certaine tous ceux qui y seront exposés, dans un délai très rapide.

Oussama Bin Laden buvait ses paroles, les yeux fixés sur la carte à grande échelle de Haifa et de sa banlieue. Le calque en plastique portait les cercles concentriques permettant d'apercevoir le plan fixé dessous.

– Et ensuite ? insista Oussama Bin Laden.

– Dans un rayon de mille cinq cents mètres, continua Ayman Al-Zawahiri, la dose d'irradiation sera mortelle pour la moitié des gens qui y seront exposés. Ils mourront dans un délai d'un mois. Là aussi, la chaleur déclenchera de nombreux incendies, qui eux-mêmes causeront d'autres pertes… Ensuite, entre mille cinq cents et trois mille mètres, la chaleur aura baissé, mais le danger viendra des particules radioactives emportées par le vent. Dans le cas d'Haifa, le vent vient de l'ouest, donc de la mer. Le nuage radioactif sera donc entraîné au-delà du premier cercle de collines et balayera toute la zone où se trouve concentrée l'industrie pétrochimique des Juifs. Même si les destructions *matérielles* ne sont pas spectaculaires, les usines seront inaccessibles pour de longs mois. Les Juifs seront à genoux.

Penché en avant, Oussama Bin Laden semblait imaginer ce qui allait se passer. Extatique, les mains croisées devant lui, il avait l'impression de sentir la chaleur des incendies.

– Combien de Juifs périront ? demanda-t-il.

– Impossible à dire, répondit l'Égyptien. Peut-être cent mille, peut-être deux cent mille. Peut-être plus. Cela dépend du vent et d'éléments que nous ne contrôlons pas.

– Quand le navire doit-il arriver ? demanda le chef d'Al-Qaida, émergeant de son rêve.

– Dans cinq jours.

Le Cheikh hocha la tête puis dit d'une voix grave :

– Frère, il ne faut pas cesser de prier Allah durant ces cinq jours, pour que Sa Protection n'abandonne pas nos martyrs. Mais, ce soir, prions pour que notre frère Sultan Hafiz Mahmood, sans qui rien n'aurait pu être accompli, émerge de sa maladie. Qu'Allah le Tout-Puissant et le Miséricordieux dissipe les brumes de son cerveau.

Imités par les gardes du corps, les deux hommes se prosternèrent longuement, face au nord-ouest où se trouvait La Mecque. Oussama Bin Laden aurait préféré faire exploser la bombe dans le port de New York, mais Ayman Al-Zawahiri avait choisi Haifa, pour punir les

Juifs de leur arrogance et parce qu'il en avait eu l'oppor-
tunité, grâce aux livraisons de riz signalées par leur cellule thaïlandaise.

Le ciel s'obscurcissait. Oussama Bin Laden but un peu
de thé, croqua quelques dattes et partit se reposer dans la
madrasa. Il ne vivait plus que pour le jour béni où il montrerait au monde que le glaive d'Allah était plus puissant
que jamais.

CHAPITRE XVIII

Mohamad Khushal somnolait à l'arrière de son boutre, abruti par l'excellent haschich iranien dont on lui avait fait cadeau, et laissant son second tenir la barre en direction du port de Gwadar, lorsqu'un de ses marins se mit à gesticuler en montrant un point vers babord arrière. La nuit tombait, mais le Baloutche reconnut la silhouette grise d'un patrouilleur de la marine pakistanaise, qui fonçait à toute vitesse dans sa direction.

Instantanément, il fut réveillé. Que voulait ce navire de guerre, à plus de cinquante milles de la côte ? La réponse était évidente. Le racket. On allait prétendre que son bateau n'était pas aux normes ou qu'il se livrait à un trafic quelconque, pour lui piquer quelques milliers de roupies. Il descendit dans sa minuscule cabine et se hâta de dissimuler derrière une planche de la boiserie la plus grosse partie de l'argent du bord. En ce qui concernait la cargaison, il était tranquille : sa cale était vide, à part quelques jarres de miel. Lorsqu'il remonta sur le pont, le patrouilleur était tout près et un projecteur braqué sur le boutre en train de stopper. La voix puissante d'un haut-parleur hurla de stopper complètement et le patrouilleur se rapprocha encore pour, finalement, s'immobiliser à tribord tandis que les marins lançaient des bouts afin d'amarrer les deux navires l'un à l'autre. À peine les deux navires furent-ils à couple qu'un officier pakistanais sauta sur le pont du boutre, et vint droit sur Mohamad Khushal.

– C'est toi le capitaine ?
– Oui.
– Tu t'appelles bien Mohamad Khushal ?
– Oui, confirma, surpris et inquiet, le capitaine du boutre.
– Tu viens avec nous, ordonna d'un ton sans réplique l'officier pakistanais.

Joignant le geste à la parole, il le poussa vers une échelle de corde jetée du patrouilleur. Houspillé, terrifié, le vieux marin atterrit sur le pont du patrouilleur, et fut immédiatement menotté.

– Mais qu'est-ce que vous voulez ? protesta-t-il.

La seule réponse fut une grêle de coups. Tassé sur le pont, il décida d'attendre la suite. Sans comprendre. Déjà, le patrouilleur repartait, en direction de la côte, sans même fouiller le boutre. Ahuri, Mohamad Khushal entendit soudain le bruit caractéristique d'un hélicoptère, et bientôt les feux de position de l'engin s'immobilisèrent au-dessus du patrouilleur qui ralentit son allure. Du coin de l'œil, Mohamad Khushal vit descendre du ciel un objet étrange. Une nacelle en filet suspendue à un câble. À peine eut-elle touché le pont que des marins se ruèrent sur lui et l'enfournèrent dans le filet, comme un animal. Aussitôt, la corde se tendit et il s'éleva dans l'air.

L'hélico, sans remonter le filin, mit le cap sur la côte, dont on apercevait les lumières. Mort de peur, Mohamad, qui était un bon musulman, se mit à prier.

Qu'est-ce que tout cela signifiait ?

Le voyage fut très court. Une vingtaine de minutes. Il reconnut alors le port de Gwadar. C'était la première fois qu'il voyait sa ville du ciel. L'hélico continua vers le nord pour atterrir dans la cour d'une caserne de l'armée pakistanaise, au milieu d'un groupe de civils et de militaires qui l'arrachèrent à son filet, le remirent sur pied et l'entraînèrent brutalement à l'intérieur des bâtiments.

Il se retrouva dans une pièce nue avec une chaise au milieu, à laquelle on l'attacha, menotté. Un civil se planta en face de lui et lança :

– Tu t'appelles bien Mohamad Khushal ?

– Oui.

L'autre le gifla violemment, deux fois, comme si ce nom était un blasphème.

– Tu es le capitaine d'un boutre d'ici?

– Oui.

Nouvelle paire de gifles. Il était aux mains de l'ISI. L'homme qui le frappait attira une chaise et se plaça face à lui.

– Mohamad, dit-il, un jour d'avril dernier, tu as embarqué un chargement avec l'aide d'une grue et de quelques hommes qui arrivaient de la montagne, escortés par les hommes du *Nawar* Jamil Al Bughti. Je veux tout savoir sur ces hommes, sur la marchandise que tu as chargée et, surtout, *où* tu l'as déchargée. Si tu dis un seul mensonge, je t'arrache les couilles avec des tenailles.

Pour bien montrer qu'il était sérieux, ce dont Mohamad Khushal ne doutait pas, il le gifla, quatre fois de suite.

Le vrai dialogue pouvait commencer.

* *
*

Aisha Mokhtar venait de commander une glace à la vanille et aux fruits rouges, dessert préféré de la reine Elizabeth II, dans le cadre un peu triste de la salle à manger de l'hotel *Connaught*, dans Bond Street, lorsque le portable de Malko sonna. La voix qui sortait de l'appareil était si forte qu'il dut l'éloigner de son oreille. Le maître d'hotel lui jeta un coup d'œil réprobateur. Dans ce temple de la vieille Angleterre, le portable était tout juste toléré.

– Ça y est, ils ont retrouvé le bateau qui est parti à Mogadiscio! claironna Richard Spicer. On vous attend au «6», 14 h 30.

Il avait juste le temps de reprendre une tranche de l'extraordinaire rosbeef coupé au goût des clients, à la cuisson absolument parfaite. Aisha Mokhtar lui jeta un regard curieux.

– Que se passe-t-il?

– Nous venons de franchir un pas peut-être décisif!

Les Pakistanais ont retrouvé le capitaine du boutre qui a transporté cette arme nucléaire de Gwadar à Mogadiscio. Espérons que cela mènera quelque part.

Aisha ne répondit pas. Elle qui se préparait à essayer une des chambres du *Connaught* était franchement déçue. La perspective d'un engin nucléaire en liberté ne semblait pas la toucher, ce qui n'était pas le cas de tout le monde. Discrètement, les États-Unis et la Grande-Bretagne avaient mis tous leurs services d'écoutes en alerte rouge, multiplié les contrôles maritimes, recherchant le moindre indice pour retrouver la trace de l'engin, qui semblait s'être volatilisé depuis son départ de Gwadar. Tous les Services amis avaient été sensibilisés également, et la CIA leur avait communiqué les éléments dont elle disposait, c'est-à-dire pas grand-chose. Bien entendu, le secret le plus absolu entourait l'affaire : inutile de déclencher une panique mondiale.

Malko demanda l'addition, baisa la main d'Aisha et la laissa en tête à tête avec sa glace royale. Vingt minutes plus tard, un jeune Anglais du MI6, habillé comme une gravure de mode, l'introduisait dans le bureau de Sir George Cornwell. Malko aperçut tout de suite la grande carte fixée au mur du fond : la côte somalienne, de Djibouti à Mombasa, encadrée par des photos prises par des drones de la région de Mogadiscio.

Courtoisement, le chef du MI6 se leva et vint l'accueillir. Une douzaine de personnes étaient réunies autour d'une grande table de conférence Queen Ann, cirée de frais. À part Richard Spicer, tous étaient des Britanniques du MI6. Sir George Cornwell les présenta et Malko retint le nom d'Ellis Mac Graw, chef de poste à Nairobi, et d'un certain Gregor Straw, responsable des opérations clandestines. Il y avait aussi un conseiller naval du MI6, parmi ceux dont il ne retint pas le nom.

L'ambiance était visiblement tendue…

— Avez-vous de bonnes nouvelles ? interrogea Malko en prenant place à côté de Richard Spicer.

— Nous avons *des* nouvelles, tempéra le Britannique. L'ISI a retrouvé le capitaine du boutre ayant transporté l'engin et l'a confessé. Je pense qu'il a dit tout ce qu'il savait.

Quand on connaissait leurs méthodes d'interrogatoire, c'était une vérité d'évidence. D'autant qu'ils étaient sérieusement motivés.

– Alors ? demanda Malko.

– Il a dit ne rien savoir de la cargaison qu'il a décrite. On nous a envoyé un croquis : cela peut être n'importe quoi ! Un objet d'environ deux mètres de long, sur quatre-vingts centimètres de haut, dissimulé sous une bâche en plastique noire, le tout fixé sur une palette. D'après le grutier qui l'a déposé à bord du boutre, l'ensemble pesait environ 600 kilos.

– Et d'où venait-il ?

– Il n'en savait rien, mais le convoi était protégé par un chef tribal retrouvé lui aussi par l'ISI, qui l'avait pris en charge dans un coin perdu à l'ouest de Quetta. Les Paks y sont allés avec des compteurs Geiger et n'ont rien trouvé, les habitants du hameau se souviennent que des gens – des Pakistanais – sont venus travailler quelque temps dans un hangar, mais rien de plus. Là-bas, on ne pose pas de questions. Bref, nous avons la date exacte de l'embarquement sur le boutre : le 26 avril.

– Avec qui ?

– Il y avait des Pakistanais et des Arabes. Dont l'un correspondrait au signalement d'un membre de l'entourage de Bin Laden, Yassin Abdul Rahman. D'après le capitaine du boutre, ces hommes étaient très pieux et n'avaient pas l'habitude de la mer : ils ont été malades pendant toute la traversée. Ils ne parlaient pas à l'équipage, se contentant de prier, de dormir et de manger. Ils ont mis presque trois semaines pour arriver en Somalie ! Ce boutre marche, au mieux, à huit nœuds. Avant de toucher la côte, le grand Arabe qui portait toujours une djellaba blanche a communiqué par portable avec quelqu'un à terre. Ils sont arrivés à la nuit tombée. Une barge munie d'une grue est venue prendre le chargement et les hommes qui l'accompagnaient. Le capitaine a été payé et remercié.

– Où était-ce ?

– Il ne connaissait pas le nom, une plage à une trentaine de kilomètres au nord de l'ancien port de Mogadiscio.

– Et la barge ?

– Elle a gagné le rivage et il ne s'en est plus occupé. Ils avaient rencontré pas mal de mer et le capitaine voulait se reposer avant de repartir le lendemain matin. Ce qu'il a fait à l'aube. Il a remarqué qu'une quinzaine de boutres et deux grands navires dont un pétrolier étaient ancrés à une certaine distance de la plage.

– D'après la description, intervint Richard Spicer, il s'agit de la plage d'El-Ma'an, transformée en port de secours par un des clans qui contrôlent Mogadiscio.

– Donc, conclut Malko, cela confirme que l'engin nucléaire a bien été déchargé en Somalie. Mais nous ignorons tout de la façon dont il est reparti. À moins qu'il y soit toujours…

– C'est exact, reconnut Sir George Cornwell. Je vais passer la parole à Ellis Mac Graw qui va vous parler de la situation en Somalie.

– Les neuf millions de Somaliens vivent depuis dix ans dans une autarcie absolue, expliqua le chef de poste du MI6 à Nairobi. Il n'y a plus de gouvernement ni d'administration, pas d'impôts, rien. C'est l'anarchie absolue, une jungle urbaine tenue par des groupes de miliciens extrêmement dangereux, qui marchent au khat et rackettent ou tuent tous les étrangers. Aussi, toute intrusion à Mogadiscio est fortement déconseillée. Quand on traverse le quartier de Bakara, au centre de la ville, on risque sa vie ou le kidnapping à chaque seconde. Les très rares Blancs sont des journalistes intrépides ou des membres d'ONG, mal vus de la population, qui survit tant bien que mal. Impossible de se déplacer seul : si vous n'avez pas une escorte de *technicals*[1], vous êtes enlevé ou tué en quelques minutes. Mais il arrive aussi que ceux qui sont chargés de vous protéger vous tuent ou vous dépouillent.

1. 4 × 4 munis d'un armement lourd.

– Avez-vous des informations sur le sujet qui nous intéresse ? demanda Malko.

– Hélas non. Celles que nous obtenons ne sont pas en temps réel. Elles viennent à travers les contacts que nous entretenons avec le gouvernement somalien en exil, du président autoproclamé Abdullahi Youssouf Ahmed, qui réside à Nairobi avec ses quatre-vingt-neuf ministres… Il promet toujours de venir se réinstaller à Mogadiscio, mais le dernier voyage de son Premier ministre, il y a deux mois, a été marqué par un attentat qui a fait quinze morts et trente-huit blessés…

– Donc, il y a très peu de chances d'obtenir là-bas quelque chose sur *notre* problème ?

Ellis Mac Graw opina.

– Très peu. Je n'obtiens que des renseignements politiques sur l'équilibre entre les différentes factions qui régnent sur ce pays de fous. Seule une enquête à Mogadiscio permettrait peut-être d'apprendre quelque chose.

– Vous n'avez personne là-bas ?

– Nous avons essayé, il y a quelques mois, d'envoyer une de nos *field officers*, sous couvert d'action humanitaire. Une certaine Kate Peyton. Elle avait des recommandations du gouvernement en exil et un contact sur place. Un homme qui travaille pour nous, un Somalien. Au début, tout s'est bien passé. Kate Peyton est arrivée de Nairobi sur un des avions qui apporte le khat cultivé au Kenya et s'est installée en ville. Évidemment, toutes les informations qu'elle pouvait recueillir étaient précieuses.

– Elle était protégée ?

– Bien sûr. Une équipe de miliciens escortait son 4 × 4, avec un *technical* muni d'une mitrailleuse lourde.

– Elle a fourni des informations importantes ?

Ellis Mac Graw baissa les yeux.

– Deux jours après son arrivée, quelqu'un lui a tiré deux balles dans le dos, en pleine ville, en face de l'hôtel *Sahali*, d'une voiture qui s'est perdue dans la circulation. Ses gardes du corps n'ont pas pu ou pas voulu riposter. On n'a jamais retrouvé ses assassins. D'ailleurs,

dans une ville où il n'y a pas de police, ce n'est guère
étonnant… Il y a une moyenne de cent blessés par balles
par mois, et un seul hôpital : l'hôpital Medina, où il n'y
a ni réanimation ni banque de sang, tout juste un anes-
thésiste. Tout le personnel est somalien. Il y a longtemps
qu'il n'y a plus un Blanc en ville.

— Vous avez encore un contact ?

— Oui. Mohammed Kanyaré, le patron d'une des trois
grandes milices qui tiennent Mogadiscio. Il possède un
aéroport privé, à Daynile, près de Mogadiscio, qui
concurrence celui de K.50, et qui est devenu une plaque
tournante pour l'héroïne arrivant de Thaïlande, le khat du
Kenya et des armes d'un peu partout.

— Il est susceptible de posséder des informations sur
notre affaire ?

Ellis Mac Graw eut un sourire froid.

— Il est au courant de *tout* ce qui se passe. C'est une
question de survie. Imaginez que ses rivaux fassent venir
un armement sophistiqué pour se débarraser de lui ? Il a
sûrement des yeux à El-Ma'an.

— Il parlerait ?

— Oui, je pense. Il a besoin de nous quand il veut voyager, sinon il est coincé comme un rat à Mogadiscio. Nous
acceptons, de temps en temps, de lui remettre un laisser-
passer pour venir à Londres.

— Vous ne l'avez pas interrogé ?

Cette question parut de l'humour britannique au chef
de l'antenne de Nairobi.

— Il faudrait aller le lui demander en personne et en
tête à tête… Si ses rivaux savaient qu'il travaille avec
nous, ils le feraient liquider.

Un ange passa. Richard Spicer regardait obstinément
la table. Malko se tourna vers lui.

— Richard, il semble que Mogadiscio soit un *british
turf*[1]. Y avez-vous quelqu'un ?

Le chef de station de la CIA à Londres secoua la tête
négativement et consentit à affronter le regard de Malko.

1. Zone britannique.

— *Nope*. Nous n'avons jamais été riches dans la région. Il y a quelques sous-traitants à Djibouti, mais ils ne sont pas très fiables.

L'ange repassa. On était au point mort, mais, vu la qualité du silence, Malko sentit qu'il y avait anguille sous roche. C'est Sir George Cornwell qui le brisa en s'adressant à lui.

— *My dear* Malko, nous avons un véritable problème, qu'il nous faut résoudre très vite. La bombe est très probablement repartie de Somalie. Hélas, nous ignorons sur quel bateau. Les services pakistanais ne peuvent plus nous être du moindre secours... Sultan Hafiz Mahmood est muré dans le silence pour un temps indéterminé. Et le temps passe... Il n'y a plus qu'une carte à jouer : aller à Mogadiscio pour essayer de savoir sur quel bateau cet engin de mort est parti. Accepteriez-vous cette mission ?

Silence pesant. Lisant probablement dans les pensées de Malko, le patron du MI6 ajouta aussitôt :

— Il m'est impossible d'expédier quelqu'un de chez nous là-bas après ce qui s'est passé en février. Une question d'éthique. Et, de plus, comme je ne peux utiliser qu'un volontaire, je risque de ne pas en trouver. La plupart de nos agents sont mariés et pères de famille.

Comme quoi le statut de célibataire de Malko le rendait taillable et corvéable à merci... Sans compter que le sang britannique semblait aussi précieux que l'américain. Tandis qu'un aristocrate, barbouze hors cadre, de la vieille Europe, cela portait moins à conséquence. Tous les regards étaient tournés vers lui, sauf celui de Richard Spicer, obstinément vissé sur la table. Malko pouvait évidemment se lever et partir, ou expliquer à Sir George Cornwell que ce n'était pas très élégant de l'envoyer au massacre... Il se contenta de demander :

— Qu'est-ce qui me vaut cet honneur douteux ?

Sir George Cornwell, sentant le poisson ferré, se permit un sourire radieux.

— *Because you are the best*[1]...

---

1. Parce que vous êtes le meilleur.

– Je leur ai beaucoup parlé de vous, renchérit Richard Spicer et ils connaissent vos états de service. Je me suis entretenu avec M. Frank Capistrano à la Maison Blanche, c'est lui qui nous a suggéré de vous poser la question. Mais évidemment, il faut que vous soyez volontaire...

Un ange traversa la pièce en se tordant de rire... À moins d'être fou furieux, personne ne pouvait être volontaire pour aller à Mogadiscio... Même avec une armure. Les Britanniques étaient quand même fair-play : ils auraient pu ne pas mentionner la triste aventure de Kate Peyton. Lentement, Malko parcourut du regard tous les visages graves tournés vers lui. C'était un moment historique et ils l'avaient bien piégé. Il savait très bien que s'il disait non, et que l'engin nucléaire explose à New York ou ailleurs quelques jours plus tard, sa carrière d'espion était terminée et que lui-même ne se sentirait pas bien...

– Alors, demanda-t-il, quand avez-vous prévu mon départ ?

*
* *

Il ressentit physiquement le soulagement des hommes assis autour de la table. Tous savaient le risque qu'il prenait et appréciaient. Il sembla à Malko qu'il y avait quelque chose qui ressemblait à de l'émotion dans la voix de Sir George Cornwell, lorsque le patron du MI6 dit avec un tout petit peu d'emphase :

– Je vous remercie au nom de la reine.

Malko ne trouva rien à dire. Après un court silence, le patron du MI6 ajouta :

– Puis-je vous faire une suggestion ?

– Certainement.

– Vous devriez partir à *deux*.

Malko faillit s'étrangler.

– À deux ! Mais pourquoi ?

C'est Ellis Mac Graw qui répondit.

– Les rares journalistes et humanitaires vont toujours par couple... Un homme seul risque d'être repéré immédiatement par des miliciens et d'avoir plus de problèmes...

– Et qui serait ma partenaire ? demanda Malko.

Richard Spicer répondit d'une voix hésitante :

– Il me semble que miss Aisha Mokhtar n'a rien à vous refuser. Et puis, elle parle urdu et arabe. Cela peut servir là-bas.

Évidemment, c'était bien vu. Sauf qu'Aisha Mokhtar n'était pas vraiment kamikaze...

– Je veux bien lui demander, dit Malko, mais...

Sir George Cornwell le coupa sèchement :

– Il ne faut pas lui *demander*. Elle n'a pas le choix : ou elle part avec vous, ou elle couche ce soir en prison. Pour complicité dans une entreprise terroriste. Je pense qu'elle a entendu parler de Guantanamo...

Vu comme cela, c'était différent. Entre Mogadiscio et Guantanamo, on pouvait légitimement hésiter... Sir George Cornwell regarda sa montre.

– Il est trois heures. Un Gulfstream attend à Heathrow, prêt à décoller avec un préavis d'une heure. Il faudrait que vous arriviez à Nairobi demain matin très tôt, de façon à pouvoir repartir immédiatement de Wilson Airport pour Mogadiscio. Ellis va vous briefer et vous donner les contacts indispensables dans l'avion. Il voyagera avec vous.

– Je vais m'y rendre sous mon vrai nom ?

– Oui. Je pense. Votre passeport autrichien vous assure une très relative protection. L'Autriche est un pays neutre. Aisha Mokhtar utilisera son passeport pakistanais.

– De quoi ai-je besoin ?

– D'argent et de chance, répondit Ellis Mac Graw. Même pas besoin d'arme. Il est préférable de sous-traiter votre séurité aux miliciens locaux, selon la coutume, pour quelques centaines de dollars par jour. Des questions ?

– Non.

– Vous avez déjà été à Mogadiscio ?

– Oui.

– Parfait, vous ne serez pas dépaysé.

L'enfer a de multiples facettes.

Tous les participants à la réunion se levèrent d'un seul

bloc comme le Politburo soviétique, et Richard Spicer vint vers Malko et prit sa main dans la sienne.

– Je suis fier de vous, dit-il.

Il semblait sincère.

* *
*

Aisha Mokhtar lisait *Vogue* quand Malko débarqua chez elle.

– Alors, c'était important, cette réunion ? demanda-t-elle.

– Oui, d'autant que cela vous concernait en partie.

Elle pâlit.

– Moi ?

– Oui. Scotland Yard a décidé que vous deviez quitter la Grande-Bretagne pour le moment.

La Pakistanaise se décomposa.

– Ils veulent me renvoyer au Pakistan ?

– Non. Au Kenya. Et je pars avec vous.

Le visage d'Aisha Mokhtar s'éclaira.

– Au Kenya ! C'est merveilleux ! Il y a plein d'animaux là-bas. Des lions, des tigres, des éléphants… Je vais aller chez Harrod's m'acheter des tenues tropicales.

– Nous partons maintenant, en avion privé, précisa Malko suavement, sans lui préciser qu'il n'y avait pas de tigres au Kenya. À mon avis, si vous arrivez à faire une valise en un quart d'heure, ce sera parfait. Et emportez vos *deux* passeports.

Subjuguée, Aisha Mokhtar alla prendre dans un placard une valise Vuitton et commença à la remplir. Malko avait un peu honte, mais, après tout, on ne fréquente pas Oussama Bin Laden sans prendre certains risques. Il s'assit dans un fauteuil et, dix minutes plus tard, Aisha Mokhtar annonça, toute fière :

– Ça y est, je suis prête !

Il prit sa valise et, cinq minutes plus tard, ils fonçaient vers Heathrow dans une Rover banalisée, escortés par une voiture de Scotland Yard munie d'un gyrophare.

– Comme c'est excitant, soupira Aisha Mokhtar, j'ai l'impression d'être la reine d'Angleterre...

Où va se nicher le romantisme... Ils mirent moins de trente minutes pour atteindre l'aéroport et la Rover pénétra directement sur le tarmac pour s'arrêter en face d'un biréacteur. Ellis Mac Graw les attendait à côté de la passerelle et Malko fit les présentations. Ensuite, le chef de cabine monta leurs bagages et ils embarquèrent. L'appareil comportait huit sièges dont deux, au fond, se transformaient en couchettes. Discret, le chef de poste du MI6 s'installa à l'avant et ils décollèrent immédiatement. Aisha Mokhtar, subjuguée par cette atmosphère de luxe, ronronnait. La nuit tomba après le dîner. Délicate attention : on leur servit du Taittinger bien glacé. Aisha s'épanouit encore plus. Le MI6 savait vivre. Ellis Mac Graw se tassa sur son siège et ne donna plus signe de vie. Le chef de cabine s'était retiré à l'avant, derrière la cabine de pilotage.

La Pakistanaise glissa soudain une main sous la chemise de Malko et, sa bouche contre la sienne, murmura :

– Je n'ai encore jamais fait l'amour en avion...

Comme quelques centaines de millions de personnes... À moitié allongée contre Malko, sa jupe était remontée, découvrant sa cuisse et l'attache de ses bas. Elle était quand même très excitante. Comme une chatte fait sa toilette, elle entreprit patiemment d'éveiller la libido de Malko, avec toute la technique qu'elle maîtrisait parfaitement, sans se soucier le moins du monde de la présence du fonctionnaire du MI6. Au contraire : Malko avait l'impression que sa présence accroissait son excitation. Ils avaient tout juste atteint l'altitude de croisière, et déjà Malko profitait d'une fellation digne de la reine de Saba. C'était quand même très bon avant Mogadiscio...

Aisha se redressa soudain, releva sa jupe et se retrouva à califourchon sur lui, toujours habillée. Avec dextérité, elle saisit le membre qu'elle venait de si bien préparer et le glissa dans son ventre, s'empalant d'un coup, avec un soupir d'aise. Ensuite, presque sans bouger son torse, elle se frotta d'avant en arrière, puis se pencha sur lui et dit à voix basse :

— Tu sais ce dont j'ai envie ?

Il le savait.

Ce fut un peu acrobatique. De nouveau, elle changea de position, redressant le dossier du siège couchette pour s'y appuyer. Malko, agenouillé derrière elle, écarta son string et s'enfonça dans sa croupe d'une seule poussée.

— Oui, viole-moi ! J'ai mal, gémit la Pakistanaise.

Elle respirait de plus en plus vite. Soudain, sentant Malko se répandre en elle, elle poussa un hurlement qui couvrit le bruit des réacteurs. Gentleman jusqu'au bout des ongles, Ellis Mac Graw ne tourna même pas la tête.

Ensuite, ils reprirent une position plus classique. Malko, vidé par les émotions de cette journée, finit par s'assoupir, bercé par le chuintement des réacteurs. Il restait un menu détail à régler, avant l'arrivée à Nairobi : dire la vérité à Aisha Mokhtar.

*
* *

Le soleil se leva sur la gauche de l'appareil. Un festival de couleurs à couper le souffle. Apaisée sexuellement, Aisha Mokhtar était d'une humeur de rêve.

— C'est génial de voyager comme ça, dit-elle. À propos, qu'est-ce qu'on va faire à Nairobi ?

— *Moi*, rien, répondit Malko, qui avait décidé de crever l'abcès. Je ne fais que passer.

Elle sursauta.

— Où allez-vous ?

— À Mogadiscio.

Elle mit quelques secondes à réaliser, puis s'exclama :

— En Somalie ! Mais c'est très dangereux là-bas. Qu'est-ce que vous allez y faire ?

— Vous ne vous en doutez pas ? On y a retrouvé la trace du passage de l'engin nucléaire. Je vais essayer d'en savoir plus. J'ai un contact à Mogadiscio, grâce aux services britanniques. Vous pourriez m'attendre à Nairobi, il y a de très bons hôtels et vous serez sous la protection des Brits.

Aisha Mokhtar contempla longuement le tapis vert qui se déroulait 30 000 pieds plus bas. L'Afrique. Dans une heure au plus, ils atterriraient à Nairobi. Le temps pour Malko de récupérer ses *credentials*, grâce à Ellis Mac Graw, et il repartirait pour la Somalie. Aucune ligne régulière n'y allait, mais des tas d'avions partaient tous les jours de Wilson Airport, pour amener le khat. Tous prenaient des passagers. Il suffisait d'être attendu à l'arrivée par une escorte de mercenaires et ensuite, on plongeait dans l'inconnu…

– Quand je pense que je vous ai pris pour un play-boy mondain, à notre première rencontre ! soupira Aisha. Vous m'avez bien eue. Vous êtes un aventurier ! (Elle se tourna vers lui et ajouta :) Je ne veux pas rester toute seule à Nairobi. J'aurais peur…

Malko sourit intérieurement. Préférer Mogadiscio à Nairobi, où régnait certes une certaine sécurité, c'était une politique de gribouille… Il se félicita : son approche psychologique avait fonctionné. Sinon, il aurait été obligé de menacer Aisha, ce qui n'eût pas été élégant. Pourtant, il s'en voulait un peu.

– Vous savez, précisa-t-il, Mogadiscio est *très* dangereux. Il n'y a ni loi ni police. Rien. *Urban jungle*.

Elle eut un sourire ironique.

– Il y a quelques jours, en plein Londres qui est une ville sûre, on a voulu m'assassiner à coups de hache… Alors, vous me protégerez…

Ému de cette confiance, il l'embrassa chastement

– La seule chance de stopper cet attentat qui peut causer des centaines de milliers de morts est de retrouver cet engin nucléaire à temps, dit-il. Sultan Hafiz Mahmood est muet pour longtemps. Il faut aller là-bas. Vous parlez arabe, donc peut-être pouvez-vous m'être d'un grand secours.

– Je ferai de mon mieux, promit-elle.

Le petit jet avait commencé sa descente sur Nairobi. La journée allait passer vite, même avec l'aide d'Ellis Mac

Graw. Qu'allait-il trouver à Mogadiscio ? Est-ce que les terroristes allaient le repérer ? L'expérience de l'agente du MI6 n'était pas encourageante.

Il avait beaucoup plus de chance de repartir de Mogadiscio dans un cercueil qu'en première classe.

CHAPITRE XIX

C'était *Mad Max* !

Le pick-up Toyota orange équipé d'une mitrailleuse lourde russe sur son plateau, autour de laquelle s'entassaient une demi-douzaine de miliciens en tenues disparates, bandanas et lunettes de soleil de femmes, torse ceint de courtouchières, une bouteille d'eau minérale dans la ceinture, se frayait un chemin sur la piste menant à Mogadiscio, tracée en pleine savane, piquetée de quelques maigres épineux. Les rares piétons marchaient sur le bas-côté poussiéreux, beaucoup de femmes en grandes coiffes noires, moulées dans des cotonnades multicolores, et s'écartaient docilement devant les coups de klaxon impérieux. Une demi-douzaine de véhicules similaires suivaient dans un nuage de poussière, emportant les autres passagers du vol des Al-Jazirah Airlines en provenance de Wilson Airport, à Nairobi. Abrutis de chaleur, inquiets mais soulagés d'être sortis vivants d'un avion hors d'âge, piloté par un Ukrainien entre deux vodkas, ils écarquillaient les yeux devant ce qui ressemblait à un décor de film...

À l'avant du pick-up orange, Malko, Aisha Mokhtar en sobre tenue de brousse – T-shirt et pantalon kaki –, un foulard sur la tête, et Omar, un jeune Somalien noir comme du charbon qui était venu les chercher à l'arrivée, se tassaient à côté du chauffeur en train de mastiquer paisiblement son khat, entrecoupé de gorgées d'eau minérale, sortie d'une petite bouteille glissée dans sa ceinture. Sa conduite se faisait de plus en plus floue. « Khatés » à mort, certains Somaliens en oubliaient de tourner dans les virages et partaient vers un monde meilleur, euphoriques…

Aisha et Malko avaient failli partir sur un vol des Djibouti Airlines, piloté par un Ukrainien pêté comme un Petit Lu, mais avaient finalement pu trouver deux sièges sur un des avions du « khat », qui reliaient quotidiennement Nairobi à K.50, un des aéroports de fortune, au sud-ouest de Mogadiscio. Le vieux Beechcraft, bourré jusqu'à la gueule de ballots de khat produit par le Kykuyus du Mont Kenya, s'était posé lourdement sur l'« aéroport » de K.50, une piste tracée au bulldozer dans la savane, dont tout l'équipement consistait à une manche à air plantée sur une vieille Range Rover sans roues, montée sur clés, transformée en tour de contrôle. Deux épaves d'avions écrabouillés en bout de piste signalaient la fin de la zone aéroportuaire… Lorsque le Beechcraft s'était posé, une demi-douzaine de pick-up, chargés d'hommes armés jusqu'aux dents, attendaient sagement, alignés comme à la parade. Le vol des Djibouti Airlines arrivant quelques minutes plus tard. La protection des visiteurs étrangers était une des principales sources de revenus des milices. Un milicien ne gagnait que deux ou trois dollars par jour et une protection « sérieuse » en coûtait trois cents, cela laissait une marge confortable aux chefs de bande. D'autant qu'une stupide rumeur de réconciliation nationale avait fait baisser le prix des armes et des munitions. Dès l'arrivée, chaque passager avait été délesté de 25 dollars comme taxe d'aéroport. Ensuite, les différents *technicals* s'étaient abattus sur eux pour discuter tarifs. Ce stade-là avait été épargné à Malko, grâce à Omar, le correspondant de Ellis Mac Graw, qui avait déjà conclu un deal avec l'équipage du Toyota orange. Pour éviter les mauvaises pensées, Malko avait discrètement versé d'avance cinq jours de protection en billets de cent dollars.

D'autres passagers étaient encore sur place, entourés de « miliciens » qui devenaient facilement menaçants…

Le racket commençait dès que les roues de l'appareil touchaient la poussière. La milice en charge de la piste prélevait 200 dollars auprès de l'équipage pour qu'on ne brûle pas son avion, plus 600 ou 700 de taxe d'atterrissage et un forfait variable selon la cargaison, le plus souvent du khat, de l'héroïne arrivée du fin fond de l'Asie ou des armes... La plupart du temps, les pilotes restaient dans leur cockpit, armés jusqu'aux dents de grenades et de Kalach, au cas où le khat provoquerait des débordements...

– *My God!* Quelle chaleur! On arrive bientôt? demanda timidement Aisha Mokhtar.

La chaleur lourde, humide, oppressante, pesait comme une chape de plomb. Malko essuya son front, aspirant une goulée d'air brûlant. Il était dix heures du matin et le soleil était déjà torride.

– Dans une demi-heure, nous sommes à Mogadiscio, annonça Omar de sa voix douce et imperceptible.

Les cheveux très courts et frisés, drapé dans une djellaba d'un blanc immaculé, il ressemblait à un iman, mais n'était que fabricant de faux papiers, trafiquant d'armes et informateur de différents Services. Sa discrète échoppe du quartier de Bakara ressemblait à la caverne d'Ali Baba. Comme il mangeait à tous les rateliers, il était au mieux avec toutes les factions qui se partageaient Mogadiscio.

– Où va-t-on coucher? s'inquiéta encore Aisha.

– Je vous ai retenu une chambre à l'hôtel *Shamo*, expliqua Omar, le propriétaire est un ami et il y a la clim...

Ils avançaient rapidement, franchissant d'innombrables check-points grâce à des signes convenus. Mogadiscio était divisé en une multitude d'enclaves aux mains des différentes milices qui se les disputaient parfois férocement, sans raison apparente. À chaque barrage, il fallait montrer patte blanche, c'est-à-dire un armement conséquent... Un voyageur isolé n'aurait eu aucune chance d'arriver sans protection dans ce qui restait de la ville. C'était un équilibre de la terreur mesuré au millimètre et éminemment fragile.

La foule se faisait plus dense, femmes en coiffe noire, hommes en tenue locale ou vêtus à l'européenne. Le pick-up avançait lentement dans des rues étroites se coupant souvent à angle droit, bordées de bâtiments blancs décrépits, devant lesquels s'alignaient des échoppes au toit de tôle vendant tout et n'importe quoi, noyées sous des nuées de grosses mouches noires.

– Voilà le grand marché de Bakara, annonça Omar, ma boutique est là, nous ne sommes plus loin.

Effectivement, le pick-up s'arrêta devant un portail donnant sur une petite courette et ils descendirent. Omar les fit entrer dans le hall minuscule du *Shamo*, où un Djiboutien longiligne, en chemise à carreaux, les accueillit chaleureusement. Des enfants s'emparèrent de leurs sacs, les guidant jusqu'à leur chambre. Un vieux balcon de bois en piteux état dominait la foule grouillante du marché, les murs étaient peints en bleu, il y avait un coin-douche. Un climatiseur encastré dans le mur, datant sûrement du XVIIIᵉ siècle, soufflait paresseusement un air tiède, un peu moins brûlant qu'à l'extérieur. Au loin, on apercevait la mer.

Aisha Mokhtar se laissa tomber sur le lit étroit, dégoulinante de transpiration.

– Je suis morte. Je vais prendre une douche.

Malko redescendit. Omar l'attendait avec Shamo, le propriétaire de l'hôtel, qui leur servit un café très fort à la cardamone. Omar annonça la première mauvaise nouvelle :

– Samir, qui est en charge de notre sécurité, dit qu'il faudrait deux *technicals* en ville. Parce que vous êtes des Blancs.

Le Blanc, depuis 1993, était plutôt en voie de disparition à Mogadiscio… Malko acquiesça. La CIA lui avait donné assez d'argent pour faire face aux imprévus.

Shamo, affublé de lèvres ressemblant à de grosses limaces noirâtres, semblait plein de bonne volonté.

– J'ai un coffre dans mon bureau, proposa-t-il. C'est plus prudent d'y mettre votre argent.

D'un signe discret, Omar lui signifia qu'il pouvait

accepter et Malko confia au Djiboutien une grosse enveloppe kraft que ce dernier s'empressa d'aller mettre en
lieu sûr.

— Nous allons discuter dans ma boutique, proposa
Omar. On peut y aller à pied, c'est tout près.

Ils ressortirent et se glissèrent dans la foule. Certains
semblaient indifférents, d'autres les regardaient curieuse-
ment. Même les femmes, leurs énormes poitrines moulées agressivement dans leurs cotonnades bariolées,
dotées d'une cambrure de croupe hallucinante, ne semblaient pas effarouchées. Avant la main-mise de l'islam,
elles n'étaient ni farouches ni xénophobes, et plutôt
vénales.

Derrière Omar, les quatre miliciens suivaient, armés
jusqu'aux dents. De l'autre côté de la place, Omar s'arrêta devant une petite boutique fermée par un rideau. Il
l'écarta et ils pénétrèrent dans une pièce minuscule, avec
des cartons entassés partout, un petit bureau et un canapé
défoncé. Un des murs était tapissé d'affiches, l'autre
d'une grande photo d'Oussama Bin Laden, souriant.
Omar poussa un jappement et un jeune garçon, roulé en
boule au pied du bureau, comme un chien, détala et réapparut quelques minutes plus tard, portant un plateau de
cuivre cabossé garni de deux tasses de café à la cardamone. Au moins, dans le café brûlant, les bactéries
diverses avaient moins de chances de survie...

— M. Ellis va bien ? s'enquit poliment Omar. Il ne vient
plus souvent...

Malko ne put s'empêcher de marquer le coup.

— La dernière personne qu'il vous a envoyée n'a pas
connu un sort enviable...

Omar afficha aussitôt un air affligé, presque sincère.

— Je sais, avoua-t-il à voix basse, c'est très triste.
C'était une très jolie femme, un peu comme votre amie.
On lui a tiré dans le dos. Ce n'est pas correct. En plus,
c'était une affaire intérieure au groupe qui la protégeait.

J'ai dû trouver un cercueil très vite et elle est repartie le lendemain pour Nairobi. Un Ukrainien a bien voulu emmener le cercueil pour 500 dollars. C'était un peu cher mais les autres pilotes ne voulaient pas. Par superstition.

Dans ce pays, il valait mieux ne pas être superstitieux. Ils burent leur café brûlant, puis Omar baissa la voix.

— Que puis-je faire pour vous ? Voulez-vous visiter le quartier de la cathédrale, intéressant mais un peu dangereux ? L'ancienne villa du président Syad Barré, ou la colline des ordures ? C'est spectaculaire, mais il y a toujours de mauvaises gens qui rôdent autour, je ne voudrais pas qu'il y ait un problème...

Il aurait fait un parfait guide touristique. Sauf qu'à Mogadiscio, il n'y avait rien à voir et pas de touristes.

— Je voudrais aller voir la plage d'El-Ma'an, annonça Malko. C'est à une trentaine de kilomètres au nord, je crois.

Bien entendu, Omar ignorait tout du motif de leur voyage, sachant seulement qu'ils étaient liés au MI6, un de ses patrons occultes. Il devait donc tenter de les satisfaire tout en restant vivant. Ce qui impliquait la plus extrême prudence. La demande de Malko sembla le plonger dans une profonde réflexion.

— Oui, c'est possible, finit-il par dire, mais il faut s'organiser. Là-bas, cela peut être *très* dangereux.

— Je pensais que nous étions protégés...

Omar eut un sourire onctueux.

— Bien sûr, les hommes de Samir se feraient tuer pour vous... Mais là-bas, c'est le territoire du chef Musa Sude. Il faut son autorisation pour s'y rendre, mais il suffit de dire que vous voulez vérifier l'arrivée d'une cargaison, et de verser une taxe de passage... 200 ou 300 dollars. Je peux m'en occuper maintenant, si vous le souhaitez. Il a un représentant pas loin d'ici.

— S'il vous plaît...

Quelques billets changèrent de main. Omar les fit disparaître dans sa djellaba et conseilla de sa voix douce :

— Je pense qu'il vaut mieux rester à l'hôtel pendant

mon absence. En ville, certaines personnes n'aiment pas les étrangers.

Aimable litote : la principale activité touristique de la Somalie était le kidnapping des étrangers rendus ensuite contre rançon…

– O.K., accepta Malko. On y retourne. Vous viendrez nous y retrouver dès que possible.

*
* *

Aisha Mokhtar était allongée sur le lit, en slip et soutien-gorge. À moitié K.O., Malko alla sur le balcon contempler le grouillement de la ville aux ruelles étroites, aux maisons collées les unes aux autres, avec des terrasses communicantes ; un magma impénétrable et hostile où les Américains avaient perdu dix-huit Marines. À son tour, il prit une douche et l'eau tiède lui fit du bien. Puis il rejoignit Aisha sur le lit. Il ferma les yeux et s'assoupit instantanément. Ils avaient fait un long voyage… C'est la chaleur poisseuse qui le réveilla. La climatisation avait cessé de fonctionner… Le vent était tombé et la rumeur extérieure avait beaucoup diminué. Les aiguilles lumineuses de sa Breitling indiquaient sept heures et demie ! Il n'avait pas déjeuné, mais il n'avait pas faim. Aisha dormait encore, sur le côté, le visage tourné vers le mur. La première pensée de Malko fut qu'Omar l'avait laissé tomber. Soudain, Aisha se retourna et entrouvrit les yeux.

– Qu'est-ce qu'il fait chaud !

Comme une somnambule, elle fila sous la douche et revint s'allonger sans même s'essuyer, entièrement nue.

– Mais tu bandes ! s'exclama-t-elle.

C'était vrai et involontaire. Un simple mouvement réflexe, mais Aisha eut un sourire vorace.

– On va étrenner cette merde d'hôtel ! dit-elle en abaissant son visage sur son ventre.

Décidément, elle faisait une fixation sur les hôtels. Malko se laissa aller. À part attendre Omar, il n'avait strictement rien à faire. La bouche d'Aisha était en train

de le mener doucement au plaisir, lorsqu'elle interrompit
sa fellation.

– Il fait trop chaud, viens !

Elle gagna le balcon, peu visible dans l'obscurité, et s'y
accouda, bien cambrée, regardant les quelques silhouettes
qui déambulaient encore sur la place. En plus de ses
autres qualités, elle était légèrement exhibitionniste…
Lorsque Malko s'enfonça dans sa croupe, elle frémit, se
cambra un peu plus et, le regard fixé sur la place sombre,
gémit.

– Ah c'est bon. Viole-moi.

Ce qu'il fit.

Ils eurent du mal à se décoller, tant la chaleur était poisseuse. Malko passa ensuite un polo et un pantalon et descendit. Shamo l'accueillit avec un sourire désolé.

– Le générateur est tombé en panne. Il sera réparé dans
une heure. (Il baissa la voix, ajoutant :) Omar est passé.
Il vous emmène demain matin à Ma'An. À huit heures.

*
* *

Omar avait troqué sa djellaba pour un polo rayé vert et
blanc et un pantalon de toile. Il jeta un regard intéressé à
Aisha, les cheveux cachés sous un turban noir, en pantalon et chemise kaki, et elle lui adressa brusquement la
parole en arabe. Le visage d'Omar s'éclaira. Ils échangèrent quelques mots et l'atmosphère se détendit.

– Si votre amie est une croyante, c'est mieux, affirma-
t-il. Ils seront plus respectueux. Là-bas, ils ne voient pas
beaucoup de femmes…

C'est-à-dire qu'ils ne la violeraient qu'avec une
exquise politesse…

De nouveau, ils s'entassèrent dans la cabine brûlante
du pick-up et foncèrent à travers les ruelles défoncées. À
un moment, des coups de feu éclatèrent devant eux et le
chauffeur pila. Sur le plateau, la mitrailleuse lourde russe
pivota. Il y eut des appels, un portable sonna et ils repar-
tirent. Omar remarqua :

– Ce sont deux groupes qui se battent pour le quartier Notre-Dame. Il n'y a plus rien là-bas, pourtant…

Ils firent un détour et le bruit de la fusillade s'estompa. Peu à peu, ils retrouvèrent la savane pelée, avec la mer à leur droite. Partout des bâtiments brûlés ou détruits. En passant devant ce qui ressemblait à un tas de pierres blanches, Omar annonça :

– C'était la villa Somalia, l'ancienne résidence du président Syad Barré. Il vaut mieux ne pas y aller, c'est plein de mines.

Les constructions s'espacèrent et bientôt il n'y en eut plus du tout. Ils longeaient une côte basse et sablonneuse, où de l'herbe poussait entre des plaques de sable. Ils croisèrent des camions et des véhicules bondés venant du nord. Sur la piste étroite, ce n'était pas évident. À l'arrière, le servant de la mitrailleuse s'accrochait aux poignées de sa *douchka*. Les poumons pleins de poussière, les vêtements collés à la peau par la chaleur, ils enduraient un calvaire. Seul le chauffeur du Toyata, broutant son khat, semblait parfaitement heureux.

Presque une heure de piste. Par moments, celle-ci s'éloignait de la mer, sinuait entre les épineux, passant devant des masures de bois au toit de tôle. Il y avait des réfugiés partout, de toutes les guerres voisines, sans compter ceux qui avaient tout perdu durant l'interminable guerre civile…

Enfin, Malko aperçut les premiers bateaux ancrés devant El-Ma'an. Avec le soleil en plus, cela ressemblait à une plage du débarquement de juin 1944. Au moins une vingtaine de boutres de toutes les formes et un vieux pétrolier étaient ancrés à quelque distance du rivage, immobiles comme des épaves. La plage était jonchée de bâtiments, de containers entassés, de baraques de fortune. Des barges faisaient la navette entre le rivage et les bateaux, comme de gros scarabées noirs.

– Le port international a été détruit pendant les événements, expliqua Omar, alors, tout arrive par ici.

– Il n'y a pas d'autre port ?

– Non. C'est le chef Musa Sude qui contrôle El-Ma'an, et il a découragé les concurrents…

Ils passèrent devant la carcasse d'un camion brûlé et Omar se tourna à nouveau vers Malko.

– Qu'est-ce que vous voulez voir exactement ?

Bonne question. Malko regardait cette plage où avait transité l'engin nucléaire d'Oussama Bin Laden. Le problème, c'est qu'il n'avait pas la queue d'un indice…

– Il y a quelqu'un qui s'occupe de surveiller les opérations ?

Omar sourit.

– Des hommes de Musa Sude enregistrent tous les mouvements des marchandises, à cause des taxes. Les autres, ceux des barges, sont indépendants.

– Personne n'enregistre les bateaux ?

– Je ne crois pas, avoua le Somalien.

Cahotant sur la piste ensablée, ils passèrent devant un empilement de containers gardés par une douzaine de miliciens qui leur jetèrent des regards méfiants. Arrivé presque au bout de l'immense plage, Malko aperçut ce qui pouvait passer pour un restaurant. Un toit de tôle, un auvent de feuillage, quelques tables de bois avec des bancs.

Une demi-douzaine d'hommes étaient affalés çà et là, épuisés. L'équipage d'une barge à demi échouée sur le sable. Un peu plus loin, au-delà du sable, il aperçut des cabanes. Le pick-up se mit à patiner, puis cala.

– On ne peut pas aller plus loin, dit Omar.

Malko sauta à terre. Le vent de la mer rendait la température un peu plus supportable. Les miliciens de l'arrière le rejoignirent. Le chauffeur continua à mâcher son khat à son volant, indifférent à la chaleur et aux mouches, avec Aisha, écrasée par la chaleur, à ses côtés.

– Je voudrais savoir si quelqu'un se souvient d'un boutre qui serait arrivé du Pakistan, il y a six semaines environ, expliqua Malko. Et qui aurait déchargé sa cargaison ici.

L'œil d'Omar brilla.

– Quelle cargaison ? Des armes, de la drogue, du khat ?...

– Je ne sais pas.

– Je vais demander, promit le Somalien. Il vaut mieux que vous restiez autour du pick-up. Je ne connais pas les gens d'ici. Ils sont spéciaux.

Malko s'assit à l'ombre du véhicule, le dos appuyé au pneu brûlant, bientôt rejoint par Aisha, exsangue comme une méduse. Gentiment, un des miliciens leur tendit une bouteille d'eau minérale presque bouillante, dont ils s'arrosèrent le visage. On n'entendait que le bourdonnement des mouches et le *teuf-teuf* poussif des barges. La mer était plate comme la main, le ciel azur. Un paysage de rêve pour un endroit de cauchemar. On avait l'impression de mourir sur place...

Omar revint une heure plus tard. Même lui souffrait de la chaleur. Il s'accroupit en face de Malko, soucieux.

– J'ai demandé à ceux qui déchargent les bateaux. L'un d'eux se souvient vaguement d'un boutre qui arrivait du Pakistan, mais ses camarades sont intervenus et m'ont chassé. Je crois qu'il vaut mieux ne pas rester trop longtemps ici.

Découragé, Malko remonta dans le pick-up. Il s'était fait des illusions. Même avec un homme comme Omar, une enquête dans le monde fermé de Mogadiscio était quasiment impossible. Il regarda les navires ancrés au large. Est-ce que la bombe se trouvait encore là ? Il en doutait fortement, mais comment savoir ?

Le moteur du pick-up rugit. Ils repartaient vers le sud. Soudain, Malko aperçut deux *technicals* surgis de nulle part qui roulaient parallèlement à eux, et les dépassaient peu à peu. Omar devint soudain très nerveux.

– Je n'aime pas ça, fit-il. Les gens de tout à l'heure ont dû les alerter.

Il semblait franchement inquiet. D'un coup de coude, il arracha le chauffeur à sa rêverie de ruminant et ce dernier accéléra. Mais les deux *technicals* réussirent à les dépasser, puis, lentement, commencèrent à se rabattre sur la piste principale... Omar, assis contre la portière, pencha la tête à l'extérieur et hurla quelque chose à l'adresse des miliciens de l'arrière. Malko, à travers la lunette arrière, vit le mitrailleur faire pivoter sa *douchka*, tandis que ses camarades sautaient sur leurs Kalach.

On se préparait au combat.

Soudain, les deux *technicals* coupèrent la piste, deux cents mètres devant eux, et s'immobilisèrent en travers, armes braquées dans leur direction. Plus que jamais, c'était *Mad Max*. Omar cria quelque chose au chauffeur qui pila. Le Somalien se tourna vers Malko.

— Je vais voir ce qui se passe. *Surtout*, ne bougez pas.

Il sauta à terre, aussitôt rejoint par deux des miliciens, bardés de cartouchières. À pied, sous le soleil brûlant, ils se dirigèrent vers les deux véhicules stoppés en travers de la piste.

Aisha crispa ses doigts sur la cuisse de Malko.

— J'ai peur.

— Tout va bien se passer, assura-t-il.

Pas vraiment convaincu.

La palabre dura vingt bonnes minutes, puis les deux *technicals* se mirent en route, lentement, dans leur direction, Omar accroché à un des marche-pieds. Lorsqu'ils furent tout près, ils stoppèrent. Omar accourut, essoufflé et soucieux.

— Ils vont nous escorter jusqu'au bout de la plage, expliqua-t-il. Ils sont furieux des questions posées et disent que tous les étrangers doivent être tués. Ils vous interdisent de remettre les pieds ici. Vite, partons.

Tout le monde reprit sa place et le chauffeur, regonflé au khat, se remit en route. Aussitôt, les deux 4×4 les encadrèrent. Il sembla à Malko que leurs miliciens étaient encore plus patibulaires que les leurs… Les deux mitrailleuses lourdes étaient braquées sur leur cabine et on ne pouvait distinguer le regard de leurs servants, dissimulés par leurs lunettes noires.

— Vous croyez qu'ils pourraient tirer sur nous ? demanda Malko.

— Ce n'est pas impossible, bredouilla Omar, blanc comme un linge.

Les trois véhicules avançaient sur la même ligne dans un nuage de poussière. Malko regarda à l'extérieur et il lui sembla que le canon de la *douchka* braquée sur eux le visait lui particulièrement. Une seule toute petite rafale et tous les occupants de la cabine étaient hâchés menu.

Du coup, même le conducteur avait cessé de mâcher son khat... Malko, le sang battant aux tempes, les yeux fixés sur le bout de la piste, à un kilomètre environ, savait qu'il n'y aurait pas place là-bas pour trois véhicules roulant de front. S'ils y parvenaient, ils étaient sauvés. Ceux qui les encadraient savaient aussi qu'ensuite il leur serait plus difficile de s'attaquer à eux.

Sur la plate-forme arrière, le servant de la mitrailleuse faisait osciller son arme de droite à gauche, comme un pendule. Sans illusion. Si leurs adversaires décidaient de liquider leurs clients, ils ne feraient pas de détail.

Bon gré, mal gré, ils étaient solidaires...

Les secondes s'écoulaient, l'extrémité de la plage se rapprochait. Malko ne voulait pas penser. Enfin, les deux « escorteurs » ralentirent dans un nuage de poussière : ils étaient sauvés. La tension retomba d'un coup. Malko eut l'impression qu'on desserrait la corde qui lui nouait la gorge, Omar reprit des couleurs, Aisha eut un sourire figé, mais un sourire quand même, et le chauffeur se remit à ruminer. Un peu plus tard, Omar remarqua d'une voix douce :

– Il ne faudra pas revenir ici...

Soudain, des coups retentirent sur la tôle de la cabine et Malko entendit des vociférations venant du plateau. Omar se retourna, jeta quelques mots au chauffeur, et lança d'une voix affolée :

– Ils nous poursuivent !

Malko à son tour regarda derrière eux. Les deux *technicals* fonçaient à leur poursuite. Les canons de leurs *douchkas* braqués dans leur direction. Au même moment des chocs sourds ébranlèrent la cabine et une partie du toit de tôle se déchiqueta sous les impacts des projectiles des mitrailleuses lourdes.

Aisha Mokhtar poussa un hurlement terrifié et le

chauffeur, cessant de mâcher son khat, écrasa l'accéléra-
teur, sans grand résultat.

Les deux *technicals* se rapprochaient et il restait encore
une vingtaine de kilomètres avant Mogadiscio.

Ils n'y arriveraient jamais !

Nouveaux chocs, un peu plus bas. Des projectiles de
14,5 arrachèrent le coin supérieur gauche de la cabine.

Malko rentra la tête dans les épaules. La prochaine
rafale risquait d'être la bonne. Il ne sentait même plus les
ongles d'Aisha enfoncés dans sa cuisse.

CHAPITRE XX

Soudain, le *pom-pom-pom* lent et sourd de la *douchka* installée sur leur plateau arrière secoua le 4×4. Leurs miliciens ripostaient.

Une très longue rafale, suivie d'une explosion de hurlements de joie. Par la lunette arrière, Malko aperçut un des deux véhicules lancés à leur poursuite quitter la piste et se renverser sur la plage en contebas.

Fous de joie, leurs miliciens faisaient des bonds de cabri en vidant les chargeurs de leurs Kalach.

Le *technical* survivant ralentit. Pied au plancher, le chauffeur «khaté» retrouva son sourire béat. Une ultime rafale de leur *douchka* acheva de décourager le deuxième *technical* qui ralentit. Omar poussa enfin un cri de joie.

— *They are gone*[1]!

Ils pouvaient enfin reprendre une allure normale. Ils étaient quand même en nage lorsqu'ils atteignirent l'hôtel *Shamo*. Samir, le chef des miliciens, sauta à terre et entama une longue palabre avec Omar qui, désolé, se tourna vers Malko.

— Ils veulent mille dollars de plus. Pour les munitions et le camion !

Malko les donna de bon cœur et un des miliciens, ravi, fila au marché acheter une grosse botte de khat. Dans le

1. Ils sont partis !

petit hall de l'hôtel, Malko et Omar s'assirent pour faire le point, tandis qu'Aisha allait prendre une douche.

– Qui peut me renseigner ? demanda Malko.

Omar hocha tristement la tête.

– Le seul qui sait *tout* ce qui se passe à El-Ma'an, c'est Musa Sude. Mais je ne le connais pas. Moi, je travaille avec Mohammed Kanyaré, celui qui contrôle la piste où vous avez atterri.

– *Eux* se connaissent sûrement, répliqua Malko. Il faut que vous demandiez à Kanyaré de me faire recevoir par Musa Sude. Faites-lui comprendre que vos amis de Nairobi lui en sauront gré…

– O.K., je vais essayer, promit Omar, pas rassuré ; mais il va demander de l'argent.

– Ce n'est pas un problème…

À son tour, Malko monta prendre une douche, pressé de se laver du mélange de peur et de poussière qui le rendait poisseux.

*   *
*

Le faux *Salinthip Naree* remontait la mer Rouge en direction du canal de Suez. Encore deux jours de mer, et il traverserait les 163 kilomètres du canal, ce qui prenait à peine une journée, pour se retrouver en Méditerranée, l'ultime partie de son voyage. De Port Saïd, à l'extrême-nord du canal, à Haïfa, il n'y avait que vingt-quatre heures de mer. Le passage du canal ne posait pas de problème. Les autorités égyptiennes, dans leur cas – un cargo appartenant à une compagnie connue d'un pays comme la Thaïlande –, vérifiaient simplement le manifeste de la cargaison, et un pilote égyptien monterait à bord, comme sur tous les autres navires.

La traversée commençait très tôt, vers six heures du matin, et durait entre douze et quinze heures. Ce qui les ferait arriver en Méditerranée en fin de journée. Yassin Abdul Rahman passait le plus clair de son temps dans sa minuscule cabine, ne montant sur le pont que pour ses cinq prières quotidiennes. Il se nourrissait d'un peu de riz, de dattes et de soda. Lorsque l'équipage faisait cuire un poulet, il en prenait un morceau. Son exaltation intérieure grandissait et souvent il serrait, au fond de la poche de sa djellaba, le téléphone portable qui allait servir à déclencher l'explosion. Comptant les heures, il ne pensait même pas à la mort, sinon à celle de ses ennemis. Ils allaient être littéralement désintégrés, réduits en poussière, ou mourraient dans d'atroces souffrances, des semaines ou des mois plus tard.

Parfois, il avait une pensée empreinte de tristesse pour les Arabes de nationalité israélienne qui, eux aussi, seraient victimes de l'explosion nucléaire, comme les voisins libanais, jordaniens ou syriens, si le vent emmenait les particules radioactives jusqu'à leur territoire. Plusieurs autorités religieuses avaient tranché le dilemme : un musulman, s'il réside dans un pays qui fait la guerre à l'islam, doit déménager.

Il regarda vers l'est. La côte saoudienne ne se trouvait qu'à 150 kilomètres environ, mais une brume de chaleur empêchait de la distinguer. Sa pensée alla vers les princes corrompus qui dirigeaient ce pays. Que ce premier avertissement leur serve de leçon. Ils ne survivraient pas longtemps à la colère de Dieu...

Gul Hasan, un des Pakistanais recrutés par Sultan Hafiz Mahmood, émergea des profondeurs du navire, regardant l'horizon. Pour cet ancien poseur de briques misérable, islamiste converti, qui avait rejoint le groupe extrémiste Lashkar-e-Jhangvi afin de poser des bombes, c'était un voyage de rêve. Il avait pu laisser 100 000 roupies à sa famille, offertes par Al-Qaida, et se préparait à mourir en martyr sur la terre volée par les Juifs haïs. On lui avait dit que l'équipage allait attaquer Haïfa et tuer le plus possible de Juifs, avant d'être abattu. Personne ne lui avait parlé de la bombe...

Lui et ses amis, en réalité, faisaient de la figuration parce qu'il fallait pouvoir présenter un équipage lors d'un contrôle. En cas de problème, lors de l'échange des papiers entre les deux navires, ils auraient pu être utiles, mais tout s'était bien passé...

Les autres, les membres d'Al-Qaida venus avec Yassin Abdul Rahman, des Saoudiens, des Égyptiens et un Jordanien, savaient ce qui allait se passer. C'est eux qui avaient veillé sur l'assemblage de la bombe.

Eux non plus n'avaient aucun état d'âme.

Ils croisèrent un pétrolier à vide qui redescendait vers le golfe Persique. Avec sa nouvelle peinture, l'*Anodad Naree* ressemblait comme un jumeau à son *sistership*, le véritable *Salinthip Naree*, qui devait déjà être en train de se faire découper à Gaddani.

Mais les Israéliens n'y verraient que du feu. Ils allaient contrôler un navire attendu, en provenance d'un port sûr – Bangkok –, qui de surcroît avait déjà été contrôlé durant sa traversée de l'océan Indien.

Il restait quatre jours avant ce moment merveilleux ou le *Salinthip Naree* se transformerait en une énorme boule de feu. Tuant, pour la plus grande gloire d'Allah, des dizaines de milliers d'ennemis de Dieu.

*
* *

Richard Spicer pénétra dans le bureau de Sir George Cornwell et lui serra vigoureusement la main.

– Des nouvelles de Malko ? demanda-t-il.

Le Britannique secoua négativement la tête.

– Pas encore. Il est bien arrivé à Mogadiscio, mais nous n'avons pas de liaison directe avec lui. Il faut attendre. Et vous ?

– Juste une information transmise par la Navy. Je l'ai retenue parce qu'elle concerne un navire contrôlé dans l'océan Indien en provenance de Massaoua, en Éthiopie.

– De Massaoua ?

– Oui, il s'agit d'un vraquier en route pour le port de Gaddani, près de Karachi, où il y a un important chantier de démolition. L'*Anodad Naree*, appartenant à un armateur maltais. On nous a transmis tout son dossier. Il a fait du cabotage entre différents ports normaux, le dernier étant Massaoua. Comme ce port se trouve dans la zone que nous surveillons particulièrement, on m'a transmis le dossier. De toute façon, il se dirigeait vers le sud-ouest. Vérifiez à Malte, si vous le pouvez, c'est votre zone. Sinon, nous continuons à envoyer des drones sur la Somalie, sans résultat. Toutes nos unités de la Ve Flotte ont été hautement sensibilisées. C'est tout ce que l'on peut faire.

Sir George Cornwell soupira.

– J'ai l'impression d'être assis sur un volcan.

– Si Malko ne revient pas avec du *concret*, nous sommes très mal.

***

Omar se glissa comme une ombre dans le minuscule *lobby* de l'hôtel *Shamo* et annonça de sa voix imperceptible :

– Musa Sude accepte de vous recevoir. Aujourd'hui, dans une de ses propriétés. Il vous envoie un *technical* avec des miliciens et je vous accompagnerai pour faire l'interprète.

– Il sait pourquoi je veux le voir ?

– Non.

Cela valait peut-être mieux...

– Il faudra l'appeler Monsieur le Ministre, précisa Omar.

– Pourquoi ?

– Il veut être ministre dans le gouvernement de Abdullahi Youssouf Ahmed. Ministre du Commerce. Maintenant qu'il a gagné beaucoup d'argent, il veut en profiter, voyager... Avec un passeport somalien, aujourd'hui, on ne peut aller nulle part, tout juste au Kenya.

Musa Sude avait besoin de respectabilité. Un argument à utiliser. Omar continua :

– Mohammed Kanyaré voudrait 20 000 dollars pour avoir organisé ce rendez-vous et votre sécurité. Il a obtenu la garantie que vous ne serez pas retenu de force chez Musa Sude... C'est un prix raisonnable.

– Tout à fait ! approuva Malko, mais je n'ai pas cet argent avec moi.

– Si vous le mettez sur son compte à Nairobi. ce sera

parfait, assura le Somalien, mais il faudra le faire, sinon il me tuera…

Comme la vie était simple dans ce pays ! Pas d'huissiers, pas de contentieux, pas de lettres recommandées. La parole suffisait, mais elle valait de l'or ou du sang, c'est selon… Malko n'avait pas envie de provoquer la mort du gentil Omar qui avait dû assassiner un peu, à ses moments perdus… Son culte de Bin Laden en disait long sur ses véritables opinions à l'égard des Américains, et de l'Occident en général.

Ils burent leur café à la cardamone en silence, puis Malko demanda :

— Miss Aisha vient avec nous ?

— Elle peut venir, dit Omar, mais la protection ne s'étend pas à elle. Elle est très belle : Musa Sude pourrait avoir envie de la garder.

— Je vais la prévenir, dit Malko.

Lorsqu'il redescendit, il trouva Omar entouré de gaillards patibulaires, bardés de bandes de cartouchières, avec des bandanas et des lunettes de soleil à monture rose qui n'arrivaient pourtant pas à les féminiser…

— Ce sont les hommes de Musa Sude, annonça le Somalien.

Ils prirent place dans une Range Rover toute neuve, escortée par deux *technicals* flambant neufs eux aussi, et le petit convoi prit la route du nord. Omar se pencha à l'oreille de Malko.

— Musa Sude gagne un million de dollars par mois avec les taxes qu'il prélève. Alors, il n'a pas vraiment envie d'un gouvernement, sauf s'il en est le président… Mais il fait semblant.

**

— Vous aimez le lait de chamelle ?

Malko sourit en prenant le bol tendu par son nôte, Musa Sude, avec un sourire carnassier. Le cheveu court, la moustache et la barbe bien taillées, presque cirées, des lunettes noires normales, une chemise aux fines rayures

bleues, manches retroussées, le teint très foncé, le chef de
guerre avait l'air d'un tueur, mais accueillit Malko avec
des embrassades et une chaleur inattendues... Réunis
autour d'un mouton rôti, il lui avait lui-même apporté le
bol de lait de chamelle qui accompagnait le quartier de
mouton rôti et le riz.

C'était immonde, mais Malko réussit à sourire.

Installé à côté de lui sur des coussins, le chef de guerre
partit dans un grand discours, traduit au fur et à mesure
par Omar, sur la Somalie du futur. Sa thèse était simple :
la Somalie était désormais un pays normal, avec un gouvernement, des ministres dont il faisait partie, et une sécurité accrue. Il fallait donc qu'elle rejoigne le concert des
nations et que lui, Musa Sude, puisse aller plaider la cause
de son pays dans les instances internationales... Il fallait
donc que l'intronisation du président ne tarde pas.
Lui-même était prêt à fondre sa milice dans une nouvelle
armée nationale.

Satisfait de sa tirade, le chef de guerre somalien but un
peu de lait de chamelle et commença à mâcher le khat.

— Votre plaidoirie m'a convaincu, dit Malko, craignant
que son hôte bientôt ne s'intéresse plus à rien. Je vais vous
donner l'occasion de prouver que la Somalie est désormais un pays obéissant aux lois internationales.

Du coup, Musa Sude ôta ses lunettes noires.

— Comment ?

Il avait un regard de fauve : vif, froid et cruel.

— Je cherche une information, expliqua Malko. Je crois
que c'est vous qui contrôlez la zone d'El-Ma'an.

— Oui, c'est moi, reconnut le Somalien. Je veux la
developper pour en faire un nouveau port.

— On m'a dit que vous saviez tout ce qui s'y passe.

Musa Sude se rengorgea.

— Bien sûr. Il n'y a jamais de problèmes là-bas.

— Parfait, conclut Malko. Je sais qu'un boutre en provenance de Gwadar, au Baloutchistan, est arrivé à
El-Ma'an le 26 avril dernier. Il a débarqué une vingtaine
d'hommes et une petite cargaison, avant de repartir. Je
veux savoir ce que cette cargaison est devenue. Si elle est

toujours ici, ou, si elle n'y est plus, sur quel navire elle est repartie d'El-Ma'an et quand.

Il y eut un long silence, rompu par Musa Sude. D'une voix furieuse, il interpella Omar dans sa langue. Le Somalien se recroquevilla. Musa Sude venait de comprendre qu'il s'était fait piéger. Omar, la voix tremblante, se tourna vers Malko.

— Il veut savoir qui vous êtes et pourquoi vous posez ces questions.

Malko se dit qu'il était temps de jeter le masque.

— Dites-lui que je travaille pour le gouvernement américain. Il s'agit d'une affaire de terrorisme très grave. S'il accepte de coopérer, il est évident que son image et celle de la Somalie en sortiront grandies et que les autorités américaines lui en seront reconnaissantes. En plus, une importante récompense est prévue pour ceux qui nous aideront à stopper cette opération terroriste...

Omar traduisait à toute vitesse, suant et pas rassuré. Lorsque Malko eut terminé, le chef de guerre somalien répliqua aussitôt d'une voix grandiloquente. Assurant que son plus fidèle ami était l'Amérique, qu'en 1993, c'est lui qui avait servi d'intermédiaire pour la remise d'un pilote d'hélicoptère US, prisonnier d'une faction somalienne, et qu'il ne demandait qu'à aider...

— Bravo, conclut Malko. Peut-il obtenir cette information ?

Nouveau flot de paroles.

— Il le pense, mais il va falloir rétribuer des intermédiaires. À combien se monte la récompense ?

On entrait dans le sérieux.

— Un million de dollars, annonça froidement Malko, le prenant sous son bonnet. L'argent sera versé où vous voulez. Omar en est le garant...

La CIA ne renierait pas sa promesse... Musa Sude sembla apprécier le montant et tendit à Malko un autre morceau de mouton. Un peu plus loin, une centaine de ses miliciens bâfraient au pied de leurs *technicals*. C'étaient vraiment des hordes de Mad Max, version africaine. Musa Sude contrôlait un millier de combattants, et pouvait en recruter dix fois plus en cas d'urgence. Équipés d'artillerie légère, de transports de troupes blindés et même de missiles sol-air, dans une ville comme Mogadiscio, ils représentaient une puissance redoutable. D'autant que, dopés au khat, les miliciens n'avaient peur de rien.

Musa Sude se lava les mains à l'eau d'un broc tenu par une jeune fille et lança une longue phrase.

– Il s'occupe de votre problème ! traduisit Omar. Retournez à votre hôtel et ne parlez de rien à personne... Il vous enverra un messager.

Musa Sude se leva, serra Malko sur son cœur, l'embrassa trois fois dans une haleine parfumée au lait de chamelle et le reconduisit lui-même jusqu'au véhicule qui l'avait amené.

En roulant dans la poussière, Malko se dit que ses espoirs reposaient sur un allié bien fragile. Si Musa Sude ne lui donnait pas l'information vitale dont il avait besoin, l'engin nucléaire conçu par Sultan Hafiz Mahmood exploserait bientôt quelque part dans un pays occidental, faisant des centaines de milliers de victimes.

CHAPITRE XXI

Sous la protection de quatre miliciens, Aisha, Malko et Omar se restauraient dans une minuscule gargote en bordure du marché de Bakara. Du riz, du kebab, des fruits, le tout arrosé de Pepsi. Omar paraissait nerveux. La journée était passée sans apporter aucune nouvelle de Musa Sude.

– J'espère que Osman Ali « Atto[1] » n'apprendra pas que vous avez rencontré Musa Sude.

– Pourquoi ? demanda Malko, étonné.

– Il serait jaloux.

– C'est ennuyeux ?

Le Somalien but une gorgée de Pepsi et dit d'une voix égale :

– Oui, il pourrait vouloir vous enlever pour savoir si Musa Sude ne complote pas quelque chose avec vous, contre lui.

– Musa Sude ne peut pas me protéger ?

– Pas ici. Cette partie de la ville est contrôlée par Osman Ali « Atto ».

Nouveau problème. Malko s'accrocha au côté positif.

– Nos miliciens me défendent.

Omar, dubitatif, avoua :

– Peut-être auront-ils peur. Osman Ali « Atto » est très puissant.

Encourageant.

---

1. Osman Ali « le Maigre », autre chef de guerre de Mogadiscio.

– Vous pensez que Musa Sude obtiendra mon information ?

– Oui, répondit aussitôt Omar. Mais il faut qu'il décide de vous la donner. Il va peser le pour et le contre. Mais je pense qu'il le fera. Il a très envie de prendre le pouvoir à Mogadiscio. Déjà, pour s'emparer d'El-Ma'an, il a fait des centaines de morts… Il veut tenir le port afin de pouvoir contrôler l'arrivée des armes et de la drogue. Lui ne fait pas de politique. Il ne va jamais à la mosquée, et il boit de l'alcool.

Malko avait une question qui lui brûlait les lèvres.

– J'ai vu le portrait de Bin Laden dans votre bureau. Vous le connaissez ?

Omar arbora aussitôt une expression extasiée.

– Je voudrais le rencontrer, *inch'Allah*. C'est un grand homme, un prophète. Il a rendu leur honneur aux musulmans. Nous le vénérons tous.

– Les Américains ont mis sa tête à prix pour vingt-cinq millions de dollars, remarqua Malko. Et vous savez que je travaille pour eux.

Omar eut un sourire doux, presque enfantin.

– Je sais, je sais, mais M. Ellis est très bon avec moi. Et puis, ils n'attraperont jamais le Cheikh. Il est comme les djinns, il a le pouvoir de se rendre invisible, parce qu'Allah l'aime beaucoup…

Dehors, quelques coups de feu claquèrent et les miliciens sautèrent sur leurs pieds. L'un d'eux alla aux nouvelles et revint, apaisé.

– Il y a un cinéma en plein air, à côté, expliqua Omar. On projette *Blackhawk down*. Les spectateurs tirent toujours en l'air au moment où le premier hélicoptère américain est abattu. Ils sont très contents…

Braves Somaliens ! Malko et Aisha échangèrent un regard. La jeune Pakistanaise ne semblait pas rassurée. Lorsqu'ils quittèrent le restaurant, un des miliciens dit quelques mots à Omar, en regardant la jeune femme.

– Qu'est-ce qu'il dit ? demanda Malko.

Omar se troubla, puis fit à voix basse :

– Il demande où vous avez trouvé une aussi belle putain... Il en voudrait une aussi.

– Pourquoi dit-il que c'est une putain ?

Omar sembla sincèrement surpris.

– Il n'y a que les putains qui sortent avec des hommes.

Aisha, qui avait tout entendu, fit carrément la gueule, n'ouvrant plus la bouche jusqu'à l'hôtel.

– Alors, je suis une putain ! lança-t-elle une fois dans la chambre. Pourquoi n'avez-vous pas protesté ?

Malko, de meilleure humeur depuis la promesse de Musa Sude de l'aider, répliqua avec un sourire :

– Il n'aurait pas compris. Il y a une sérieuse barrière culturelle entre ces gens et nous.

– Je me demande ce que je suis venue faire ici ! fit d'une voix furieuse la Pakistanaise.

Par moments, Malko se le demandait aussi. Mais peut-être que seul, il aurait éprouvé plus de difficultés. En tout cas, Sir George Cornwell n'avait pas eu une mauvaise idée. Les risques que Malko courait à Mogadiscio étaient assez élevés pour qu'il ait une compensation. Il décida de s'amuser un peu et répondit :

– Ce que font les putains, mais en beaucoup mieux...

Aisha Mokhtar en demeura muette de fureur et bredouilla :

– Qu'est-ce que vous voulez dire ?

– Que vous m'offrez, de bonne grâce, tous les orifices de votre corps, précisa-t-il. Mais, à la différence des putains, vous en éprouvez du plaisir.

Vexée, elle lui tourna le dos. Ôtant son pantalon et son T-shirt, elle se coucha sans ôter son slip de satin noir, et se tourna aussitôt vers le mur. Malko se déshabilla à son tour et se coucha sur le dos. En dépit du climatiseur qui remarchait, il faisait une chaleur de bête. Un peu plus tard, Aisha se retourna brusquement et sa tête le heurta. Ce qui lui donna une idée. De sa main droite, il saisit ses longs cheveux et les réunit en torsade. Grâce à cette natte improvisée, il poussa le visage de la jeune femme contre son ventre nu.

Elle chercha d'abord à se dégager, mais il la tenait

d'une main de fer, et lui frotta le visage contre son membre en train de s'éveiller... Certes, ce n'était pas digne d'un gentleman, mais cette situation commençait à beaucoup l'exciter. Aisha attendit qu'il soit presque dur pour écarter enfin les lèvres. Domptée.

Il pesa encore plus sur la nuque de la jeune femme pour s'enfoncer jusqu'au fond de son gosier. Elle ne protestait plus, poussant des petits jappements excités. Malko se servait de sa bouche comme d'un sexe, se retirant presque entièrement pour revenir cogner son palais. Elle gémissait, faisait des bonds sur le lit et réussit à libérer sa bouche quelques secondes pour supplier :

— Baise-moi !

Inflexible, Malko la força à le reprendre entièrement, l'étouffant presque. À ce moment, il aurait aimé posséder un second sexe pour le lui enfoncer en même temps dans les reins. C'est en caressant ce fantasme qu'il explosa dans sa bouche. Lorsqu'il se fut entièrement vidé, il lui dit à voix basse :

— Vous êtes une merveilleuse putain !

Cette fois, Aisha ne protesta pas, s'endormant, son sexe encore entre ses lèvres.

Malko demeura les yeux ouverts. Une rafale claqua dans le lointain, lui rappelant où il se trouvait. Tous ses espoirs reposaient sur Musa Sude. S'il ne tenait pas parole, le navire chargé de la bombe islamique continuerait son chemin jusqu'au mortel feu d'artifice final.

Le général Ahmed Bhatti, patron de l'ISI, égrenait d'une voix éteinte au président Musharraf, qui l'avait convoqué à la présidence, le résumé des derniers événements. Le président Bush avait fait parvenir un message au chef de l'État pakistanais, par un canal sécurisé, l'avertissant que si cette bombe artisanale explosait sur le sol américain, les conséquences pour le Pakistan seraient dramatiques. L'aide américaine immédiatement interrompue, le pays se retrouverait au bord de la faillite, et sans armement moderne… De plus, Musharraf savait les Américains parfaitement capables de communiquer aux Indiens, leurs ennemis mortels, les plans de leur dispositif naval et militaire…

— Vous n'avez donc rien de nouveau ? questionna-t-il d'un ton cinglant.

— Rien, général Sahib, dut reconnaître Ahmed Bhatti, qui continuait à donner son grade au président. L'interrogatoire du capitaine du boutre n'a rien donné.

Pourtant, ils n'y étaient pas allés de main morte… Le Baloutche ne pourrait plus jamais marcher, les genoux fracassés à coups de marteau. Il fallait être *absolument* certain qu'il ne dissimulait rien. Du côté nucléaire, les responsables avaient été arrêtés et seraient fusillés dès l'affaire classée. Sultan Hafiz Mahmood, lui, était toujours dans le même état. *Incommunicado.* Les médecins ignoraient même s'il reparlerait un jour. Pour le moment, il fixait le plafond d'un regard absent et sa main droite bougeait parfois spasmodiquement… Quant à Aisha Mokhtar, elle avait disparu de Londres, après la tentative ratée d'élimination.

Pervez Musharraf réfléchissait désespérément à une parade.

— Avez-vous repéré des membres importants de l'Organisation ? demanda-t-il.

C'est-à-dire d'Al-Qaida. On ne prononçait jamais le nom. Le général Bhatti avait prévu la question et tendit au chef de l'État la liste des membres d'Al-Qaida sur lesquels on pouvait mettre la main sans trop de mal. Le « garde-manger »… Hélas, il n'y avait que du menu fretin. Pervez Musharraf leva la tête et fixa le général dans les yeux.

— Il faudrait autre chose…

Ahmed Bhatti baissa la tête. Les deux hommes pensaient la même chose.

— Je crains que ce soit impossible, général Sahib. Nous avons perdu le contact depuis quelque temps déjà.

Il pensait tous deux à Oussama Bin Laden. La seule

chose qui pourrait calmer les Américains. Pervez Musharraf lança d'une voix ferme :

– Partez immédiatement pour le Waziristan. Vous savez qui voir là-bas. Promettez-leur tout ce qu'ils demandent.

Certains chefs de tribus pachtounes savaient où se cachait Oussama Bin Laden, et juraient, la main sur le cœur, sur leur âme et leur sang, qu'ils le protégeraient au péril de leur vie. Seulement les Pachtounes avaient la trahison dans le sang. C'était plus fort qu'eux. Il suffisait de les motiver… Évidemment, Oussama Bin Laden livré aux Américains, le Pakistan n'avait plus rien à donner.

– Je pars ce matin même, promit le général Bhatti, qui sentait que sa tête aussi était en jeu.

Depuis l'aube, Malko attendait des nouvelles de Musa Sude. Impuissant. À Mogadiscio, on était coupé du monde, mais si un attentat nucléaire avait eu lieu, on en aurait parlé. Le téléphone grésilla, presque inaudible, et il entendit le bredouillage incompréhensible du réceptionniste, d'où émergea le mot Omar… Malko se rua dans l'escalier. Omar était en bas, tout excité.

– Il nous envoie une voiture ! annonça-t-il. Juste vous et moi.

Le pouls de Malko grimpa en flèche. Son voyage ne serait pas inutile… Un quart d'heure plus tard, le « convoi présidentiel » déboula. Un 4 × 4 Porsche Cayenne qui portait encore le sigle de l'ONG à laquelle il avait été volé et les deux *technicals* bondés de miliciens. Il y en avait quand même trois en sus à l'avant du 4 × 4, serrés comme des sardines. À l'intérieur, cela puait le haschich. Malko commençait à connaître la route.

Musa Sude l'attendait, cette fois, dans un palais en ruine, hérissé de sacs de sable et entouré de barbelés, à la sortie de la ville, à côté du camp de réfugiés rackettés par sa milice, sous couvert de protection… Le chef somalien semblait d'excellente humeur.

— Il nous emmène à El-Ma'an, annonça Omar.

Changement de véhicule, pour un 4×4 noir aux glaces totalement opaques. Blindé, celui-là... Entourés d'une douzaine d'autres véhicules, ils foncèrent à toute allure vers le nord. Le cœur battant, Malko se demandait si on n'allait pas le mener à l'objet qu'il recherchait... Mais ils s'arrêtèrent sur une dune et Musa Sude désigna une barge échouée sur le sable, d'où partaient une file d'hommes, en short et T-shirt, ployant sous le poids d'énormes caisses, sous la protection d'hommes armés, en turban et tenue vaguement militaire : ses miliciens.

— Il vient de recevoir un chargement de groupes électrogènes, expliqua Omar. Il va gagner beaucoup d'argent, avec la chaleur...

Déçu, Malko demanda :

— Et mon information ?

Omar posa la question. Aussitôt, d'un ordre sec, le chef de guerre fit descendre les trois hommes de l'avant, qui s'accroupirent dehors, sous le soleil inhumain. Il ôta ses lunettes de soleil et adressa un discours visiblement menaçant à Omar, qui traduisit en tremblant :

— Il dit que je suis le seul témoin. S'il y a une fuite, il me coupera la tête.

Désormais habitué au pays, Malko approuva d'un sourire cet accord parfaitement normal.

— Qu'a-t-il appris ?

Musa Sude sortit un papier de sa poche et le déplia, lisant ensuite d'une voix neutre. Omar traduisit à mesure.

— Il y a bien un bateau qui est arrivé du Baloutchistan à la date que vous avez mentionnée. Il a été accueilli par un groupe qui utilise le nord de la plage. Ce sont des Somaliens mêlés à des Arabes et à des Djiboutiens. Ils s'agit de la milice Al-Ittihad Al-Islamiyya, lié à Al-Quaida. Ils font souvent venir des armes, d'Iran ou de Dubaï.

— Comment le sait-il ?

— Ils paient des taxes. Ici, tout doit être déclaré.

— Qu'apportait ce bateau ?

– Ils ont parlé d'une cargaison de drogue et ont payé
10 000 dollars de taxes.

– Il a vu la cargaison ?

– Non.

– Et ensuite ?

– Le bateau est reparti et la cargaison a été débarquée.
Ensuite, ils l'ont rechargée sur un navire mouillé là depuis
quelque temps. Un cargo assez vieux, avec un pavillon de
Malte.

– Comment s'appelait-il ?

Musa Sude jeta un coup d'œil sur le papier et épela :
Anodad Naree.

Malko nota fiévreusement. Il avait envie de faire des
bonds. Il en aurait embrassé l'effroyable voyou qui se
trouvait à côté de lui.

– Où se trouve ce navire ?

Musa Sude eut un geste expressif de la main.

– Parti.

– Quand ?

– Il ne sait pas exactement… Parce qu'il ne touche pas
de taxe sur les départs. Il pense une semaine ou un peu
plus…

Malko était sur des charbons ardents.

– Et les hommes qui l'avaient accueilli ?

– Ils sont repartis aussi, dans leur zone vers le sud.

– C'est tout ce qu'il sait ?

– Oui.

– Dites-lui qu'il a peut-être gagné le million de dollars, dit Malko. Retournons en ville, je dois communiquer
tout de suite avec Nairobi.

*   *
*

– L'*Anodad Naree*, criait Malko au milieu des cra-
chotements du Thuraya. J'épelle…

À l'autre bout, Ellis Mac Graw, chef de poste du MI6
à Nairobi, notait lettre par lettre. Quand Malko coupa la
communication, il avait dû perdre deux kilos. La chaleur

était effroyable dans la petite échoppe d'Omar. Il se tourna vers le Somalien.

– Je dois repartir le plus vite possible.

Omar se mit au téléphone. Au bout de vingt minutes, il annonça :

– Il y a un avion qui part pour Djibouti dans deux heures. Il y a de la place.

– C'est parfait, fit Malko.

Il avait pris ses affaires à l'hôtel et Aisha attendait, prête et docile.

Omar semblait préoccupé.

– C'est le moment dangereux, avertit-il. Il faut donner un supplément d'argent aux miliciens, sinon ils peuvent vous garder.

– Combien ?

– Mille dollars.

Il les avait. Cinq minutes plus tard, ils roulaient vers K.50, l'aéroport de Mogadiscio. Le bimoteur en partance pour Djibouti semblait sorti d'un cimetière d'avions. Les miliciens, comme des dogues affamés, se jetèrent sur les dollars, pendant qu'Aisha et Malko s'éclipsaient vers l'avion. Dans le cockpit, il y avait un grand blond aux yeux injectés de sang, qui mâchait du khat, lui aussi. Pourtant, le khat ne poussait pas en Ukraine... Il installa Malko à côté de lui, pelota Aisha en l'installant derrière eux et soupira en anglais :

– *I hope we gonna make it*[1]. Ces cons ont mis deux cents kilos de trop... *Davai.*

Les moteurs crachaient de l'huile comme un tuberculeux crache du sang. Les rivets frémissaient. Il fit demi-tour en bout de piste, les moteurs hurlèrent et l'avion se mit à rouler. Malko priait. Le bimoteur roulait, roulait, roulait, mais ses roues ne quittaient pas le sol. La tête dans ses mains, Aisha ferma les yeux. Enfin, le vieux Beech craft s'arracha de quelques centimètres, frôla un épineux et se mit à grimper avec une lenteur terrifiante, comme un vautour gavé de sang... Malko ne respira

---

1. J'espère qu'on va y arriver.

qu'en apercevant au-dessous d'eux le bleu de la mer
Rouge. Puis l'appareil vira, revenant au-dessus de la terre.
Cap au nord-ouest. Il y avait environ deux heures et demie
de vol entre Mogadiscio et Djibouti, en passant au-dessus de l'Ogaden éthiopien. Ils se traînaient à 5 000 pieds,
le vieil appareil étant incapable de voler plus haut.

Enfin, le pilote ukrainien amorça son approche sur
Djibouti. Il était un peu plus de seize heures à la Breitling
de Malko. Celui-ci avait laissé à Omar le soin de prévenir Ellis Mac Graw de sa destination. Djibouti était
devenu une des bases les plus importantes de la CIA en
Afrique. Effectivement, dès que le bi-moteur s'approcha
de l'aérogare, Malko vit surgir un 4×4 blanc qui vint s'arrêter à côté de l'avion. Le temps pour deux Djiboutiens
d'approcher une passerelle, Aisha et lui furent accueillis
par un homme aux courts cheveux gris.

— Je m'appelle Léo Baker, annonça-t-il. Le COS m'a
chargé de vous conduire au *Sheraton*. Il faudrait que vous
appeliez immédiatement M. Richard Spicer à Londres.

Malko composa le numéro de son portable. Richard
Spicer répondit aussitôt.

— Content que vous soyez sorti de Mogadiscio, dit-il,
mais nous avons un sérieux problème. Un navire se nom-
mant *Anodad Naree*, immatriculé à Malte, a été contrôlé
il y a quarante-huit heures par un destroyer de la Ve Flotte.
Ses papiers étaient en ordre, ses cales vides et il se dirigeait vers le port pakistanais de Gaddani pour y être
démantelé. Vous vous êtes fait enfumer.

CHAPITRE XXII

En dépit des 45 °C qui régnait sur le tarmac, Malko eut l'impression d'être plongé brutalement dans une chambre froide. Ainsi, il s'était fait berner par un chef de guerre somalien, comme un débutant ! Une fois de plus, il avait risqué sa vie pour rien...

— Vous m'entendez ? cria Richard Spicer dans l'écouteur. Où êtes-vous ?

— À Djibouti, je viens de m'y poser. Vous êtes certain de cette information ?

— Absolument, confirma le chef de station de Londres. On me communique *toutes* les interceptions de l'océan Indien et de la mer Rouge. Le cas de ce navire m'a interpellé parce qu'il arrivait de la Corne de l'Afrique où se trouve Mogadiscio. C'était le seul.

— Où est-il maintenant ?

— Il doit être arrivé à son port de destination, à côté de Karachi. Un chantier naval.

— Il faut vérifier, insista Malko. Ce chef de guerre n'avait pas intérêt à me raconter des histoires.

Il eut soudain une idée :

— Vous avez le téléphone de votre correspondant de l'ISI, à Islamabad ?

— Oui, bien sûr, c'est le colonel Hussein Hakim.

— Donnez-le-moi et prévenez la station d'ici. Je vais utiliser son téléphone protégé. Grâce à Aisha Mokhtar qui parle urdu, cela sera plus facile de s'expliquer.

– D'accord. Filez à l'ambassade au lieu du *Sheraton*. Je préviens le chef de station qu'on vous apporte toute l'aide nécessaire. J'espère que nous allons avancer. Je suis submergé de messages de Langley. Ils comptaient beaucoup sur votre déplacement à Mogadiscio.

– Moi aussi, reconnut Malko, partagé entre la déception et l'incompréhension.

Musa Sude n'avait pas *inventé* le nom de l'*Anodad Naree*. Donc, le piège était ailleurs.

Le 4×4 blanc fonçait vers le centre-ville. L'ancienne colonie française n'avait guère changé depuis son indépendance : une ville plate, laide, où s'affrontaient deux ethnies, les Afars et les Issas. Des troupes françaises y stationnaient encore, mais la CIA y avait une énorme base opérationnelle. Malko se retourna vers Aisha Mokhtar.

– Je suis sûr que ce Somalien m'a dit la vérité, dit-il. La coïncidence est impossible... Si l'*Anodad Naree* est reparti d'El-Ma'an, l'engin nucléaire à son bord, ce n'était pas pour aller au Pakistan.

– Il a peut-être rencontré un autre navire pour lui remettre cette bombe, avança la jeune femme.

Malko secoua la tête avec incrédulité.

– En cette saison, l'océan Indien est très agité. C'est la mousson d'été. Le transbordement en pleine mer serait impossible. Non, il y a autre chose que je ne comprends pas.

*\
* *

Aisha Mokhtar reposa le téléphone sécurisé de la salle du chiffre. Depuis vingt minutes, elle discutait avec animation avec le colonel Hussein Hakim. Ce dernier, prévenu par le chef de station de la CIA de Londres, s'était montré extrêmement coopératif. Il avait pourtant fallu insister lourdement pour qu'il accepte d'envoyer une équipe de l'ISI, à partir de Karachi, inspecter au chantier de Gaddani l'*Anodad Naree*, en cours de démolition. À ses yeux, c'était une démarche inutile.

– Il envoie des agents de l'ISI de Karachi, en

hélicoptère, annonça–elle. Nous aurons des éléments de réponse dans deux à trois heures, mais il ne comprend pas ce que nous cherchons.

– Je n'en sais rien moi-même ! avoua Malko. Je veux être certain que ce navire est bien celui signalé par Musa Sude. Si c'est le cas, nous sommes au point mort. Mais on aura tout essayé…

Il régnait une fraîcheur délicieuse dans le bureau du chef de station de Djibouti, parti peu après leur arrivée superviser un lancement de drones «offensifs» en direction du Yémen, de l'autre côté de la mer Rouge. Il ne restait que sa secrétaire dans le bureau voisin. Elle surgit et demanda :

– Voulez-vous qu'une voiture vous emmène au *Sheraton* ?

– Je pense que nous allons rester ici, dit Malko. Nous devons rappeler dans peu de temps le Pakistan.

– Voulez-vous manger quelque chose ?

Ils n'avaient pas déjeuné, mais Malko était incapable d'avaler un petit pois.

– Je voudrais du café, demanda Aisha Mokhtar.

Ils s'effondrèrent tous les deux dans les profonds fauteuils de cuir du chef de station. Terrassé par la chaleur, la tension nerveuse, la fatigue, Malko s'assoupit. C'est la voix d'Aisha qui le réveilla en sursaut.

– Le téléphone sonne !

Il bondit sur l'appareil et reconnut immédiatement la voix du colonel Hussein Hakim.

– Parlez-lui ! demanda-t-il à Aisha.

La conversation s'engagea en urdu. La jeune Pakistanaise se mit à noter des indications. Par-dessus son épaule, Malko remarqua deux mots en lettres capitales : SALINTHIP NAREE ! Elle raccrocha enfin et résuma sa conversation.

– Les agents de l'ISI ont retrouvé l'*Anodad Naree*. On avait déjà commencé à le découper. L'équipage – des Pakistanais et des Arabes – avait disparu. En examinant sa coque, ils ont découvert que ce navire avait été repeint récemment. Avant, il portait le nom que j'ai écrit :

Salinthip Naree. Port d'attache, Bangkok. La peinture était encore fraîche…

Malko sentait la tête lui tourner.

— Attendez! fit-il. Ce navire qui a été contrôlé par l'US Navy, sous le nom d'*Anodad Naree* s'appelait avant *Salinthip Naree*?

— C'est ce que m'a dit le colonel Hakim.

— Et le changement de nom est récent?

— D'après lui, quelques jours.

Malko sautait déjà sur le téléphone. Dès qu'il eut Richard Spicer en ligne, il lui expliqua son étrange découverte.

— Appelez le registre de la Lloyd, fit-il. Il faut tout savoir sur ces deux navires.

Le chef de station de Londres nota les deux noms et Malko raccrocha, les nerfs à vif.

— Vous savez ce qui se passe? demanda Aisha.

— Pas encore, mais nous allons le savoir.

Le téléphone sonna vingt minutes plus tard. Richard Spicer semblait tétanisé.

— Quelque chose ne colle pas. Le *Salinthip Naree* est un cargo qui appartient à la compagnie thaïe Precious Shipping Ltd, un armateur thaïlandais honorablement connu, qui possède une cinquantaine de navires. L'*Anodad Naree* appartenait à la même compagnie jusqu'en 2003. Il a été vendu à un armateur de Malte, Mediteranean Shipping, à qui il appartient toujours. Les deux navires sont des *sisterships*, construits par le même chantier japonais en 1982.

Malko demeura muet quelques secondes, puis eut l'impression que la foudre venait de frapper son cerveau.

— Des *sisterships*! s'exclama-t-il. C'est-à-dire que les deux navires sont identiques! Qu'on a pu les intervertir en changeant simplement le nom… Il faut appeler d'urgence Precious Shipping Ltd à Bangkok et savoir *où* se trouve actuellement le *Salinthip Naree*.

— En ce moment, il est huit heures du soir en Thaïlande, objecta Richard Spicer après une courte réflexion.

— En ce moment, répliqua Malko, un navire ayant à

son bord un engin nucléaire navigue avant d'aller faire exploser sa charge quelque part... Peut-être à Londres. Que la station de Bangkok se débrouille avec leurs homologues. Qu'ils interrogent le port de Bangkok.

— Je vous rappelle, fit simplement Richard Spicer.

Malko se rassit, épuisé, sentant qu'il touchait au terme de son enquête. Le sang battait à ses tempes. Aisha Mokhtar retourna s'effondrer dans son fauteuil. Cette fois, l'attente fut plus longue. Presque une heure. Le téléphone sonna enfin.

— Le *Salinthip Naree* a quitté Bangkok il y a trois semaines environ, avec une cargaison de 18 000 tonnes de riz, à destination d'Israël, qui doit être débarquée dans le port de Haifa, annonça le chef de station de la CIA de Londres.

Israël ! Personne n'avait pensé à cet objectif. D'un coup, tout était clair. L'engin nucléaire était bien arrivé à Mogadiscio où il avait été chargé sur le *sistership* du *Salinthip Naree*, l'*Anodad Naree*, qui avait changé de propriétaire deux ans plus tôt. Ensuite, les deux navires s'étaient rejoints quelque part dans l'océan Indien et avaient échangé leurs identités, l'*Anodad Naree* continuant sa route vers Israël avec l'engin nucléaire dans ses cales, sous le nom de *Salinthip Naree,* tandis que ce dernier — le vrai — allait se faire découper au chalumeau à Gaddani.

Le crime parfait.

Évidemment, il avait fallu la complicité d'une partie de l'équipage du *Salinthip Naree*, mais c'était tout à fait possible. Quant à l'équipage du bateau pirate, ce devaient être des membres d'Al-Qaida ayant fait le sacrifice de leur vie, comme les pilotes du 11 septembre 2001, qui étaient quand même vingt...

La voix de Richard Spicer parvint à Malko comme dans un brouillard.

— D'après nos calculs, le faux *Salinthip Naree* n'a pas

encore franchi le canal de Suez. Nous avons vérifié avec les Égyptiens, sans leur dire pourquoi. Il doit être quelque part en mer Rouge.

— Il faut agir sans précipitation, recommanda Malko. Nous ignorons tout de leur méthode de mise à feu. Il ne faudrait pas que, surpris, ils fassent exploser leur bombe, même en pleine mer. L'impact psychologique serait dévastateur.

— Nous serons extrêmement prudents, assura Richard Spicer. Heureusement, il y a le point de passage obligé du canal de Suez. Cela nous donne quelques heures de répit. Les autorités israéliennes vont être prévenues tout de suite. Pour le président Bush, c'est déjà fait. Je vous tiens au courant, et bravo !

Le téléphone raccroché, le silence retomba dans la pièce, troublé seulement par le chuintement du climatiseur. Malko croisa le regard d'Aisha, debout à côté de lui. Il pétillait.

— C'est merveilleux ! souffla-t-elle d'une voix altérée. *Tu* es merveilleux.

La seconde suivante, elle était collée-serrée contre lui, lui enfonçant une langue d'un mètre de long au fond du gosier. La victoire proche déchaînait sa libido. Sans même verrouiller la porte du bureau, elle tomba à genoux devant lui, l'enfonçant sauvagement dans sa bouche.

Malko voyait dix mille étoiles, gonflé de satisfaction, après tant de tensions. Lorsqu'il releva Aisha en la tirant par ses cheveux noirs, elle s'allongea d'elle-même à plat dos sur le bureau, après s'être débarrassée de son pantalon de toile et de sa culotte. Malko s'enfonça en elle d'un trait et se mit à la baiser comme un soudard. Explosant une minute plus tard, accompagné d'un cri aigu de la jeune femme.

Celle-ci avait à peine reposé les pieds à terre que la secrétaire du chef de station frappa à la porte et passa la tête.

— Vous avez appelé ? Voulez-vous un peu de thé ou des sandwichs ?

— Avec plaisir ! dit Malko, le pantalon sur les chevilles.

*
* *

Aisha et Malko avaient gagné le *Sheraton*, emportant un portable sécurisé remis par le chef de station enfin revenu. La nuit était tombée. Deux heures s'étaient écoulées depuis le dernier coup de fil de Richard Spicer. Après avoir pris une douche, Malko et Aisha se reposaient, quand le portable sécurisé sonna enfin.

– Nous avons localisé le *Salinthip Naree*, annonça Richard Spicer. Les Égyptiens nous ont prévenu qu'il a demandé un pilote pour traverser le canal de Suez très tôt, demain matin.

– Enfin ! soupira Malko. Quand programmez-vous une intervention ?

– Nous ne ferons rien durant la traversée du canal, qui dure environ dix heures. Il faut attendre qu'il soit en Méditerranée. C'est-à-dire demain après-midi. Là, nous allons faire face à un autre problème.

– Lequel ?

– Les Israéliens. Ils sont évidemment en alerte maximale, et ont averti que si le *Salinthip Naree* approchait à moins de cinquante milles des côtes israéliennes, ils le détruiraient.

– Comment ?

– Ils ont des F-16 et des sous-marins. Mais ce n'est pas certain qu'ils le coulent du premier coup. Et alors…

– Bien, quel est votre plan ?

– La Navy y réfléchit. Tout sera prêt pour intervenir demain. Nous avons quelques heures de répit. La décision finale appartient à la Maison Blanche.

– O.K., conclut Malko, je crois que je vais dormir un peu. Rien ne se passera cette nuit. J'ai une faveur à vous demander.

– Ce que vous voulez.

– Je tiens à ce qu'un avion soit à ma disposition dès demain matin à la base de Djibouti.

– Vous voulez rentrer chez vous ? À Londres ?

– Non, je veux assister à la fin de cette histoire.

Richard Spicer eut un rire sans joie.

— Vous risquez de vous transformer en chaleur et en lumière s'il y a la moindre fausse manœuvre.

— Si cela se produisait, remarqua Malko, je ne partirais pas tout seul. Je vous rappelle que Le Caire compte près de quinze millions d'habitants et que les particules radioactives voyagent vite, portées par le vent.

*
* *

Le *Salinthip Naree* venait de quitter Suez pour la traversée des 163 kilomètres du canal de Suez, guidé par un pilote égyptien monté à bord. Il n'était que six heures du matin, mais il faisait déjà grand jour. Yassin Abdul Rahman, de la dunette, regardait les dernières étoiles s'éteindre. À part le capitaine malais et le mécanicien, les membres d'équipage dormaient, sauf ceux affectés à la manœuvre dans le canal...

Le jeune Égyptien adressa une ultime prière à Allah. Il avait auparavant appréhendé cette traversée du canal, tout en connaissant le laxisme des autorités égyptiennes. Or, tout avait l'air de bien se passer. L'équipage d'une vedette de la douane égyptienne était monté à bord et avait vérifié les papiers et le manifeste du *Salinthip Naree*, ne faisant aucune observation... Désormais, il n'y avait plus d'obstacle avant leur objectif : Haifa.

Sauf un contrôle impromptu et peu probable en pénétrant dans la Méditerranée. Le prochain contrôle, prévu celui-là, serait celui de la marine israélienne, en veille à une vingtaine de milles des côtes, qui interrogeait systématiquement tous les navires se dirigeant vers un port israélien. Ce contrôle-là ne présentait pas de risque non plus. Les Israéliens n'allaient pas fouiller les sacs de riz et le manifeste du *Salinthip Naree* était parfaitement en ordre.

*
* *

Malko fut collé à son siège par le décollage du Learjet qui montait à un angle de près de 30° dans le ciel bleu

cobalt de Djibouti. Il était un peu plus de midi. Le plan
de vol prévoyait une escale technique au Caire, afin de
refaire le plein après un vol de près de 2 500 kilomètres.
Ensuite, le Learjet repartirait pour survoler la Méditerranée à la sortie de Port-Saïd. Son plan de vol serait communiqué au fur et à mesure aux autorités de la zone.

Aisha Mokhtar s'était assoupie tout de suite après le
décollage et Malko regardait défiler le désert en dessous
de lui. En ce moment, beaucoup de gens retenaient leur
souffle. À Londres, à Washington, en Israël. Personne
n'avait encore été confronté à ce genre de problème. La
moindre fausse manœuvre pouvait déclencher une catastrophe sans nom.

Avant le décollage, il avait eu une brève conversation
avec Richard Spicer. Ce dernier lui avait confirmé qu'un
plan *définitif* n'avait pas encore été arrêté. En ce moment,
le *Salinthip Naree* se trouvait encore dans le canal du
Suez. Malko tournait et retournait dans sa tête les don-
nées du problème. Un arraisonnement était hors de question. Un abordage par surprise était techniquement
impossible. Bien que ne filant que 12 nœuds à l'heure, le
Salinthip Naree ne pouvait être pris d'assaut que par une
opération héliportée qui laisserait trop de temps aux fous
de Dieu pour réagir. On avait évidemment affaire à un
commando suicide, impossible à intimider. Il ne restait
que l'effet de surprise. Mais comment ? Il restait peu de
temps : dès qu'il entrerait dans la zone contrôlée par les
Israéliens, ceux-ci n'hésiteraient pas une seconde à l'attaquer, quels que soient les dégâts collatéraux. Et on ne
pouvait pas les blâmer…

Sans s'en rendre compte, il s'assoupit. Pour se réveiller
en sursaut, secoué doucement par le chef de cabine.

– *Sir,* nous allons nous poser au Caire.

Il aperçut, sur la gauche, les pyramides. Un quart
d'heure plus tard, le Learjet se posait sur l'aéroport militaire du Caire, pour être immédiatement ravitaillé. Pendant l'escale, le chef de bord vint vers Malko.

– *Sir,* il y a une communication sur le canal 3.

Le Learjet, souvent utilisé par la CIA pour des missions

secrètes, disposait d'un équipemment de communication sophistiqué. Le canal 3 était sécurisé. Malko prit les écouteurs et reconnut la voix de Richard Spicer.

— La Maison Blanche a donné l'ordre de couler le *Salinthip Naree* dès sa sortie du canal de Suez, annonça l'Américain. Deux de nos sous-marins se dirigent vers la zone. Un sous-marin israélien s'y trouve déjà. Nos sous-marins ont ordre de tirer chacun une salve de deux torpilles ayant chacune une charge de 300 kilos d'explosif super-brisant. L'état-major de la Navy, qui s'est fait communiquer les plans du *Salinthip Naree*, afin de frapper à coup sûr, estime que le vraquier coulera instantanément. Sans que l'équipage puisse réagir.

— Il ne faut pas longtemps pour appuyer sur le déclencheur d'un détonateur, remarqua Malko.

— Il n'y a pas d'autre solution, souligna Richard Spicer. En ce moment, le *Salinthip Naree*, surveillé par un drone, arrive à Port-Saïd. Nous attendrons qu'il se soit éloigné des côtes égyptiennes pour frapper. Vous voulez toujours venir ?

— Plus que jamais, confirma Malko.

— Et votre amie ?

— Je le pense aussi.

— *Well,* dans ce cas, le pilote va redécoller, le plein fait, et rester en liaison avec nous. Je vous souhaite bonne chance.

CHAPITRE XXIII

Le Learjet survolait la Méditerranée depuis une heure, tournant en cercles concentriques au large des côtes égyptiennes. Il avait finalement attendu deux heures au Caire pour laisser le temps au *Salinthip Naree* d'entrer en Méditerranée. Le copilote s'approcha de Malko :

– *Sir,* voulez-vous venir dans le cockpit ?

Malko le suivit et s'installa à sa place. L'aviateur lui désigna un point sur leur droite. Ils volaient à environ 6 000 pieds et la visibilité était parfaite.

– *Sir,* dit-il, voici le *Salinthip Naree*. Il se trouve à environ 130 milles nautiques de Haifa et à 80 milles de la ligne de sécurité israélienne, soit environ six heures de navigation. Nous allons le dépasser et revenir sur nos pas.

Malko colla son visage au hublot, suivant des yeux le vraquier qui semblait se traîner sur la Méditerranée.

D'en haut, le *Salinthip Naree* semblait bien innocent.

*
* *

Yassin Abdul Rahman avait déplié son tapis de prière à l'avant du long cargo et, prosterné vers La Mecque, priait de toutes ses forces. Il éprouvait une sorte de vertige, de sensation irréelle, comme s'il était déjà mort, mais aucune crainte, aucune appréhension. Quelques mètres plus bas, dans les entrailles du *Salinthip Naree*, ses compagnons priaient aussi. Il n'avait pas voulu qu'ils montent sur le pont, au cas où un avion d'observation les aurait survolés.

Il se releva, roula soigneusement son tapis de prière, qui pourtant, dans quelques heures, ne serait plus que poussière et, penché au-dessus du bastingage, contempla l'écume blanche de part et d'autre de l'étrave. Rendant grâce à Sultan Hafiz Mahmood qui avait eu l'idée de cette vengeance géniale et avait aidé à la réaliser. Hélas, dans l'état où il se trouvait, il ne saurait jamais que son plan avait réussi. Yassin Abdul Rahman plissa les yeux, cherchant, à travers la brume de chaleur, à apercevoir la côte israélienne. Pour la dernière étape – le contrôle de la marine israélienne –, il se dissimulerait dans le cargo. Inutile d'alerter ses ennemis.

Il lui sembla apercevoir la côte sur sa droite, mais impossible de dire si c'était encore l'Égypte, ou déjà Israël.

*
* *

Le cabinet restreint d'Ariel Sharon siégeait sans discontinuer depuis l'avertissement des Américains. Aux principaux ministres étaient venus s'ajouter les responsables des différents services de renseignements : Shin Beth, Mossad, Aman, plus les experts en nucléaire et le général commandant l'armée de l'air, ainsi que l'amiral patron de la marine israélienne. Les mesures préventives avaient été mises en œuvre à 100 %. Toutes les unités disponibles croisaient devant les côtes israéliennes. Des avions patrouilleurs sillonnaient le ciel au-dessus de la Méditerranée. Une ligne directe spéciale avait été établie avec le commandement de la VIe Flotte US qui transmettait en temps réel les dernières informations.

Le major Rabinovitch raccrocha et lança d'une voix calme :

– Le *Salinthip Naree* est sorti du canal de Suez depuis deux heures trente. Il file à 13 nœuds, cap sur Haïfa. Il est suivi, seconde par seconde, par les Américains. Les Égyptiens ne sont au courant de rien.

– Quand arrivera-t-il à 80 milles de nos côtes ? demanda Ariel Sharon.

– Dans six heures environ, répondit le chef d'état-major de la marine.

– Avez-vous les moyens de le détruire ?

– Un de nos sous-marins le suit et un autre fait route dans sa direction. Nos F-16 peuvent le frapper dans un délai d'une demi-heure.

– Vous êtes certain de le couler ? Absolument certain ? insista le Premier ministre israélien.

Durant la guerre des Six-Jours, les Israéliens avaient tenté de couler un navire espion américain et n'étaient parvenus qu'à l'endommager sérieusement. Dans un cas semblable, ceux qui étaient à bord du *Salinthip Naree* pouvaient changer de cap et tenter de se rapprocher d'Ashdod, un autre port israélien, au nord de la bande de Gaza. Les dégâts seraient moindres qu'à Haifa, mais l'impact psychologique tout aussi dévastateur.

– Quel est la direction du vent ? demanda Ariel Sharon.

– Au-dessus de 5 000 pieds, il souffle du sud. Au niveau de la mer, de l'ouest.

Autrement dit, même si le *Salinthip Naree* faisait exploser sa charge nucléaire de 10 kilotonnes devant les côtes israéliennes, le vent emporterait les particules radioactives jusqu'à la côte et elles balayeraient ensuite le pays...

Ariel Sharon but quelques gorgées d'eau et posa la question qui les taraudait tous depuis le début de l'alerte :

– Faisons-nous évacuer les villes de la côte, Haifa surtout ?

La population israélienne n'avait pas encore été prévenue. En ce mois de juin, toutes les plages étaient noires de monde. Ariel Sharon se tourna vers le spécialiste du nucléaire.

– Avez-vous effectué une simulation pour Haifa ?

– Oui. La ville et ses environs comptent environ 400 000 habitants dont 15 % d'Arabes. Des collines dominent le centre, occupées par de multiples industries

pétrochimiques. Même si nous pouvons les évacuer, elles
seront rendues inutilisables pour une très longue durée,
à cause de la pollution radioactive.

– Si cet engin explosait à l'entrée du port, interrogea
le Premier ministre, quelles seraient les pertes ?

– Dans une fourchette de 40 000 à 150 000, répondit le
spécialiste. Les plus gros effets ont lieu dans un rayon de
mille cinq cents mètres à partir du point de l'explosion.

Il mit une carte sous les yeux du Premier ministre, où
différents cercles avaient été tracés, avec trois points de
départ : dix kilomètres des côtes, l'entrée du port et le
quai de déchargement.

Un téléphone sonna et un des adjoints du Premier
ministre répondit, annonçant aussitôt :

– Monsieur le Premier ministre, il y a un élément nouveau : la visibilité se détériore en raison d'un violent vent
de sable. Nous risquons de ne plus pouvoir repérer ce
navire que par des moyens électroniques...

Ariel Sharon ferma les yeux. Il n'était pas particulièrement croyant, mais ne put s'empêcher de penser au
Khamsin, le vent brûlant qui soufflait parfois deux ou
trois jours, venant du désert. Souvent, cela se produisait
après le grand nettoyage de Pessah[1] et certains rabbins
invoquaient une malédiction divine. Si ce navire, chargé
d'une bombe nucléaire, parvenait jusqu'en Israël, ce
serait une malédiction autrement grave...

– Donnez l'ordre d'évacuation de Haïfa, décida-t-il.
Essayez qu'il n'y ait pas trop de panique. Que les gens se
munissent de leur masque à gaz. Parlez d'attaque possible
sans citer le nucléaire.

Le Learjet était en train d'effectuer un virage au large
de la ville de Tripoli, au Liban nord. Le ciel avait brusquement changé et semblait chargé de particules ocre qui
formaient, en dessous d'eux, une sorte de mur à travers

1. La pâque juive.

lequel on distinguait de plus en plus difficilement la mer. Le pilote se retourna vers Malko.

— La visibilité se détériore, *sir,* nous allons être obligés de changer de palier, de descendre à 1 500 pieds. Nous risquons alors de nous faire repérer.

— Quelle est la situation ? demanda Malko.

— *No news.* Silence radio absolu. Nous pensons que les contre-mesures sont en train de se mettre en place.

C'est-à-dire que les sous-marins US se mettaient en position de tir.

— Où est le *Salinthip Naree* ?

— Il suit toujours le même cap et sa vitesse est de 13 nœuds.

— Et les Israéliens ?

— Leurs navires sont déployés en arc de cercle, à partir du sud de Gaza. Ils observent également le silence radio et j'ai l'impression que nous n'avons plus de contact avec eux.

Autrement dit, comme d'habitude, les Israéliens n'en faisaient qu'à leur tête. Ce qui pouvait avoir des conséquences gravissimes... Le Learjet perça l'étrange brouillard orange et ils découvrirent à nouveau la mer d'un magnifique bleu turquoise, piquetée de plusieurs navires. La côte israélienne, sur leur gauche, était à peine visible.

— *Sir,* je crois que voilà le *Salinthip Naree,* à onze heures devant nous, annonça le pilote.

Malko regarda dans la direction indiquée, légèrement sur la droite, et aperçut le vraquier qui semblait immobile mais c'était une illusion d'optique, due à leur énorme différentiel de vitesse...

Ils le survoleraient dans cinq minutes.

Soudain, une voix éclata, inconnue, dans les écouteurs de Malko.

— Action !

Le pilote se retourna vers Malko et lança :

— Les torpilles viennent d'être lancées.

Le Learjet se rapprochait à toute vitesse du cargo. Ils étaient désormais assez proches pour distinguer le pont,

quasi désert. Malko aperçut à l'avant une silhouette
blanche, un homme en dichdacha. Son pouls fit un bond.
Depuis le début de cette longue traque, c'était le premier
signe concret de l'existence du complot d'Al-Qaida : le
cargo en dessous de lui était bien celui chargé d'un engin
nucléaire artisanal qui s'apprêtait à frapper Israël.

Une pensée le traversa à la vitesse de l'éclair. Les torpilles tirées par les sous-marins de la VIᵉ Flotte étaient en
train de filer vers leur objectif. L'homme chargé de la
mise à feu aurait-il le temps de délencher la bombe ? Le
Salinthip Naree pouvait exploser et couler, mais il fallait
une fraction de seconde pour déclencher la bombe et un
millième de seconde pour que la déflagration nucléaire
démarre. Si la bombe explosait *maintenant*, les radiations
et l'onde de chaleur atteindraient le Learjet, le faisant
exploser instantanément... Le pilote devait avoir tenu le
même raisonnement car il vira brusquement sur l'aile,
s'éloignant à 800 à l'heure du vraquier. La dernière vision
de Malko fut l'homme en blanc, à la proue du *Salinthip
Naree*, levant le poing dans leur direction.

* *
*

Yassin Abdul Rahman avait vu surgir l'avion au dernier moment. Un jet privé civil. Mais lorsqu'il aperçut sur
son flanc la lettre N, signalant une immatriculation américaine, il eut une brusque flambée d'angoisse. Pourquoi
cet appareil le survolait-il si bas ?

Instinctivement, il plongea la main dans sa poche et
jura. Il avait oublié dans sa cabine le délencheur électronique avec lequel il devait activer la charge propulsive du
mortier de l'explosion. Bien sûr, il était trop tôt, le jet
s'éloignait sur leur babord, mais il devait être prêt. À
grandes enjambées, il se précipita vers la trappe menant
aux couchettes

Il n'en était plus éloigné que d'une dizaine de mètres
lorsque le pont se souleva sous ses pieds. Il eut l'impression que le *Salinthip Naree* venait de passer sur un volcan sous-marin. Une suite d'explosions sourdes qu'il

n'eut pas le temps de compter, quatre ou cinq, retentirent presque en même temps. Le cargo se souleva de l'eau, comme poussé par une main géante, et se disloqua instantanément, déchiré par plusieurs charges puissantes explosant sous la ligne de flottaison. Des flammes jaillirent de tous les côtés, enveloppant Yassin Abdul Rahman, le grillant comme un poulet à la broche. C'était déjà une torche vivante lorsqu'il fut projeté à la mer.

Une seconde série d'explosions retentit, achevant de réduire en pièces le vraquier. Coupé en trois, les différentes parties de sa coque s'enfonçant dans la Méditerranée, au milieu de volutes de fumée et de flammes orange, il n'en resta plus, en moins d'une minute, que des débris flottant à la surface.

Pas un seul corps humain.

Trois F-16 surgirent, deux minutes plus tard, volant au ras des vagues, mais ils n'eurent aucun objectif à mitrailler. Le Learjet revenait, effectuant à son tour un passage à basse altitude. Puis une nuée d'hélicoptères, des Blackhawk, des Apache et des Sea-Stallion, apparurent à leur tour, s'immobilisant au-dessus de l'endroit où le *Salinthip Naree* s'était enfoncé dans les flots. L'un d'eux largua un canot pneumatique et une équipe de nageurs de combat équipés de compteurs Geiger.

**
* **

— L'opération est terminée, annonça à la radio Richard Spicer, qui avait rejoint un des porte-avions de la VIᵉ Flotte US. Il n'y a aucune émanation radioactive. Ils n'ont pas eu le temps de déclencher leur engin. Nous sécurisons la zone et allons le récupérer. Il n'y a que sept cents mètres de fond à cet endroit...

— Nous avons eu de la chance ! soupira Malko, assis dans le siège du copilote.

— *Vous* avez eu beaucoup de courage, souligna le chef de station de la CIA à Londres. Les Israéliens transmettent leurs remerciements à tous ceux qui ont mis en échec ce projet fou.

– Hélas, Bin Laden court toujours et le Pakistan a toujours son stock d'uranium enrichi, remarqua Malko. Nous ne sommes pas à l'abri d'un remake…

– À chaque jour suffit sa peine…, conclut l'Américain. remerciez aussi Aisha Mokhtar. Où désirez-vous aller ?

– Si c'était possible, chez moi, au château de Liezen, demanda Malko. Si cet appareil peut voler jusqu'à Vienne.

– C'est tout à fait possible ! assura l'Américain. Je ferai en sorte qu'un hélicoptère vous emmène ensuite chez vous. Nous vous devons bien cela.

Malko se retourna vers Aisha Mokhtar.

– Vous allez enfin faire la connaissance de mon château. La raison pour laquelle je me livre à toutes ces dangereuses pitreries.

Le regard de la Pakistanaise s'illumina.

– J'espère que vous allez organiser un merveilleux dîner aux chandelles.

– Évidemment !

Il ne restait plus qu'à prévenir Alexandra.

Désormais
vous pouvez commander
sur le Net :

SAS.

BRIGADE MONDAINE. L'EXECUTEUR

POLICE DES MŒURS. BLADE

JIMMY GUIEU . L'IMPLACABLE

Nouveautés : BRUSSOLO

HANK LE MERCENAIRE. LE CELTE

LES ÉROTIQUES

LES NOUVEAUX EROTIQUES . SÉRIE X

LE CERCLE POCHE

LE CERCLE

en tapant

www.editionsgdv.com

Cercle
Poche

L'érotisme a trouvé

sa collection...

Le Cercle poche
Prix France TTC 6 €

Une exclusivité
pour les lecteurs de SAS

Le briquet **Zippo** CIA

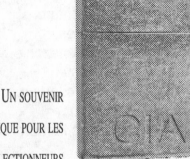

UN SOUVENIR

UNIQUE POUR LES

COLLECTIONNEURS

UN BRIQUET
ZIPPO
GARANTI À VIE
MADE IN USA

Prix unitaire: 30 € (port inclus)

Je souhaite commander: ☐ Briquets Zippo

NOM . . . . .PRÉNOM . . . .

ADRESSE . . . .

. . . .

CODE POSTAL . . . . .VILLE . . . .

Je joins un chèque de . . . . .euros

à l'ordre de
Éditions Gérard de Villiers
14, rue Léonce Reynaud
75116 PARIS

Hank Frost, soldat de fortune.
Par dérision,
l'homme au bandeau noir s'est surnommé

LE MERCENAIRE

Il est marié avec l'Aventure.
Toutes les aventures.
De l'Afrique australe à l'Amazonie.
Des déserts du Yemen
aux jungles d'Amérique centrale.
Sachant qu'un jour,
il aura rendez-vous avec la mort.

CHEZ VOTRE LIBRAIRE LE N° 6

RAID
SUR L'AFGHANISTAN

Les premières aventures de Richard Blade

Projeté
par un ordinateur à travers l'immensité
de l'Univers et du Temps,
Richard Blade parcourt les mondes inconnus
des dimensions X pour le compte du
service secret britannique.

N° 1 LA HACHE DE BRONZE

N° 2 LE GUERRIER DE JADE

N° 3 LES AMAZONES DE THARN

N° 4 LES ESCLAVES DE SARMA

N° 5 LE LIBÉRATEUR DE JEDD

N° 6 LE MAUSOLÉE MALÉFIQUE

N° 7 LA PERLE DE PATMOS

N° 8 LES SAVANTS DE SELENA

N° 9 LA PRÊTRESSE DES SERPENTS

Pour toute commande, 5,80 € / titre
envoyer votre chèque à
GECEP, 15 chemin des Courtilles
92600 ASNIERES
(Frais de port : 2,00 € par livre)

Désormais, vous pouvez retrouver les premières aventures de MACK BOLAN

L'EXÉCUTEUR
COLLECTOR

N°1 **Guerre à la mafia**

N°2 **Massacre à Beverly Hills**

N°3 **Le masque de combat**

N°4 **Typhon sur Miami**

N°5 **Opération Riviéra**

N°6 **Assaut sur Soho**

N°7 **Cauchemar à New York**

N°8 **Carnage à Chicago**

N°9 **Violence à Vegas**

HORS-SÉRIE

LE RETOUR À PITTSFIELD

5,80 €
(+ Frais de port : 2,00 € par livre)

DÉCOUVREZ :

LES
NOUVEAUX
DOSSIERS

EN VENTE 9,90 €

A L'OUEST DE JERUSALEM
ALBANIE: MISSION IMPOSSIBLE
ALERTE PLUTONIUM
ARMAGEDDON
ARNAQUE A BRUNEI
AU NOM D'ALLAH
AVENTURE EN SIERRA LEONE
BERLIN: CHECK-POINT CHARLIE
BOMBES SUR BELGRADE

TÉLÉCHARGEZ MAINTENANT LE SAS de votre choix

www.SASMalko.com

CAUCHEMAR EN COLOMBIE
CHASSE A L'HOMME AU PEROU
COMMANDO SUR TUNIS
COMPTE A REBOURS EN RHODESIE
SAS CONTRE C.I.A.
SAS CONTRE P.P.K.
COUP D'ETAT A TRIPOLI

y compras les titres épuisés !

SAS THÉMATIQUES : 20 €

5 titres rassemblés
pour mieux traquer la vérité

PARU EN JUIN 2005

GUERRE TRIBALES EN AFRIQUE

SÉRIE CULTE

SÉRIE KILLER

PRIX TTC : 5,80 €

INTÉGRALE

BRUSSOLO

PRIX TTC : 6 €